黄 孝 阳 文 集

乱 世

黄孝阳 著

上海文艺出版社

目　录

楔　子

几天前，一个许久未见的朋友来到我的办公室。

我们聊了一会儿三亚海天盛筵、房价高企不落的背后推手、股指期货买卖里的高盛骗局、GDP 与三公消费之间的辩证关系、钓鱼岛的地理形状及地貌特征、奇装异服的干露露与在美国领绿卡的凤姐，就相对沉默无言。我们谈论的话题与时代靠得太近，指尖几乎都碰到那几根硬戳戳的胡须了，这让人惊惧，因为胡须下面就是一张嘴。从这张饕餮之嘴里喷出的气息令人如置身云端，难免头晕目眩、骨酸筋麻。而且，如果把这些事件的总和比喻成一只兽，我们就是兽体内的两个细胞，甚至可能是它打喷嚏溅出的两点唾沫星子。

这样说并非自怨自艾。唾沫星子同样是构成这只兽的形状不可或缺的一部分。这种阿 Q 式的自我安慰是小人物在大时代里所必须具有的一种自我修复的能力。当然，不管是哪种细胞，又或者是哪根神经末梢，它也都不可能真正完全、彻底地了解这只兽的所有。

这些话我没有说出来。缄默是成人之间的必需品，比盐还重要。午后的光线细心剪裁出屋内各种物体的轮廓，像倒映着塔与树影的湖面上的圈

乱世

圈涟漪。

我喜欢它们。这种由光子所组成的可见电磁波，是造物最了不起的奇迹。它们给了一个宇宙常数，又能遵循着一种奇异而动人的逻辑。现在，它们自长方形的落地玻璃上掠过，犹如神奇的鸟，每根羽毛都是童话、奇珍异宝与一个神秘意志的某次呼吸。巨大的要把人融化掉的寂静，在屋子里站着，注视着墙上挂钟那三根互相追逐的指针，注视着我与他各自微小且缓慢的肢体语言，也注视着我的手指在屏幕上无意识地滑动。

那些从我心底长出的东西，变得透明灿烂起来，像是一个人有了笑容。

我情不自禁地说道："真好。"

"什么真好？"他扬眉问道。

"黄昏与清晨，又比如此刻，怎么说呢？是一匹马驮着寂静在这屋子里。"

"没想到你还是一个诗人。"他脸上露出古怪的笑容，"对了，你还记得半个月前的那场大雨吗？"

"怎么会不记得？你当时还发了条微博：'大雨，空中落下整条的河流。我在水底，被世界淹没。每个 H_2O 从唇齿间浮过，仿佛我魂牵梦萦的情人，带着最绝望的爱情，从前世与来生赶来，熙熙攘攘。'结果晚上回家就被老婆关在门外，说你潜意识里在渴望着家里红旗不倒、外面彩旗飘飘。"我乐了，打开微博，朗读他十几日前的大作，同时提醒道："'是一匹马驮着寂静'是你自己的 QQ 签名档。我可不敢窃为己有。唉，找个心理学博士做老婆，压力确实大，年纪轻轻就患阿尔茨海默病了。准备什么时候再患帕金森病？"

他有点难为情地嘿嘿笑，半天小声道："你怎么知道的？"

"你老婆对她同事刘美娟说了；刘美娟对她老公李建军说了；李建军

对楼下搞美术的许志安说了；许志安半个小时前对我当笑话说了，还让我去拜读你的微博，说那个闷骚啊婚姻生活得是多么不和谐啊！"

"美国有位心理学家，叫米尔·格兰姆，提出一个六度分割理论，认为世界上任意两个人之间建立联系，最多只需要六个人。"他没理会我的挑衅，在沙发上摊平四肢。这是一个令人很不舒服的古怪姿势，我曾这样坐过，结果扭伤了腰肢。

"说吧，有什么事？"我把脚架上面前的桌子，也没理会他嘴里的那句嘟囔。

"没事。"

"就别像小孩子那样说话了。"

"真没事。"

"别胡闹了。"

"我说没事就没事。我就一个闲人，今儿个想在你这里叨扰一杯茶喝，不成吗？"

"这年头闲人才是大牛。茶，我这里倒有一盒蒙顶黄芽。在对面斜橱里搁着，你自便。"

"蒙顶黄芽？"

"四川来了位老朋友送的。怎么，你喝过？"

"那倒没有。只是觉得巧，我不久前才百度了它。据说这茶在新中国成立前每年只出产 350 斤……"他从斜橱上收回目光，"算了，我还是有事。你还记得半个月以前的那场大雨吗？"

"记得，刚才咱们说过。一天之内降水 394 毫升，然后众志成城，彼此守望相助，充分证明了人性的光辉与伟大，以及建设小康社会的可能性。说吧，什么事？瞧你那憋屈样。是强奸了嫦娥和织女、拐了许飞琼，还是

乱世

盗了西王母的女儿？你都混成西门大官人了？啥时候把你的潘金莲介绍给兄弟认识下。"我瞅着他的脸，胡乱地调侃着。

他起身倒了一杯茶，有点魂不守舍，还把水泼到茶几上了，手指在茶几上来回敲着，好像体内有某种东西丢掉了、死掉了，穿越去了历史上的某个朝代，而他正为这种现象深感困惑。这不像他，我们有十五年的交情了。

"你知道的，我是一本文学期刊的编辑。"他仿佛有点牙疼。难道是因为我的话让他的心脏受惊了？我又不是纪委同志，犯不着这样卖力演出吧。我没吭声。他说的是废话，但是他第一次在我面前说出来，这一品咂，就很有意思，有点舞台剧拉开序幕前的感觉——所有的帷幕都是一种摆设，但人们需要它，像需要那个把他们装起来的皮囊一样。我慢慢露出笑容，想起他几个小时前在微博上写的另一个句子："皮囊这东西，用用也就旧了；再好的皮囊，也就一个 LV。要有一个女人，当你像山峰一样隆出地表，她能像河流一样陷入。"他真是为情所惑了？尽管他人高马大，体壮如牛，平素为人处世颇受领导器重、同事信赖，但众所周知，文学期刊的编辑们都有一颗特别敏感、脆弱的心脏，很容易就被"傲娇"们发现。所谓大叔有三好：成熟、隐忍、好推倒。

"那天，雨就如同马，在屋檐上踏过。当然不是刚才说的那匹驮着寂静的马。一匹匹，暴戾、狂躁、歇斯底里，带着满腔的怒气……噢，我在抒情。该死的，该死的抒情。"他手握成拳，在空中用力砸下，似乎为自己的喉咙颇感诧异，好一会儿才说道："我在办公室里待着，觉得自己应该是这些马中的一匹……你别笑。我当时确实是这样想的。然后，一个浑身湿透的陌生女人推开门，脸上带着异样的羞怯与惶恐。"

他看了我一眼，"我从来没见过一个女人会有这样的表情。她的左脸颊上还有一道隐约的伤痕。她是一个有故事的女人。不是你想的这样。你别用这种猥亵的目光侮辱我的职业操守。我是说，她来到我的办公室，给了我一个 U 盘，问我能否抽出时间看看。我说行。但没当回事。就把 U 盘里的文档复制到电脑里。前天她打电话过来，问我看了吗？我说还没有。你知道的，我们做编辑的，这种普通作者的自发来稿太多。就在前几天的中午，我吃完饭想趴书堆上休息下，敲门进来了个精神矍铄的老者，对我大谈文学是什么，要弘扬正气，讴歌祖国和人民，再掏出一捧手稿道：'若不发表这个，那你们发表什么呢？'口吻之傲慢，好像他是封疆大吏。我说我有事，他老人家还是滔滔不绝。强忍着性子终于送走。阿弥陀佛。"

他跑题了。

我也跑去倒了杯茶水，又把水倒入喉咙，尽量让自己再舒服一点儿。他说的，还是废话，但这就是我们的生活，总有种种意外、啼笑皆非，虚伪与懦弱，混乱与无序，以及无数无聊的废话。但这好过地狱——若说宇宙里真有一处名为地狱的空间，那它应该是一成不变，如同钻石。

是的，就是钻石，这种碳原子按晶体结构排列的坚硬的小东西。

我的视线落在他的手指上。

那里有一颗半克拉的钻石被铂金牢牢镶嵌出一个婚戒的形状。

"昨天我在地铁里看到她了，她没看到我。"他低垂下头。

"兄弟，你到底想说什么？别兜圈子。"我有点不耐烦了。我有点讨厌文人了，尤其是面前这种中年文艺男，所谓贱人就是矫情。

"她死了。我亲眼看着她突然跳下地铁。在此之前，我犹豫着是否要上前说声你好。我犹豫了整整三分钟，一直到地铁呼啸进站。一个多么美的女人啊！真的，当她脸上不再有羞怯与惶恐；当她躺在地上，眼神渐渐涣散；当血从她破碎的腹腔汩汩流出，从鲜红迅速发黑；当她细长的手臂软软地从铁轨上垂落，垂落下死与苍白；当众多的面庞，惊慌的、淡定的、

乱世

兴奋的，好像各色花瓣从站台边匆匆飘过；当有人愤怒地诅咒着她那个不为人知的名字……"

我手中的杯子落在地上。

我没有打断他的话，也没有去嘲笑他现在这种幼稚的文艺腔调。我有点憎恨自己刚才为什么会想到地狱。

"她死了。我若是早点儿看她拿来的稿子就好了。"他的声音低了下去，喉咙里似涌出一块痰，"我若是上去与她打声招呼就好了。"他咳嗽着，把自己搁在沙发上的皮囊摆成一个更为可笑的形状，像个祥林嫂一样反复重复着。从窗外闯进屋的光线已移至更高的位置，照在他身上。他像是他自己的深渊，而他已经被深渊里那只比深海怪物更为庞大诡异的痛苦捕获。他从口袋里摸出一个U盘抛给我。

"看看吧。"他小声说道，他颤抖的口吻像是在哀求。

文档的开头有几百字的简介：

我们或许可以讲一个以民国司法黑幕为背景，共产党、军统、中统、日伪残余、袍哥行会，以及土匪们互相较量的故事。时间压缩至几天，舞台设置在一个被虚构的四川小城，且以中国近代历史为背景，浓墨重彩，故事的结构犹如俄罗斯套娃。把悬疑推理侦破放进去，把战争的场面放进去，把江湖绿林放进去，把民俗风情放进去，把传统文化里的琴棋书画放进去；最重要的是，把法律放进去，把现代意识放进去。尽可能在主旋律、民主宪政、观众的掌声这三者之间取得平衡，看看能不能把故事讲得比《集结号》更牛逼。当然，还有温情与人性的至幽微处，以及爱，那一声歇斯底里让天上星辰也为之震动的叫喊。

而在这段文字的下面还有一小段——

【1946年初夏】

一个被群山怀抱的县城街头，不大。巷窄，主街呈井字结构。商铺鳞次栉比。人们快步走过，面容激动，眼睛里多有期待、喜悦与春天的气息。墙壁上贴着"抗战胜利""蒋委员长万岁"等标语口号，因为风雨侵蚀，多有泛旧飘零。仁和巷口涌出一群人，嘈杂声起，"打死这个狗汉奸"。民众七手八脚地拖出一个中年人，妇女儿童皆伸手做打。中年人鼻青眼肿，上下挣扎着，声嘶力竭地叫嚷，"我不是汉奸，我是做地下工作的。"

巷口，两名路过的国民党军人停下脚步，其中一个年轻的叫道："这不是三二一团的范大麻子吗？打浏阳那阵儿反了水。他不是汉奸，天底下就没有汉奸了！"两人交换了下眼神。吉普车响，以凶蛮之势冲至巷口，下来两只油光发亮的皮鞋，是一位着中山装的青年男子。男子将了下小分头，望着闹哄哄的人群，傲慢地从公文包中拿出一纸文书，拖长声调，念："省政府令，现已查清范衣白乃国民政府特别派遣员，实为抗日英雄，着予颁发抗日救国忠勇勋章，通报嘉奖。"众人茫然，讪讪松手。人群外围，檐下，一个梳大波浪头的抽烟女子轻声讥道："他在地下抗日？老娘还床上天天抗日哩。"有人笑。一个先前恨不得生啖其肉的短发妇人喊道："你说他不是汉奸就不是汉奸了？"

男子阴沉下脸，疾步冲到妇人面前，戟指骂道："竟敢不相信党和政府？你想干什么？哪个单位的？姓甚名谁？你是不是共党奸细？"女人慌张了，结结巴巴地退入人群后面。众人脸色数换，惊疑、迟滞，仿佛明白过来了。一个大眼睛的旗袍少妇弯腰去搀扶范大麻子，说："同志，委屈你了。"范大麻子愤怒地搡开她，拍胸大吼："听见没，老子是抗日英雄！打啊，再动手打啊。你他妈的打我就是打政府！老子比岳飞还冤枉啊。"无巧不巧，范大麻子一口浓痰就吐在年轻士兵的衣襟上。

年轻士兵皱眉……

我也皱眉。

第一段文字明显野心过大，把调子起这样高不是好事。

而第二段文字则似一个拙劣剧本的开头，还煽情。还好，它及时出现了一个省略号。我瞟了眼牙齿咬住下嘴唇的他，目光往下移去。

第一章　初夏

初夏时节，这段山路竟是绿得不像话，像几百只野猫子的眼珠攒于一处。幽绿的光线穿过浓密树荫，又如同一根根跳动着的针。针尖至处，那些缠在十几株盘根错节的足有三人合抱粗大树上的藤萝青叶微微晃动。

时间凝止了，仿佛有了人的五官。

一只蓝颊斑鸠蓦然飞起，翅翼斜张，移动得很快，一眨眼便没入绿的深处。绿荡漾起来，浓绿、深绿、浅绿、墨绿，仿佛是那几百只野猫子受到惊吓，要在土坡与树丫间寻觅更安全的匿身之所。光影一阵晃动。

又有风，带着奇怪的嗓音从垭口处奔来，奔至山路拐角处，或是瞥见两位戴着德式军用头盔骑者的面容，深吸一口气，卷起树下堆积的落叶。十余只灰褐色的禽雀自树后跃出，迎着这些让人目眩神迷的斑斓之色叫起来。鸟生得怪异，顶着细长乳白色的羽冠，昂首歇于枝头，鸣声短促清柔。

脸上便有了痒与些许的刺痛感。

"这鸟真稀奇，长得跟团部的李参谋一样。"蒋白抿唇吹哨，曲调与鸟鸣声隐隐相和，说话间自腰间摸出两把驳壳枪，手中掂掂，一把抛于刘无果，"营长，比画一下？"

乱世

是德国产的快慢机，火力猛，难保证射击精度，连续射击时很容易把子弹打飞。但这难不倒与日军打了八年仗的中国军人——他们把枪身平端横扫就不仅解决了枪口上跳的难题，还将它转化为全自动速射的扫射优势。

"这鸟打不得，稀罕，叫太平鸟。咱们刚打赢了鬼子，这口彩要讨。"刘无果定睛望去。

林间寂静，众多细微之声蹑手蹑脚地潜伏于草丛树影里。

几颗从枝头掉落尚在滚动的黑色浆果，数十条寻找着食物的深褐色蜥蜴，一只躲开了蜥蜴舌头毫无惊慌之色的蝴蝶，一群爬在穿山甲雪白骸骨上忙忙碌碌的蚂蚁，一只与土公蛇搏斗的愤怒的刺猬……以及一支瞄准他们的步枪。躲在草窝里的枪手枪口微颤，准星才套住刘无果，又犹豫着缓缓挪开。

刘无果抛还驳壳枪。蒋白嘿嘿笑道："营长，你老家还真多珍稀物种。一个问题，假如我现在重伤，非得这太平鸟之脑髓方可活命，你还打算讨这口彩不？"

"无聊。"

"怎么无聊了？假如是营长你重伤了，哪怕是什么麒麟与凤凰，我照杀无误。才不管他娘个是啥子国之瑞兽。"

"所以说你无聊。"

蒋白吐舌，一脸赖皮与嬉笑："哪个赌鬼不讨口彩？照样在牌桌上倾家荡产。鬼子被咱们打跑了，天下未必就能太平。盼中央，望中央，中央来了更遭殃。《申报》我是每日必读。老百姓都这样唱。营长，咱们什么时候也能混一个'劫收大员'衣锦还乡啊？"

"今天几号？"刘无果岔开话题。

蒋白说："5月3日。"

"十年前的这天，我在报纸上读到国父的《建国方略》，第一次知道了什么是军政、训政、宪政，并为他在所有中国人面前勾勒出的这张壮丽蓝图激动不已。"刘无果叹口气，"一九三八年，国民政府向四万万同胞正式宣告进入训政时期。可惜日寇来犯，要不咱们或许已经进入宪政时期，天下百姓一起参政议事，共享太平。"刘无果感慨道，言谈间不无唏嘘之意。

蒋白不屑："营长，你还真信这个？"

刘无果蹙眉："不信这个，那你说信哪个？"

蒋白咧开嘴，露出两颗虎牙与一副满不在乎的神情，手在腰间匣子上拍道："信这个。没这个，鬼子能投降吗？"

马打了声响鼻。刘无果没吭声，视线在幽暗林间一扫而过，从头顶密密枝叶里漏下的一小块阳光忽跌入衣领，有着惊人的温度。脊背滚烫，心里涌出一阵难言的烦躁。风吹动深深浅浅的绿叶，像有数只看不见的老虎在林叶间悄无声息地游荡。

"训政，这是中山先生提出的建立民国的第二个阶段。即：政府派人到各县筹备地方自治，并对人民进行运用民权和承担义务的训练。开启民智……"蒋白吐吐舌头，像背教科书一样嚷道，手还往风中抓了一把，再凑近鼻端用力地嗅了几下，突然把嘴用力地撇下不屑道，"开启民智？我看还不如开启官智的好。做官的少贪一点儿，老百姓的日子就好过了。"

蒋白与刘无果都没有发现隐蔽在草丛里的那支步枪。

枪口准星在两人头部缓慢地移动。枪手是一个面容灰白、身材矮小的瘦削少年。尽管他非常擅于隐匿身形，就如同从土里长出的一丛灌木，但他显然还没有熟练手上的武器，枪托抵肩不紧；目光里有迟疑与惊恐，枪口始终在颤抖。也许他的目标并不是两位戴钢盔的军人，而是站在他们身后岩壁上屏声静气的那只野山羊。他的食指悄悄落在扳机上，嘴唇微微翕动。

乱世

刘无果的眉毛一跳，目光四下一扫，看见右侧那只奇怪的长角野山羊，这只羊以一种匪夷所思的姿势攀爬在接近直角的岩壁上，四蹄张开，蹄子楔进陡峭的峭壁表面，竟然不惧人，眼神澄静，不时低头去咀嚼岩壁上的苔藓。

"营长，你老家的羊还能挑战地心引力呢。它这是想求摔死，还是打算给我们表演杂耍，以为待客之道？"蒋白压低声音，满脸大惊小怪。这回，他没有去掏枪了。

"吃盐。岩壁上有它爱吃的盐。"刘无果的心一跳。川西时有野山羊出没，但这样大而肥美的，也属于罕见，这实在令人食指大动。刘无果与蒋白不约而同地交换了一下目光，同时露出心领神会的笑意。

蒋白抓起枪。

枪声响了。

子弹擦着刘无果的钢盔飞过，打在岩壁上，扑的一声。那羊悚然一惊，蓦然跃起，身形隐入岩壁的另一角。

几乎同时，蒋白已翻身落马，手中拽出的驳壳枪朝枪响处吐出半寸长的火焰。刘无果蹲伏在已然卧倒的枣红马后，朝蒋白抿唇吹出一串鸟鸣声。鸟鸣声一长三短，却是暗号，示意两人左右散开包抄。两人多年征战，早已配合默契。少年枪手想跑，哪跑得掉？从树后迂回绕出的蒋白几颗子弹打在他前方，顿时僵住。蒋白一把将他扯到随后赶来的刘无果身前，枪口抵住少年脑门："你是谁？"

"打猎。枪走火。"枯瘦少年结结巴巴。

刘无果指了指少年所卧的洼地："有这样打猎的吗？别告诉我，你是在打山羊。"

蒋白上前一个巴掌，喝道："说实话。"

枯瘦少年扑通一声跪下，眼泪流出："军爷，我真是在打山羊。我妈病重，没钱看病。我就想打只山羊煮给我妈吃。不知为什么，对面那堵岩壁上老有山羊爬过来。"

蒋白望了一眼刘无果。

刘无果冷笑："打猎套羊这种事，南坪向来只用绳套。瞧你刚才林间跳跃逃跑的身手，敏捷得很嘛。用这枪……一是弃长用短；二是拿高射炮打蚊子；三是满嘴谎言。蒋白，毙了！"

少年言语不尽不实，刘无果若是外乡人还真就让他诓了去，当下脸色一沉，临时客串起黑脸包公，打算给心肠狠毒的少年一点儿教训。这要是个普通行脚客商，还真是会死得稀里糊涂。

"我说我说。"被蒋白用驳壳枪顶住脑门的少年慌了神，"我妈真是病了。没钱看。我就想在僻静路上劫个人。头一次。实在是没法子了。可真不敢劫你们，真是枪走火了。"

"你信吗？"刘无果问蒋白。

蒋白又是一个巴掌，这一巴掌把少年打得横飞出去。少年不敢起身，膝行几步哭喊道："军爷，我句句都是实情，我带你上我家去看。不远，就在山下。"

"枪哪儿来的？"蒋白问。

"我哥遗下的。我哥死了，他们说我哥抗税，绑去站笼，站了三天，活活站死了。你去南坪打听下，都知道。我哥叫杨大，绑我哥的是县警察局的马永财。"

刘无果看了眼手中步枪，皱眉道："中正式步枪，使用 7.92mm×57mm 尖头毛瑟步枪弹。一九三五年由巩县兵工厂生产，成为国民革命军的制式步枪。你哥一个猎人哪搞来的？这枪若拿去卖，起码值五个大洋。你母病重，

乱世

为何不卖枪，跑到这荒山野岭做起强盗剪径的恶行？少年人，你若再有一字虚言，就别怪我不客气。"

少年捂着脸上的红肿，额头淌下汗珠，结结巴巴道："枪，是我从警察那儿偷的。不敢卖，也不晓得上哪里卖。我妈真是病了。军爷，要不，我把这枪卖你成不？就一块大洋。"

蒋白继续一个巴掌，去看刘无果。

刘无果冷笑道："好，你不是说你家就在山下吗？那就去你家走走。"

两人顺着蜿蜒山路引辔缓行。

被藤萝紧束了双手的枯瘦少年在前头跟跟跄跄地带路。少年的步伐忽快忽慢，若非蒋白仔细，还差点让他带入几个废弃多年的陷阱。若非刘无果制止，被气得七窍生烟的蒋白早抢枪托砸过去了。

好不容易拐过这个叫老虎坑的坳处，野猫子们不见了，大片阳光扑面而来，被密密的枝丫拦住，落在身上便是各种形状的细碎光斑，耳里有了喧哗声，心胸顿时为之一荡。眼前千山叠嶂，万岭澎湃，浅黄翠绿、橘红深褐，诸般颜色染尽林梢。遥遥又可见那顺山脊起伏迤逦的古城，其盘曲环绕之势颇似潜渊蛟龙，让人不禁遐想一旦飞龙在天的景观。城下又有河，悠远晴空下宛若一块闪闪发亮的银锭。

蒋白瞥了眼愁眉苦脸的少年，啧啧称赞："这就是南坪吧。当真是风水宝地，出将入相处。"

刘无果哼了声，未作理会，打马前行。

行不多时，枯瘦少年指着坡下几处草舍聚集处，小声道："军爷，那就是我家。看见了吗？左边数过来第二间，有人刚进屋的那间。进屋的那个妇人是我邻居。我真没骗你们，我娘想我哥把眼睛都哭瞎了，又瘫了，前几日还吐血来着，我到城里抓了方子，可配齐这些药要好几块大洋。"

少年眉眼间的狡黠之色不见了，不无犹豫地举起双手，"军爷，能割开吗？我怕邻居看见了，对我娘说。我向菩萨发誓，我若跑，我就是狗娘养的。军爷，行行好，求你们了。下辈子，我给你们做牛做马。"

少年作势又欲跪下。

"他妈的，你膝盖是烂泥巴吗？"蒋白恼了，纵马上前就欲抡起巴掌。山坡下的草丛里飞起只蓝颊斑鸠，紧接着，一声惊骇的哭音在草舍里响起，尖锐、短促，好像某种利器在人的耳膜上用力一刺。草舍的门重被搡开，刚进屋的妇人奔到门外，惶急地喊道："快来人啊，杨大的妈上吊了。"少年变了脸色，膝盖重重落在地上。刘无果扬眉，俯身把少年拎在马背上，提缰自陡峭山路上直冲而下，其势之猛，犹如惊雷一般。

从草舍出来，两人都沉默无言。蒋白终究年轻性躁，破口大骂："把田赋收到七十年后，这还给穷人活路走吗？我们在前线打生打死，龟儿子们就干这些没屁眼的事？咱们国家迟早得葬送在这些王八蛋手里。"

"自古未闻粪有税，而今只剩屁无捐。"刘无果一叹，"抗战一起，八年内，川蜀之地走出三百万名壮士，贡献了全国近三分之一的财政粮赋，民脂民膏荡然无存，如今胜利了，正是休养生息之时，却偏有这么多的暴敛苛政……唉！"

"营长，天下穷人这样多，哪施舍得过来？"蒋白举头打量着一路风景。

"嫌我给那个瞎眼妇人的钱多了？"刘无果说道，"还记得一九三八年三月，我们在台儿庄北打的那场硬仗吗？"

"记得。我想起来了，这个枯瘦少年与那个娃娃兵长得蛮像的。"蒋白叫道。

刘无果的眉毛一跳。

这是他不愿意想起，但又经常在脑海里浮现的一段记忆，如同噩梦。

乱世

而梦的伊始，总是那一轮高悬于半空如同火球一样的太阳。

一群中国士兵，十三人，奉命在望日午时前破坏日军的迫击炮阵地。大家皆换上从死尸上扒来的日军制服，于土坡、树林与草叶间潜行急奔。没人说话，这基本是一趟有去无回的任务。所有人都明白这点。而死并不可怕，可怕的是白白的牺牲。

眼看日军阵地在望，大脑神经早被绞紧的刘无果咽下唾沫，刚想说话，战斗突然打响了，像当胸搠来的刺刀，从天而降的手榴弹。刘无果侧身避开，右腿扫出，踢飞手榴弹，顺势提膝，撞在那从洼草窝处跃出之人的下腹，口中闷哼，手上发力，一个不标准但极为有效的动作，刺刀自下而上戳入一团紧绷着的血肉，再搅，那人身上淡黄色的军服映入瞳仁。

刘无果顿时惊出一身汗，刺刀回收。挂在刃尖上的中国士兵顺势前扑，好像这个身体与他毫无关系，一只手拽住刘无果身上的日军制服，恶狠狠地叫道，"龟儿子"，另一只手去拽捆在腰间的手榴弹。

刘无果刚压低嗓音喊了半声"我们不是鬼子……"，轰然巨响，踢到土坡那边的手榴弹爆炸了，与此同时，一颗子弹准确地射入士兵的太阳穴。血溅了刘无果满脸。是一个稚气未脱的娃娃兵，口中血沫涌出，抠入引信拉圈里的手指痉挛着，眼见着咽下最后一口气。刘无果托住他的腰，放下尚还温热的尸体，回身喝问："谁让你开枪的？"

蒋白没吭声。围上来的一个方脸士兵应声说道："通信兵居然跑这儿来架线了？班长，他不会是逃兵吧？他妈的……"方脸士兵讷讷地住了嘴。刘无果单腿跪下，扯落通信兵的胸章，塞于兜内，顺手合上他的眼睑，俯身磕下三个响头："兄弟，对不住了。"瞟了眼身后已围成一圈的敢死队队员，"谁若有命活着回来，把胸章带到他部队上去，就说他为国壮烈捐躯。"

那次战斗回来的只有他与蒋白。

到今天他也能念出那十一名，不，是十二名壮士的姓名：

赵乾隆、刘思诚、陈奕昆、何庆元、刘仲仁、刘仲义、陈永河、纪勇、黄怀德、黄成英、孙毅，还有那个娃娃兵刘柱。

刘无果把这几十个汉字在嘴里一一嚼过，眼眶略湿，声音已微哽咽："马革裹尸日，青山有幸时。"

"营长，你说什么？"蒋白侧过头。

"没什么。"刘无果吐出郁结多时的闷气，双脚在马腹上一碰。枣红马扬鬃长嘶。两人不复多言，打马直朝南坪城而来。

天高云淡。

"那块闪闪发亮的银锭"在一丛丛树影后渐露妩媚。水极清，映得出日光云影，好像整个世界都在其中，又因为染了草色，更显几分清静幽凉。水声潺潺，两只斑鸠歇在滩头芦苇里咕咕有声。河两边石块上有数位洗衣妇人，或蹲或立，露出两截藕白胳膊与腰间一小块月牙状的白。不知其中哪位妇人，在槌衣声中唱道："小妹妹唱歌郎奏琴，郎呀咱们俩是一条心。哎呀哎呀，郎呀，咱们俩是一条心。家山呀北望，泪呀泪沾襟……"细细的嗓音被风一扯，是说不尽的甜美动听，让人舌底发燥，就想大叫。

"周璇的《天涯歌女》！"蒋白手拍马鞍，眼里冒出光，转头去瞧刘无果，"营长，你多久没回乡了？这一路上你紧赶慢赶，老家藏着相好的对不对啊？这么水灵灵的姑娘，若没有一个两个的，就是犯罪。要是有哇，人家就是

乱世

王宝钏。"

"八年。这要不是部队换防，骑快马离南坪不过数日脚程，还不知道哪年哪月能回来啊。"刘无果没接下半茬儿，心思还在那些灰暗的记忆中。

蒋白提马缰，与刘无果赶了个并头："营长，你可千万别学薛平贵。瞅瞅你这里的姑娘，这小妹妹唱歌郎奏琴的，太滋润了。"

刘无果眯眼："啥？"

蒋白压低声音："人家寒窑守了他十八年，这死小子还怀疑人家贞节有亏。这也罢了。把人家接走，只让人家享了十八天清福，还死因不明。"

刘无果一愣，醒悟过来："你说我是薛平贵？你刚才是说我老家藏着老相好？"

"插上四面护背旗，再套上一身锁子甲，哎，你还别说，真不是有一点儿像。"蒋白错开马头，放声歌唱，是陕西的信天游，"大雁雁回来又开了春，妹妹我心里想起个人……白花花的大腿，水灵灵的脸蛋，这么好的地方留不住你。"

刘无果一鞭抽在蒋白的马屁股上："臭小子，三天不打，上房揭瓦。"

两人都没再提草舍里的事，你一言我一语，策马疾奔。

这城方才看着近，这般疾驰还用了小半个时辰才来到它脚下。城建得牢固。底层为条石横砌，往上竖砌，再上斜砌，是标准的"丁顺"砌法。基座之上，皆由尺许宽的青砖层层垒起。因为时间久远，砖面风化多有斑驳粗粝，墙缝里又生有青苔褐藓，临近城门的砖墙上更有密密麻麻的纵横深痕。城门拱形，上有碑额篆书阴文"南坪"两字，字体横平竖直，笔势舒展，一片平和润雅之象。

墙顶足有六七米，容得了数名壮汉一字排开。淡蓝天幕下，一些列成方阵操练的民兵随着教官"立正、昂头、挺胸、收腹"的口号声在城楼上踢腿甩大步，步伐虽不能说是整齐划一，也算是有点威武气象。四面又有角楼遥相望，楼上各置一面巨鼓，但凡事态紧急，渔阳鼙鼓动地而来。

"营长，记得有一年你对我说三国东吴首都，史书中那个偌大建业城的城墙竟是竹篱笆。没想到你老家还有这样一座军事要塞，真是大手笔。"

刘无果四下打量，吐出一个字："匪。"

"啥？"

"川蜀本天府之国。崇祯年八大王入川，杀戮惨酷；后清人入关，四野荼毒，举城尽为瓦砾。匪事渐起，先人故有此遗泽。蒋白啊，这城还有个故事，以后再与你细讲说来。"刘无果扬鞭勒马道，"打小我就在这城墙边玩要，这墙内机关、暗道就跟自己的掌纹一样熟悉。你信不信，给我三千壮士，我也能守出一个涿州。"

蒋白接嘴，"那是。别说是五万奉军来攻，就算是十万个鬼子，营长也定能让他们有来无回。"

刘无果瞪去一眼："啥子龙门阵，摆得比我还牛皮哄哄？"

"那就寸步难进。寸步难进。"蒋白斜睨，鼻中哼笑，嘴里哼曲，"他大马得骑，他勋章得戴，他光耀门庭……"

两人下马牵缰进了古城。

街窄，路面皆青色条石，虽已坑洼，更见风霜。商铺多木柱青瓦，绸缎铺、茶行、竹编行、油行、药铺鳞次栉比，偶有数棵大树自木梁斗拱间挤出，洒下一地阴凉。底下搁着几把油光发亮的竹椅。几个老者坐在椅子上呼噜呼噜地抽着旱烟袋。一口口乡音夹杂在已然西斜的阳光中扑面而来，就拽动了刘无果的魂。间或有人指指点点，几个胆大的孩子凑到马前，好奇地去摸马的尾鬃，嘀咕这马咋这样高大。马打响鼻，一甩笼套，把一个小孩子吓得一屁股坐地上了。

乱世

蒋白乐道："这可是从鬼子那儿缴获的东洋马，脾气暴躁着呢。"

拐过一株古意森然的柏树，过十字街，进井子巷，街边一扇木门吱呀开了，连滚带爬地出来一个戴瓜皮帽的黄脸后生。

黄脸后生一脸羞恼，先忙不迭地捡起瓜皮帽，再捶胸顿足，指着门楣上"桃园"两字，骂了几声狐媚子开窑子却还挑客人高矮胖瘦，真是龌龊啊龌龊。俯身摸起石块砸进院内。门里蹿出短装打扮的数人，口中呼喝，为首一人叼着烟斗，作势要打。黄脸后生扭头就跑，跑得急，撞在马鞍上，手捂着额头，胸脯挺出一个仰角，正要破口大骂，瞧见马边之人身上的服饰，这个仰角马上折成锐角了："哎呀呀，祖宗，小人有眼不识泰山，长官见谅个恕。"

瘦骨嶙峋的黄脸后生半文半白，嘴角垂落两撇鼠须，形容倒与还没熬出道的浙江师爷颇有几分神似。

蒋白瞪眼："瞎了狗眼。滚。"

黄脸后生垂颈应声诺诺。

刘无果却是一惊："狗子？"黄脸后生倏然停步，慢慢抬头，瞳仁骤缩，原本缩在衣领里的脖子像蜕皮的蛇一样慢慢伸出，口中疑疑惑惑："石头？"

刘无果上前劈肩就是一拳，惊喜地叫道："狗子，果然是你啊！"

黄脸后生差点被这一掌捶倒在地上，龇牙咧嘴地叫了声妈，眼泪呛出几颗。这眼泪把他吓了一跳，几秒钟后回过神来，立刻双膝跪地，一把抱住刘无果的腿，放声号啕："石头哥，可把你盼回来了。"

刘无果吃了一惊："狗子，就算咱哥儿俩八年没见，你也不必这样喜极而泣吧。"

狗子抽抽咽咽，起身左右张望，说道："哥，这里不是说话的地方"。

三人踅至风火墙下的偏僻处。狗子立住身："哥，你接到我的信了？"

刘无果与蒋白交换了下目光，蹙眉："什么信？"

狗子哆嗦道："我这三个月起码给你写了四封信，你都没收到？"

不知为何，蒋白看这黄脸后生早就不爽，乜斜眼道："部队换防频繁，邮件跟不上也属正常。有事你说。"

"那是，那是。"狗子赔笑，眼巴巴地望着刘无果，双膝又要软下去。

刘无果哭笑不得："狗子你什么时候变成了面条了？"

"宅里出大事了。老爷……老爷没了。"狗子那双青筋毕露、鸡爪似的手抖个不停，目光闪烁不定。

刘无果一怔，再愣，一把揪住狗子衣领："你说什么？"

狗子的头深深地埋入刘无果双臂间，口中号道："老爷，老爷没了。"

狗子的声音不大，却如擂鼓捶钟，轰得刘无果心头一滞："你再说一遍。别说瞎话，狗子，我知道你的德行，是不是与哥耍着玩的？"

狗子抹泪："哥，你打死我我也不敢说这样的瞎话。"

刘无果的脸由红变白，再转青，眼梢挑起，双手捏紧，唇角轻轻歙动："我，哥，没，了？"

狗子不敢接嘴。

蒋白心里好像被利刃切去一块，蓦然一空。这些年浴血沙场之余，他曾听刘无果数次谈起他大哥，心中早把这位素昧相识者当成兄长，不仅是兄长，更是一种对生的信仰。

"我哥在，我死不了，他还等着我回去看他呢。"

这些年，刘无果哪次打仗不是冲锋在前，撤退在后？蒋白百般劝说，甚至还搬出《孙子兵法》，说为将者智严仁勇信，光有个勇字，那叫匹夫。

刘无果就拿这句话搪塞，又说："尽信书还不如不读书。庄子劝齐宣王不要好小勇，要养大勇，所谓'文王一怒而安天下之民'。这话说得好听，其实是扯淡。文王伐纣真是欲救黎民于水火？不过是彼可取而代之耳。纣王也绝非正史上那个酒池肉林的暴虐君主。先秦文献多有称赞其人聪颖勇武、才华横溢，是难得的英主。只是周人修史，又加上始皇焚书，纣王这才沦为反面典型。"

刘无果这话说远了，蒋白也听得有点绕，一拍大腿继续劝说："我知道了，你这叫自暴自弃。李参谋比你小两岁还整天找你训话。你心里不爽对不对？大哥，人家姜子牙八十岁还在修理地球呢。留得青山在，不怕没柴烧。赶明儿我叫上兄弟们给那个家伙套上麻袋打上一顿，替你出气！哎，大哥，真别急。身体在，就是本钱。前天的《申报》看了没？上海滩一个棉纺大王英年早逝，他老婆改嫁给他的司机。他司机在新婚大喜日接受记者采访时吐出肺腑之言：'我原来以为我是在替老板打工，今天才发现原来老板是在替我打工。'"

蒋白嘿嘿干笑。

刘无果对蒋白踩西瓜皮式的幽默哭笑不得："我不是姜子牙，也不是周文王，不是要与李参谋赌气，我也不想替什么棉纺大王的遗孀提供服务。我他妈的就是这个大时代里的一个中国人，扛起枪，我还是一个兵；打日本鬼子，那是绝对不怕死。就这样够了吗？"

蒋白龇出牙花："不够。你没有谈笑间樯橹灰飞烟灭。"

刘无果说："好，你常给我讲拿破仑的那句名言，'不想当将军的士兵不是好兵'，但有哪个将军不是从尸山血海里爬出来的？就是拿破仑本人，炮击土伦与远征俄罗斯时，负伤两次，这可是历史上有明确记载的。而他的马少说被打死几十匹，这也可见其负伤之多……"

蒋白插话道："营长，别掉书袋吓唬人成不？我胆小，认得几个字还全靠自习。哎呀呀，文官不贪钱武将不怕死。大哥，你又不贪钱还不怕死，其心可诛啊，是不是琢磨着哪天取蒋委员长而代之？怪不得咱们团三个营长，就见你整天把脑袋系在裤腰带上，原来李参谋早已洞察了你的狼子野心。"

刘无果被噎得半死，只能黑脸赶人。不过这场辩论也有好处，那就是蒋白已经能灵活运用起两句话，一句是"重赏之下必有勇夫"，另一句是"军无勇则溃"。在济南与小野联队打拉锯战时，两人被打散，刘无果独守孤地待援，还是蒋白提着一箱子银洋收集了几十名溃兵，组织起一个局部反攻这才救出刘无果。而事实上，再激烈的战场上，子弹也像长了眼睛一样避开他们。出生入死八年，两人在枪林弹雨滚过无数匝，身上连个弹洞都没有，这不是源于信仰的奇迹是什么？

所以，渐渐地，每次打仗时，蒋白也会下意识地念起这句话——"我哥在，我死不了，他还等着我回去看他呢。"

—— 023 ——   乱 世

第二章　悬崖

日暮时分，路上已有不少爬坡上坎的挑夫走卒。为首骑者控马之术异常高明，眼看人马即将相撞，一拽缰绳，于那不可思议处跃出。骑者胯下的那匹枣红马也着实神俊，鬃毛披散，筋肉偾张，四蹄浑不沾地，蹄下若带着愤怒与战鼓。

马蹄声犹如暴风骤雨，在多有磨损的青石板路上溅起一长串火星。有几个被吓蒙了的挑夫，痴愣着清醒过来，"挨毬、憨货"地破口大骂，没骂出两声，被旁人捂住嘴。一个小女娃胆大，追上去喊："瓜戳戳。"她母亲慌张了，赶紧把手中一个七彩缤纷的面人儿塞进女娃儿嘴里。

檐阴下有数个摊位。白发耆者不紧不慢地捏着面人儿。手上面人儿却是《凤求凰》里的卓文君，衣裳须眉纤毫毕现，仿佛要随着这已然远去的嗒嗒马蹄声唱将起来。

刘宅到了，单门独院，沿街二十余米的石墙。门口两根拴马桩。拱形门洞内两扇漆黑的木门紧闭，上头高悬着一块乌木泥金大匾"刘宅"。刘无果瞥见门板上贴着那两张四四方方的草黄纸，眼眶又红，翻身下鞍，也不理会趴在马背上口吐白沫晕头转向的狗子，扑到门前抓起狮头铁环用力砸下。

片刻，门开。

一个短装打扮的汉子见是两位戎装军人，压低嗓音："两位军爷有何贵干？"

刘无果心如乱麻，强自拱手道："我是刘无因的弟弟刘无果，烦请通报此间主事之人。就说刘无果回乡探亲来了。"

短装汉子一怔："您是刘无果？"

刘无果还没答话，门后影壁处转出一人，满脸络腮胡子，眼眸里半层血丝、半层白色阴翳，嘴里喷出扑鼻的酒气，手里还拎着一根皮鞭，醉醺醺地嚷道："是唱戏的唐德彝来了吗？瓜戳戳的，还不往门里请。吓，唐老幺，你这换上了一身丘八装，我还认不出来了。"络腮胡子混浊的眼神落在刘无果身后的狗子身上，皮鞭在空中抽出一声脆响，"唐老幺，你今天唱的是什么戏码？咋把这个憨货也捎到门口了？也好。今个儿爷就要要双响炮。"

络腮胡子语虽隐晦，却极是下流无耻。刘无果变了脸色，前些日子团部还有一名士兵因不愿意被连长鸡奸，愤然将其击毙，结果被处决。那可是与刘无果共过生死的患难兄弟。刘无果深吸气，再吐气，再次抱拳施礼道："我是刘无因的弟弟刘无果，烦请通报此间主事之人。就说刘无果回乡探亲来了。"

络腮胡子一愣，手中鞭梢就点在刘无果胸口，"这不是戏服？唐老幺，你耍的是什么把戏？瓜戳戳的，你他妈的是刘那什么，我还是蒋委员长的侍卫长呢。"短装汉子早已白了脸，小声喊了两句"刘爷"，身子就朝门后缩去。刘无果心头焦躁。蒋白早不耐烦，一把推开虎口厚的门板，寒脸厉声说道："狗奴才，怎么这般没规矩？这里谁在主事？"

乱世

蒋白也是看多了戏文口不择言。

"奴才"一词当是惹恼了络腮胡子,他上一眼下一眼地打量着蒋白,眼角挑起不屑,呸道:"脑壳生锈的'神头儿'。现在是民国多少年了,还奴才?我看你瓜娃子才是'蹩火药'的狗奴才。"蒋白虽不清楚这神头儿、蹩火药具体是啥意思,但知道肯定不是好话,在死人堆里爬出的蛮狠劲上来,抡圆巴掌结结实实地搂在络腮胡子脸上,嘴里吐出一个字:"滚。"

这个字就跟铁一样砸下。

络腮胡子一口秽物就吐在门槛上,跌坐于地。他还真没见过这般凶神恶煞的汉子。酒醒了大半,摸了下脸上浮起的五根指印,眉毛被戾气扯起,自胯部摸出一把驳壳枪。蒋白哪容得他这样放肆,抢步上前,握住枪管劈手夺过,一个反拧,把络腮胡子的胳膊拧脱了臼,随手就把这只驳壳枪拆得七零八落,抛在地上,再转过头望着两侧门房内指出的四五支长枪不住地冷笑,口中赞道:"不错嘛,居然还是清一色的中正枪。好枪,打鬼子的大凶器。不像鬼子的三八盖光有精度没杀伤力。"蒋白的胸口抵住一支中正枪的枪口,"扣扳机时小心点儿,不要被后坐力打到墙壁上去。枪托要抵紧肩膀。唉,这枪有问题,枪管毫无优质钢的光泽。小兄弟,你看上面的麻面与结疤,这是钢材里的杂质太多。这枪十有八九是从那帮贪赃枉法的劣商手上买的。这些王八蛋可没少拿废钢来造枪膛,可真是没少害人命。喂,这枪就没在你们手中炸过子吗?"

几个短装的汉子面面相觑,竟是一句话也说不出来。

刘无果目光在几把中正枪的枪身上扫过。蒋白说得没错,这些确实是劣质货,远不如老虎坳那位少年手中的枪支精良。这个国家从来就不缺少喝人血吃人肉的。幸好,它们没有被送到抗日前线。刘无果心中叹气,肺腑里生出几分狐疑,扬声叫道:"国民革命军第三十师八八旅一七六团三营少校营长刘无果求见，烦请通禀。"

缩在拴马桩边的狗子挪步凑前，朝络腮胡子堆出谄笑："刘队长，这是小少爷啊。你刚来府里不久，不认得不稀奇，王八眼里哪里识得真人呢？你去禀报一下五叔，爬快一点儿啊……"

络腮胡子提膝往狗子面门撞去。这要是撞实了，刘无果也不必再进门。蒋白动作快，猱身反踢，侧身背摔，再次把络腮胡子撂倒在地上，穿着军靴的脚重重地踏在他的胸口，手自腰间抽出快慢机，单指拧开机头，"吧嗒"一声，犹带有火药味的枪口对准这位醉汉的眉心，"兄弟，送你一句良言，乱世莫要酒疯。"

枪响。

子弹穿过络腮胡子的耳垂，"啪"地一声打在地上，弹在照壁上。

络腮胡子的酒彻底醒了，人也瘫了，牙齿咯吱打战，耳洞里污血流出，裤裆里已湿了腥骚的一大块。几名汉子七手八脚地上前搀扶。

刘无果没再说话，举目望向空中。屋脊之上，云层犹如火烧，无数肉眼难见的黑色灰烬正在云层上面堆积。有风徐来，这些灰烬即迅速堕入人的心肺，便想咳，但似乎只要一咳，整个的心肺即要从喉咙处吐出。四肢百骸无一处不难受，好像被蒙了一层刚在烈日下暴晒过的牛皮。刘无果拭了下额头微汗。影壁后已急急转出一人，长袍马褂，面黑颧高，鼻梁上架着一副珐琅眼镜，左臂上还缠着一圈白布，嘴里急急喊道："无果，无果，真是你吗？混账东西，还不快退下，这可真是大水冲了龙王庙。"

这声音是这般耳熟，多少个日夜为此魂牵梦萦啊。刘无果眯眼，鼻腔发酸，口里喊着"五叔"迎上去。但令他略有诧异的是，他并没有自己想象中那样激动。

都说长兄若父，但真正与刘无果有着舐犊之情的倒是这位一向沉默的

乱世

管家五叔。五叔是邻县曲江人，早年做过绸缎生意，不幸遭了土匪，妻子惨死，几岁大的儿子被土匪拐卖了，生死不明。五叔万念俱灰，一场恸哭，便在野林子里自缢，恰巧刘无果的父亲经过，温言开导，把他带到南坪。

五叔为人精细，不苟言笑，唯喜刘无果年幼可爱，常抱其于膝上，偶有欢容笑颜。刘无果七岁稚龄那年冬天，雪深盈尺。刘父因感风寒遽然离世，刘氏族内的几位叔伯辈生出觊觎之意，嚷着要做兄弟俩的监护人，实是阴谋刘父所遗田亩。刘无果的哥哥刘无因，以束发之年主持葬事，通报叩禀、灵堂棺柩、水陆法事，一应事务不无安排妥帖，叔伯们这才没了话说。一个绰号黑三的，又串通土匪掳了在城郊捉雀的刘无果与五叔，后虽经刘无因及时送来银票获救，但在被绑起来的三日三夜，若没有五叔的悉心照料，刘无果恐怕早已被寒冷与饥饿送上黄泉路。黑三不是善罢甘休之人，一计不成再出一策，密窃得两兄弟的八字生辰和贴身衣物，寻来巫婆神汉，欲行魇胜之法，又亏得五叔仔细找出那两具木偶人，呈于宗祠众长辈前，逼使黑三跳崖自尽，这才让刘无因坐稳家主之位。

刘无果望着五叔发鬓间的星星点点，喉咙哽住，强自忍下，扫了眼四边垂手站立的短装汉子与那个往左侧厢房溜去的络腮胡子，眉头蹙动："五叔，这些都是什么人？"

五叔已改了称呼，恭身答道："老爷，都是一些来府里帮忙不久的刘氏族人，不懂事的青皮后生。还不快向老爷请罪。"众人诺诺退后。刘无果没再说什么。随着五叔过影壁，进天井，入中堂。

正门是一架数米长的案桌，白布遮地，龛笼上搁着一个木制灵位，前头铜制宣德炉里燃着三炷香，上面悬着的正是刘无果胞兄刘无因的炭画遗像。画师之手堪称鬼斧神工，一张人像栩栩如生，发丝根根可辨，那双眼珠更为传神，三分平和意、一点孤傲心、若干壮志未酬、几许心灰意懒，又似乎有千言万语欲言，到最后只得凄凉一叹。

刘无果牙关一咬，差点昏死过去，踉踉跄跄，脚下踩翻一只积水六角瓦盆，顺势跪倒膝行至中堂前，一个头磕下去；再行，又是一个头。

青砖訇然作响，人皆默然不言，脸上浮出不忍之色。

刘无果腹中似有千万把钢刀戳入，肠子、胃、肝脏与胆，每个器官都在这种难以言喻的切割中，发出最痛苦的嘶叫。血自额头流下，一滴。滴至砖面，一滑，渗入缝隙深处。蒋白欲弯腰搀扶，五叔拽住蒋白衣襟，以目示意。光线暗下，像有一只看不见的巨手从空中扯落了一半已然发黑的云层。刘无果跪行至草蒲团上，话未开口已是泪流满脸，只喊了声"哥"，颈脖已青紫涨大几分，浑身剧烈颤抖，双手揪地，指节揪得青白，"咔嚓"一声，那砖竟被硬生生掰起一角。

五叔上前忙拍刘无果后背。狗子急急喊道："快端杯水来。快。"蒋白自怀里摸出一小盒金鸡纳霜抹在刘无果人中位置，刘无果的后半截话这才涌出喉咙："哥，你怎么就没了呢？"

刘无果再停不下悲声，这一哭怕是石头也会落泪。

蒋白与五叔都红了眼眶，不敢上前劝解。狗子也放声号啕，还扑通跪下来拿头撞地："大老爷啊大老爷，小老爷回来了，回来看你来了啊。你睁睁眼哪，你看看哪。"

五叔眉间的核桃纹拧成一团，上前搀起刘无果："老爷，大悲大恸最是伤身。来日方长，坐下咱们从长计议。"

五叔转头一脚踢在狗子臀侧，喝道："起来，大老爷灵前不得放肆。"

蒋白端上茶水。刘无果强自忍下喉头腥甜，重新施了三叩九拜之礼，起身落座，眼瞧着太阳滚至屋脊檐尖，就宛若失血之人的嘴唇，痴看了半天，良久浑浑噩噩的脑子里才透出一丝光亮："我嫂子呢？"

乱 世

五叔一声长叹，却没言语。

那边狗子却发狠插话道："哥，老爷就是被那婆娘给祸害了。"

五叔瞪去一眼："下去。没一点儿规矩。哥也是你喊得的吗？"

狗子诺诺后退。刘无果喊住："狗子，到底是怎么回事？"狗子去看五叔。五叔眉梢立起："老爷让你说，你还愣着做甚？"

"是。大老爷年前娶了那周氏。哥，不……老爷。"狗子扇了自己左脸一个耳光，"这些事大老爷想必都在信里告诉了老爷。平素里瞧着大老爷与那妇人也算恩爱，可前些月不知为什么，那妇人常滋事端，还与大老爷拌嘴，闹得鸡犬不宁。有次拿刀装模作样地来割脖子，害得老爷大半夜四处去寻良医。"狗子用力咽了口唾沫，"大老爷对她仁至义尽，那妇人不思回报，心若毒蝎，竟还趁大老爷睡熟深夜行凶。当然，我也是听闻街头闲言碎语，不曾亲眼目睹。只是觉得蹊跷。"

狗子说到这里瞧了五叔一眼，欲言又止。

"你再说。"刘无果闷声哼道。

檐上天色逐渐暗淡，像一位失血之人口鼻间眼看着要吐出最后一缕气息；檐下一抹青苔褐藓，又似自其嘴角滴落的若干结块污血。刘无果心中尽是凄凉孤苦之意。狗子的话跟一柄把柄沾血的工兵铲一样，要把青苔褐藓连根铲起，再倾覆于泥土深处。黑暗中，爬出几只上下皆是锋利口器的百足之虫，它们在脑海深处发出巨大的声响，所经之处，便有刺蓣长出。这虫子竟似是只为了咀嚼人心而来！

刘无果手足阵阵痉挛。

烽火连三月，家书抵万金。但战时邮路多有不畅，有太多的信件在炮火中焚为灰烬，或因种种意外遗落难存。刘无果还是前月收到刘无因年前来信。信还没拆封，便被李参谋瞥见信封上那几字小楷，大为赞叹，说是深得二王之法。信中内容却是简洁，主要是谈蒋维乔的《因是子静坐法》，言战事之余可以习之，或可使"吾"之心意灌溉全身，虽不能让烦恼不生，也当能收片刻澄明清静，亦有助于身体康健，所谓动静张弛之理，信末才看似极随意地提了一句："兄无因及汝嫂并颂祺安。"

万丈高楼，为什么能巍然独立而不歪斜倾倒？这就是因为建筑的时候把重心安顿好了的缘故。人身也一样，只要身体的重心安定了，健康就不会垮。因是子静坐法简单地说就是找到这个重心，让它安定。刘无果心头默诵，调匀气息，深吸吐纳，脑海里那点光亮就犹如暴雨之夜里的一盏油灯。

狗子舔了舔嘴："据说当夜又有那罗秦明来，还差点与五叔起了冲突。五叔说大老爷已歇下。那罗秦明则非见大老爷不可。我当时在外面，翌日清晨听到大老爷过世的噩耗，急忙赶来。那妇人不知所踪。五叔守在大老爷床边垂泪，嘱咐我等即去县府报官。警察来看了，查验现场后却得出大老爷是病重呕血而死。可不知为何，数日后那妇人竟去法院自首，但县长李鸿远和法院的王推事竟然判她无罪。我一打听，这妇人消失的数日却是去了罗秦明府上，现在也还在罗秦明那里。"

站在蒋白这个角度，能看见狗子蜡黄额头已泌出一层细密汗水。

刘无果心里的那几只虫子停止了咀嚼，似乎也为狗子的这番话颇为疑虑。罗秦明这个名字对刘无果来说，并不陌生，八年前即是南坪响当当的袍哥老大，传言有飞檐走壁之能，能持双枪打灭烛火，性亦豪爽，最为乡人称誉的是其兴资办学，当时学堂规划区域内有一位孤寡老妪死活不愿意搬离祖居，哪怕罗府为此开出用十亩水田置换的建议，还穿上寿衣在墙壁上用石灰水写上了"人在屋在、屋破人亡"八字。罗秦明听后，去了孤寡老妪处，也不与其做思想工作，就扯家常摆龙门阵，谈些老人家喜欢听的奇闻趣事，如是四次，老妪留下遗书："刘备寻诸葛亮，才三顾草庐；罗

乱 世

爷这等豪杰，就我这样一个瞎眼老太婆，四次折节。我死可瞑目也。"就上吊自杀了，把祖居捐给学堂。罗秦明披麻戴孝，寻了块风水宝地将老人家葬了，在坟头摔了瓦盆。

五叔沉吟半刻道："大老爷出事翌日，我即与老爷书信，又一时不知老爷所在驻地，派了人手四处打听，说啥的都有，一会儿广西，一会儿河北，但都说老爷现在是抗日英雄，李宗仁将军还亲手给老爷颁发了一等宝鼎勋章。天可见怜，鬼子投降了，我就想，老爷要衣锦回乡了。老爷果然就回来了。"

刘无果心突突一跳。狗子说与自己写了书信，这些信是寄到哪儿呢？他又是从哪里得知自己部队所在的番号与驻地？还是他说的根本就是假话？

大哥什么时候病重至此？

刘无果望了一眼五叔。五叔喉间哽咽，眼里有泪光闪动。尽管按南坪葬礼风俗，出头七后即可去掉左臂那圈悼念丧亡人的白布，可五叔一直佩戴至今，且白布上并无污渍，想来也是时有清洗。

下人已取来数盏油灯，轻手轻脚地退出厅外。油灯的光映在白色幔布上染出一层青灰。这颜色会随着人的目光缓缓移动。刘无果定定神。

狗子一边叫道："老爷，你回来得正好，你是军爷，又是抗日功臣，这个冤要你来申才行啊。"

"那妇人现在罗秦明处？"

"十有八九在那儿。"狗子犹豫道，"老爷，你不是要去找他们吧。莫说你只两条枪，就是几十号人也拿不下罗秦明。他是南坪的袍哥老大，正因如此，县里也是睁只眼闭只眼。"

"国有国法，家有家规，区区袍哥，我还怕他咋了？"

刘无果心头冷笑。

"岂曰无衣？与子同袍。王于兴师，修我戈矛，与子同仇。岂曰无衣？

与子同泽。王于兴师，修我矛戟，与子偕作。"作为军人，战袍即是牺牲和友谊的标志，所以军人向以"同袍"相称。只是这"袍泽之谊"与这袍哥却是两回事。四川袍哥出于汉留，自清末民初以来，便有"无袍不成军"的说法，只是其利也大，其弊也显，其江湖习气、帮派作风着实让以学生身份投笔从戎的刘无果感觉格格不入。现代军队，一贵军心，你为什么战；二贵军略，你怎样作战。袍哥所逞的义气两字不过就是水浒梁山的大块吃肉大碗喝酒，既无着眼于国家与民族的牺牲精神，也少组织与训练，市井气重，且多有吸食阿芙蓉恶习。川军出川抗战伊始，号称"双枪"，其中一枪指的便是这鸦片枪。一个日本小队几十个鬼子的冲锋就能把一个营打散。一开始派督战队，可溃兵一冲，督战队员也跑。抓了几个人欲军法从事，这个说情那个来叙谊。到这时，刘无果才明白为什么曾国藩练乡勇首拣"朴实勇毅的农民子弟"，而不打算去募集城里民兵。曾有战事，刘无果所部奉令驰援，甫一交火，那些平素里口号喊得震天响的袍哥们便都没有了踪迹，只剩下一个排的学生兵跟着他往前冲。

"一寸山河一寸血，十万青年十万兵。"

一九四四年十月二十一日，蒋委员长在知识青年从军大会上，发出了这个热血沸腾的口号后，多少学生便唱着"弃我昔时笔，著我战时衿，一呼同志逾十万，高唱战歌齐从军。齐从军，净胡尘，誓扫倭奴不顾身……"的《知识青年从军歌》走上沙场，洒尽热血。

刘无果默思片刻："警察局来的仵作是谁？能否找来一见？"

"姓李，绰号李大眼，前不久死了。据说是在团防局带队实弹射击训练时，枪炸了膛。"狗子瞥了眼五叔小心翼翼地说道。刘无果把目光转向五叔："那妇人既然自首，为何县长李鸿远和法院的王推事判她无罪？你觉得我哥真是呕血而死，还是被那妇人所害？"

乱世

"大老爷病重确是事实。但这事定与那妇人脱不了干系。"

"大哥现葬何处？"

"大老爷生前有遗愿，埋骨于南坪刘家村凤头岭。老爷，你想何时去大老爷坟前祭扫？要不要我去吩咐下人做些准备？"

依狗子所言，大哥之死多半另有缘故。但若开棺验尸也是鲁莽，一是时日已久，就算是经验再丰富的仵作也难下断言；二是南坪风俗向来讲究入土为安。就算万不得已要搬迁坟墓，事先也得做足七日夜的水陆法事；三是，万一大哥真的就是病死，那妇人只是因为其他缘故才搬离刘家去了罗秦明处呢？狗子的话未必就能尽信。就是五叔……不管怎样说，告状一事却至为稳妥，虽说"民不与官斗"，但自己是国军营长，先从明面上把这程序理顺了，再与那妇人当面对证弄清她去自首的原因。就像李参谋经常讲的那句话，"正义不仅应得到实现，而且要以人们看得见的方式加以实现"，正义首先是程序正义。若那妇人真是另有缘故，拌嘴吵架不过日常怄气，也好早点儿还她一个清白，毕竟她是大哥刘无因明媒正娶的夫人，是自己名正言顺的嫂子。如果处置不得法，还让乡人讥讽是自己意图把嫂子赶出家门，还不惜玷污其名，那就不大好了。

刘无果思索着拿定主意："五叔，烦你准备纸笔，我要写状纸，明日喊冤。我就不信青天白日旗下，姓李的还敢如此枉法。"

五叔皱眉小声道："这个姓李的虽来南坪没几年，但油滑万分，左右壅弊，用人唯利，只求保身，不思民苦；更有县长夫人，眼孔如锥，气横骄纵，贪墨成性。你虽是南坪土生土长，但毕竟在外征战多年。更何况大老爷一去，刘氏产业正为各方所眼馋，所谓牵一发动全身，此事当细细思量……"

下午那位络腮胡子以及这些拿着劣质中正枪的短装汉子就是五叔找来

的，保卫刘氏产业的族人？这事有点可笑，可刘无果心里却没有半丝笑意。五叔虽说是经过风雨见过世面，但心气与提着脑袋在战场上打仗的军人完全不一样。这些产业就是摁一块儿，后面再加一个零，也不会在刘无果心中激起半点波澜。当然，这也是可以理解的，对于麻雀来说，虽然身上的肉没有一两重，但这就已是它的全部。

狗子又嚷："叔爷，老爷回来了，还怕啥？此事长短扁圆，那妇人横竖得给个交代。"

五叔的脸板下来："狗东西，还叫唤？老爷何许人物，用得上你指挥？退下。"

狗子脸皮乌紫青红，又去看刘无果，见刘无果没搭腔，身子一颤，低头踉跄跨出门槛。夕阳的光线把狗子的身影斜斜地掷在地上，看起来像是一个不太标准的蹲式射姿。刘无果抿了口已不再散发热气的茶水。水色澄碧，油灯的焰火映入其中，茶杯里好像藏了一只鬼。鬼眼狰狞。刘无果抬头，朝蒋白使了一个眼色。

两人默契于心，蒋白悄步退出。

五叔恍若未觉："刘家遭此大变，一些族人自告奋勇，前来帮手。我本想把他们都打发回去，一是碍不下刘老太爷的面子，想着这事得缓着办，毕竟办大老爷丧事时他们出力极多；二是，我想抗战也胜利了，老爷也该回来了，多些人手也便于老爷办事。这刘家到底何去何从，这得老爷拿个主意。这些年的账簿我都准备好了，老爷等身体好了可看看。"

五叔喟然一叹，指着狗子先前所站立的地方道："我本指望这只畜生能多少派点儿用场，可他不做人，偏做狗。大老爷尸骨未寒，他竟然跑去暗窑子里姘粉头，又与人争风吃醋，被扒去裤头绑在石垛子上，也不知羞，还嚷着小桃红你嫖得，我就嫖不得？让多少人看了咱刘家的笑话。"五叔

乱世

的哀容里透出几分威杀，"今个儿也是老爷把他带入府中，否则我非打断他的狗腿。老爷是怎么遇到他的？"

"入城时在路上撞到的。巧遇。"

"那也真是巧。老爷说了这么久的话，想必也困乏了吧。我去让人把菜肴端过来。"

"不必，我哥卧室在哪儿，还在南边吗？"

"是。我带老爷过去看看。"

屋内也布置有灵堂，供桌上摆了瓜果等祭品，以及一张小的炭画像。刘无果凝视着像中人心头酸楚。此间布局与他投笔从戎前已是两个模样，但这张方形的黑漆供桌刘无果记忆深刻。他与刘无因曾多次在此桌上对面而奕，输了的钻桌底。刘无因让他六子，十次就有十次是刘无果钻桌底；后来刘无果棋力渐长，十次这才有那么一两次轮到刘无因去钻。有一日刘无因兴起，顺手抄起方桌边的板凳耍了起来，刘无果拿着根棍子横敲竖打都近不了他的身，反而被他欺身向前，一个肘压。据说这是源于江西客家的一种硬门武术。刘无果羡慕想学，结果把自己砸得鼻青眼肿，只好大叹这玩意儿就跟双截棍一样是坑人的。也正是那段日子的向武之心打下的坚实基础，刘无果在部队里学习格斗擒拿术这才如鱼得水。

冥顽之物，自可长存。桌边之人，已随风逝去。

屋内还有一套红木家具，靠东墙壁是一张明清式样的雕龙画凤大床，稀罕的是床头竟然还有一张雕有爱神丘比特搭弓射箭的酸枝梳妆台。梳妆台上两个抽屉。刘无果随手抽开，里面有几件女人所用的脂粉盒与一面金属包壳的小圆镜。

五叔叹道："唉，那妇人嚷着要，大老爷就特意托人从省城买了这张台子。"

刘无果点点头，行到书桌前，扯去蒙在笔架与砚台上的白布，又随手从抽屉里摸出几张宣纸，舌尖濡湿笔头，在纸上写了一个"因"，再写了一个"果"，又写了几个字，合在一起，即是"世人畏果，菩萨畏因。"这八字是刘无果听李参谋说的，是佛家里的一个重要思想。世人先种恶因，又惧恶果，终日离不开烦恼担忧。菩萨大慈大悲，怕伤害众生，故而"恶因断而恶果无从而生"。只是何谓恶因，却也惹来刘无果与李参谋的一场争辩。此时善因，未必结不出他日恶果。在战场上对日本鬼子的一分仁慈，即是对中华民族犯下的十分罪恶。刘无果举事例打比方，李参谋即笑，说你这是援例不当，佛学广矣、大矣、深矣、微矣，切于人事，证于实用，说的是一种人生智慧，是有一个语境以为前提。战争是国家利益之争，非是个人。你父亲给你们兄弟俩取名无因无果，应该是一个不昧因果的意思。

刘无果这个名字也确实有点奇怪，上学堂时老被同学取笑，回来问刘无因。刘无因便解释："无因果，便是大自在。"可惜父亲早逝，要不，刘无果还真想请教一下。这两种解释可是针尖对麦芒。又或者说，名字即是人一生的神话与谶言。抽屉里的物件都摆放仔细，最左面抽屉里的最上方是刘无果的一张相片。相片下面是几册书页泛黄的中医药书，《金匮钩玄》《秘传证治要诀及类方》等，以及一小盒针灸所用银针。刘无果取出相片，端视道："我哥过世后，有人动过这屋里的东西吗？"

"应该没有。"五叔沉吟道，"但老爷过世那晚屋内太乱，东西都七零八落。我收拾了一番。后来，我吩咐所有下人不得无事进屋。还上了门锁。除我之外，没第二个人有钥匙。对了，我在收拾时，右边那个上了锁的抽屉里搁着的就是老爷寄回家的信。总共有十七封。"

五叔还是这样细心。刘无果还是没来由地隐隐感到不安，好像一只凶兽随时可能从身后或这张乌木书桌底下跃出。两人重新回到前厅。刘无果

乱世

换上便服，披上五叔取来的白布粗麻，随便扒了几口菜肴，在刘无因灵位前焚上香烛，整襟再次跪于蒲团上默思。夜色像一只大鸟落下，把白日一点点啄去。偌大的刘宅笼罩在一片犹带有亡灵气息的静谧里。众人早得五叔约束，连咳嗽声也早早捂入嘴里，生怕惊扰了那位能用两根手指从硬地里撬起砖的主儿。五叔的身影依稀有了点陌生。但若没有这点杀伐决断，刘宅怕早已树倒猢狲散。刘无果的眉毛攒动，想起一事：既然五叔也言大哥病重日久，那么把给大哥看病的郎中找来应该可查知一点儿端倪。

一念既生，便再难安坐。

刘无果起身。蒋白步履匆匆进屋，凑身至刘无果耳边："营长，狗子说写过两封信。地址是原来我们在湖北麻城的驻地。"

刘无果皱眉道："他怎么知道我在麻城的驻地？"

"说是在邮局打听的。邮局一位张师傅酷爱书法，曾临摹过刘老爷的笔迹，故而有印象。回来路上，我特意拐到邮局打听是否有位张师傅，说有，但人最近去了省城探亲。"蒋白瞟了眼后院灯火，压低嗓音，"我总觉得这个五叔有古怪。一个下人都能想到的事，他一个刘府管家怎么会想不到？当然，狗子寄信也并不一定属实。鬼子投降后，部队通信也没有过去那般梗阻壅塞，咱们是二月前才调至川东，按说狗子寄的信也早该到了。"

邮路不畅实属痼疾，就不提种种意外，战时部队番号时有变化。仅以步兵师说，就有整编师、暂编师、新编师、预备师、荣誉师，与各种临时编组的司令部、指挥部，刘无果所部在这些战斗序列里不知被搬来插去多少次。日军投降后，部队整编裁军数十万，他也因积军功重新升为少校营长。问题不在邮路，而是他与刘无因通信时，固然因部队保密要求，不曾在信封上详加说明，但凡变换地址时皆曾于信内告知大哥。五叔既然曾经收捡过他的十七封邮件——难道他真的一封信也不曾打开读过？可刘无因丧亡是何等大事，就算他平素再仔细小心，事急从权，怎可能会说因为不知自己的地址，放着这些拆开的信件不看，却派人手出外寻找？

五叔应该是撒了谎。

他为什么要撒谎？

他与狗子为什么又不约而同地把矛头指向自己那个未见过面的嫂子？

他与狗子的矛盾又是在哪儿？

刘无果下意识地打了个寒战。

"狗子现在在哪儿？"

"在郎中那儿。他才出刘宅又被人打了，就是在井子巷木门前遇到的那个叼烟斗者带头。若非我及时赶到，他这条命怕是去了一半。这事蹊跷。争粉头哪犯得着下毒手，还跟到刘宅门口候着？会不会是有人不想他胡乱说话，又怕灭口招人怀疑，故警告他来着？"蒋白皱眉说道，"还有，我打刘宅出来后，就有人一直尾随。虽然他甚是警觉。我绕了个圈与他打了个照面，是捼着络腮胡子进屋的短装汉子中的一位。"

刘无果鼻翼微歙。难道是五叔对刘府产业动起觊觎之心？这五六个拿着劣质中正枪的刘氏族人的面目全然陌生，名为护卫，但看得出来，都受过一定的军事训练。络腮胡子在蒋白面前无丝毫还手之力，那是蒋白拳脚太快、太重。也是位练家子，虽然脚步虚浮无力，身体被酒色毁去大半。

刘无果与在后院指挥几位下人在整理他入榻休息的五叔打了招呼，说要去外面转转，便催着蒋白也换过便装，不乘马，一前一后出了刘宅。

乱 世

第三章　茶馆

月如弯钩，于西北角的天空勾起几束云层。其中一抹似生有鳞甲口腮的青灰大鱼，被钩尖贯通腹部，却不挣扎，只朝着下方那崎岖灰黑之海中缓缓坠落。

刘无果暗自凛然。两人进了郎中铺，屋内阴暗，仅床头一盏油灯挑起些许光亮。狗子俯卧着，光着的脊背上敷满草药，嘴里一声长一声短地唤着。样子着实不会比一只癞蛤蟆好上多少。见刘无果进来，挣扎着想下床。刘无果上前拦住，温言安慰，又问可认得那些下手之人？

"认得，怎么会不认得？"狗子咬牙切齿道，"大老爷在，那帮畜生在我面前就是狗，还是专舔屎吃的狗。整日里刘哥长刘哥短，少喊一声刘哥都像吃了亏。老爷一去，这些'弯腰杆'立马变脸，脸上都开起颜料铺子了。"

"变脸可是咱们川剧精髓。"刘无果哼了声。

屋内一时悄无声息。床头左侧的箱柜上搁着一盏高脚铜灯，光线昏暗。柜台后面是一组硬木壁橱，上面嵌满抽屉。有点罗圈腿的郎中从柜台后转出，闷声不响地去了里屋。隐隐约约，四面有风声窜过，刘无果沉吟半天问道：

"狗子，咱俩是穿开裆裤长大的，你能不能给我来句实话，我哥究竟是怎么死的？"

"大老爷被害那夜，我在小桃红处，就是你今日下午撞见我的那院子。"狗子咧咧嘴，"你可去打听，院内的老鸨、姐儿与茶壶们都清楚。那天晚上我还害了痢疾，不停地上茅房，他妈的，一个叫鬼脸儿的嫖客竟然还嫌我拉的屎臭，仗着他小姨的表姐夫的二外甥在警察局做事，把一块磨盘石给扔茅坑里……"

刘无果见他越说越是粗鲁，咳嗽了一声。

"老爷，那天晚上发生了什么事我确实不知。但那妇人已自承凶手，肯定与此事脱不了干系。至于是不是勾结罗秦明，这个我就更不知道了。"狗子歪过嘴角垂落两撇的鼠须，瞥了内屋一眼，压低嗓门，"大老爷过世后，我几次三番地提醒叔爷去找你回来主持大局，叔爷竟然说你在前线为国尽忠浴血杀敌，不能让这事乱了你的心神。还说什么忠孝难两全，值此危险时局，好男儿当以国事为重。"

刘无果闷声道："此话当真？"

"若有半字虚诳，叫天雷劈我。我暗忖叔爷怕是看上了大老爷留下的产业。说不定他还盼着你战死沙场，他好名正言顺地全盘接收。"幽幽灯火下，狗子的双眼犹如鬼魂，显现两点惨绿，"有一事我觉得甚是蹊跷。叔爷本来是多么一个好说话的人。可自打年前就好像变了，行事狠辣，不计情分，往刘府里塞了不少新人。整天神出鬼没，府中常难见到人影。大老爷在世时，我也曾拐弯抹角地去探过口风……"

"我哥怎么说？"

"他啥也不说，就看着我，看着我说，看得我心底起毛，都想把自个儿的舌头给嚼碎了咽肚里。老爷……"

乱 世

"叫我哥。咱们是光屁股长大的。"

"叔爷说得对。你是老爷。这个尊卑万万不能废。皇帝没了，不是还有大总统吗？大总统没了，不是还有委员长与总裁吗？可见这尊卑的道理是万世不移。"狗子喉咙里咕噜道，"老爷是棵树，我们做下人的，就是树下的猢狲。树若倒了，猢狲就得散，就会没得吃。这个道理大老爷过世后我就想明白了，刚才躺在这里时就想得更明白了。小时候，那是我不懂事，以为一起抓过雀儿打过野鸡就可以胡乱嚼舌头。"狗子举手又给了自己一个重重的耳光，"老爷不怪我今天无礼，已经是念了这旧情。以后有什么事，老爷尽管吩咐，狗子赴汤蹈火，在所不辞。"

狗子的话刘无果是一万个不同意，但能说什么呢？三民主义几个字跳到嘴边又被他自己强行咽下。告诉狗子——国父中山发现了一种崭新的主义，能让所有穷苦人过上好日子。国民革命在推翻封建帝制后，所代之的"民主立宪"的共和制度，将结束由于千年专制之毒而"兴，百姓苦；亡，百姓亦苦"的吊诡？可自民国建元以来，军阀混战，战祸四起，兵燹不断，民不聊生。就不言民权民主，仅民生两字，百姓何曾有过片刻将养生息，至于"平均地权"什么的，更是镜花水月，空中楼阁。而另一方面，比如陈胜、吴广起兵后，当年一起耕田的故人来寻，只因言语粗鲁又多有提及当年不堪，尽被诛杀。数千年来的王朝更迭，似乎只是应了"城头变幻大王旗。"

刘无果心头喟叹，胸中烦闷之气溢出，拍拍狗子的肩膀，在他手里塞入一卷钞票："你想多了，我的五叔我还会不认识吗？非常时期，自然有种种不便言处。你先安心在这里养伤。"刘无果朝蒋白使了个眼色，取了支烛，靠近油灯点燃，往内屋行去。那罗圈腿的郎中蜷缩在里角床头，吧嗒吧嗒地抽着旱烟，见刘无果进屋也不起身。刘无果恭身施礼，老老实实地讲了来意，问这南坪都有哪些郎中，又有谁替刘无因看过病。

罗圈腿半晌不吭声，枣核似的皱脸在烟雾中一下浓一下淡，老半天才嘎着声音说道："余虽殚精竭神，然才实庸劣鲁钝，心有悬壶济人为急之意，却无轩岐再造之术，罔不洞察，不解刘老爷之隐伏沉痼，愧为丹溪后人。"

"这么说，先生也曾亲至刘府吗？"

"夫医药为用，性命所系。和鹊之妙，犹或加思；仲景明审，亦候形证，一毫有疑，则考校以求验。余遍查方书仍不解其疲癃，栗栗危惧，不敢鲁莽，惭甚且退。"

罗圈腿满口之乎者也，刘无果古文底子算是尚可，可被这些术语名词一绕，也是晕头转向，还好大意勉强能懂。耐下性子小心问来，满城郎中就那么五六位，还都去刘府报到过，各开各的方各施各的术，或言"邪入其中，挟其腑之气血，为炎氛烈焰者，故必须用泻，始可祛除其横暴也"，或云"五脏六腑尽多炎烁，是各经无不喜盼霖雨，用补水之药正其所宜"……就差没打起来。刘无因依旧沉疴难起，那未见过面的嫂子去省城延请了西医名师，依然不治。说到最后，罗圈腿把旱烟杆在床腿上敲敲，说了声"此天意，非人力可挽耳"就不再舌绽莲花。他也就是形容丑陋了些，若有一副仙风道骨的皮囊，还真让人觉得是一个时困命蹇的再世扁鹊。刘无果对中医向来敬而远之，这回算是跌入云山雾海，还好，结论尚算明确：刘无因是病死的。

人食五谷杂粮，自有种种奇难疑症，是谓"医得了病，医不了命"，那妇人缘何又去自首？这有悖常理。而五叔与狗子看似水火不容之势，为何又都说那妇人有莫大嫌疑？两人出了郎中铺。月光下，石板街道像镀了一层银，一块块亮得令人心惧。

刘无果举目四望，心头狐疑，又与蒋白拐去穿云巷的另一家药店，寻

乱 世

了坐堂郎中一问。面前的白发郎中倒不再之乎者也，但尽说自己弃儒就医云游四方、在深山老林得授岐黄仓越之心传、医白骨济苍生的光辉事迹，而且语速极慢，每句话像是被药水煮过似的。蒋白听得极不耐烦，干脆掏出驳壳枪，扯过一块碎布擦起枪机。郎中这才言归正传，仍然是慢条斯理，又说刘无因的病不过是肝气邪郁而不散，实乃小病，他抓的方子本该厥验如神，可病人不肯照方喝药，那天大的本事也没有用啊。说到最后又攻击其他几位郎中，大骂庸医误人欺世。

　　这事还真就说不清楚了。此亦不足为怪，人皆有其利益，有其眼光见识，所谓事实，便只能在"真相"与"假象"间徘徊，诚如李参谋所言："历史就是叙事的策略，是修辞的结果。"两人回到一片灿烂银光中，深一脚浅一脚地走了几步，蒋白问要不要再去寻个郎中打听，嘴边唾骂："妈的，又怕是急惊风碰上个慢郎中。"刘无果蹙眉摇头。蒋白发狠道："我看这两个郎中都不是什么好东西，把他们吊起来抽上一顿鞭子，再敲落几个门牙，就晓得实话该怎么说了。"

　　刘无果瞪过去一眼："你当是对付日本鬼子啊？"

　　蒋白哼了下，不吭声，显然不服气。刘无果能理解。鬼子固然禽兽，但为鬼子作伥的一些中国人却是禽兽不如，杀起同胞的手段花样百出更是残忍，甚至有伪军在鬼子糟蹋完妇女走后，又扑上去，完事后还把妇女全部杀害。

　　刘无果一声叹息："我可不想父老乡亲戳我的脊梁。他们都是本乡本土人。"

　　两人沉默下来。

　　蒋白问："去哪儿？"

　　刘无果思忖道："茶馆。"

川人好茶，早晨进茶馆可一直坐到晚上关门。街道不过百米，即有三四家茶馆，这还是"当街铺"，巷陌深处更隐有"巷中寺""河畔棚""树间地"。茶馆分大小，最大的茶馆往往是三教九流鱼龙混杂，真话假言野史八卦无奇不有。茶馆老板也多为地方上手眼通天黑白道皆吃的人物。刘无果问过路人，两人进聚贤茶庄，拣角落位置在竹靠椅上放下身子。茶馆里倒有电灯，光线昏暗，人影幢幢。地上遍布瓜子壳、烟灰。提着大铜壶的茶博士上前搁下盖碗杯，摆开，在离碗足有三尺距离高高举起长嘴铜壶。沸水冲入杯中，干净利索，一滴不溅，半点不流。

蒋白咋舌："这是演杂技呢。"

两人又要了瓜子与香烟。茶馆中央台阁上正有面皮焦黄的评书艺人言说国军抗战事，说台儿庄那手执大刀的敢死队一个个白盔白甲，额头还缠了布条，上书"还我河山"，为首那个是少林寺俗家弟子出身，大刀一挥，硬是把鬼子射来的子弹劈成两半。

说书人的口才着实了得，至悲愤处，决眦怒目；至筋节处，叱咤叫喊；至豪迈处，剑戟刀槊；至伤心处，四壁阴风旋起。蒋白叹道："这要是能在他口中活上一回，再死上一回，这辈子就值了。"

刘无果在蒋白耳边嘀咕几句。

蒋白挤到台前，抛下赏钱："这位爷，听闻贵乡也出了位抗战英雄，姓刘名无果，李宗仁将军还亲手给他颁发了一等宝鼎勋章。不知是真是假？"

蒋白话音不高，但原本喧闹的茶馆顿时寂静。

说书人拂衣衫，傲然道："小哥是打外地来的吧，刘英雄的事迹在本乡早已传得沸沸扬扬，无人不知无人不晓。要说啊，这刘英雄确实不简单，出生之时，红光盈室，西北更有大星如斗。待到少成，便能文能武，十八岁投笔从戎，那是踏破贺兰山缺……"

— 045 —

乱世

就有人高声叫道："刘无果英雄，我们袍哥的兄弟就不了得？八百战士死守四行仓库，洪门中人杨瑞符以营长之职殉国；杜聿明将军昆仑关浴血奋战十四天，又是洪门中人率先组成敢死队抱着炸药冲向坦克。就你刚才说的那台儿庄大刀队敢死队，十人倒有七个也是我辈。"

说话之人黝黑精壮，声如巨钟，赢得一阵喝彩。

刘无果暗自摇头，黝黑汉子说的皆是事实，都曾是报纸上连篇累牍之章，杨瑞符死后，上海洪门各堂口还专门办了一场公奠大会。国民革命时期，八年抗战国难当头日，洪门中人屡蹶屡起，舍生赴义，多有了不起的英雄。就是国父中山，也曾任洪门的"洪棍"。但洪门与袍哥虽然同源，毕竟不同。要说袍哥，鼎鼎大名者，莫过范绍曾中将，出身绿林。大字不识几个，却从一个低级军官逐次擢升至集团军副总司令。武汉失陷后，蒋给他一个第八十八军的番号，没给一人一枪；他散尽家财，十日内拉起一支万人军队，还想出了个"四大纪律，十二项注意"的法子整训队伍。一九四二年五月下旬，在中日浙赣会战中，一举击毙日军第十五师团长酒井中将——在日本陆军历史上"在职师团长阵亡，自陆军创建以来还是第一个"。可惜浙赣会战后，范绍曾明升暗降，称病回到重庆去了。

黝黑汉子要夸袍哥，也应该先夸范绍曾。总不可能他连范绍曾都没听过吧？难道因为范绍曾是川东人？

川东川西向来不服。

刘无果的视线落在旁边八仙桌边的一个人身上。此人约五十岁模样，双目微眯，极瘦，脸皮贴在颧骨上，薄薄一层，形容猥琐，三角眉，面孔黄里泛黑，手极大且长，蒲扇一般，上面筋骨虬结。

都说市井之中多奇人。

刘无果起身端碟倒去大半瓜子，目视黝黑汉子，问道："敢问先生，这汉子似不知晓范绍曾将军？"

"这你就有所不知了。"三角眉咯咯一笑，语态间颇有不屑，"这厮曾与人打赌，说他是范将军八竿子打得着的远房亲戚，跑到重庆去认攀交情，人家让他去门房排队，那里可是排着成百人的队伍，都说是范将军的亲戚，每人领过两块大洋就眉开眼笑地走了。这厮粗鲁，想硬闯，结果被人绑成一团扔到街头，衣袋里塞了四块大洋，回来后就绝口不再言说范绍曾。"

刘无果也笑："敢问此壮汉是谁？"

三角眉仰脸，讶道："听你口音是本县中人，怎么连四大金刚也不识得？"

刘无果赔笑："我多年在外经商，许久不曾回来。"

三角眉眼角挑起，"军爷说笑了，您这坐姿可不是商人做派，腰板挺得多直，就拿尺子来量也没一个凹凸起伏。"

刘无果尴尬道："先生果然高人，明察秋毫，鄙人是被拉过壮丁当了几年挑夫，还是怕死就瞅了个机会做了逃兵……"

三角眉失声而笑，单指叩额："军爷，你额头上的帽痕可不会说谎。再说了，你这一身杀伐气，要说没在枪林弹雨中滚过几匝谁信啊。"三角眉往嘴里扔了粒瓜子，目光有意无意地在刘无果的右手食指上转过一圈，"今个儿市集上都传刘家的那位抗日英雄回来了，骑东洋大马，那派头，啧啧，谁看了都道：端的是以身许国的主。"

刘无果大窘，施礼，压低声音道："先生见笑，明人不说暗话，我就是刘无果。"

三角眉一怔，猛然起身，鞠躬行礼，朗声说道："刘英雄在上，受我一拜。"众人目光齐刷刷扫来。刘无果暗叫一声糟，慌乱搀起三角眉："先生，你这是干什么？这等大礼，我受不起。"

乱世

"家仇国恨，我这一拜为自己，为南坪这方水土，更为四万万同胞。"三角眉行足礼数，方才落座。刘无果往四下一望，叹道："先生，此处不是说话之地，若是方便的话，我有些问题想请教。"

三角眉却不动身："刘英雄，我拜你，是拜你在前线为国而战，没丢川人脸面；你要问什么我也知道，南坪耆老童稚皆知，只是我不便说，也不能说。"

刘无果还没答话，黝黑精壮的汉子已阔步行来，怀里还夹着一小瓮酒，往桌上一墩，喝道："你就是刘英雄？"

刘无果无奈点头："我是刘无果，但可不是什么英雄。要说英雄，咱出川打鬼子的兄弟们都是英雄；在后方支援粮食的父老乡亲们也都是英雄。"

众人又是一片轰然叫好。

汉子叫道："据说你杀了一百单八个鬼子？"

刘无果说："差不多。"

"那就是真英雄！哪个龟孙子敢说你不是英雄，我马永财就把他揍成狗熊！"马永财竖大拇指，一端碗，举目环顾，"大家可都瞧清楚了，这可是实实在在的壮士魂。我先干为敬！"

马永财仰头灌下一大碗酒，须臾，双目通红，根根血丝浮出。此人意态睥睨，貌甚江湖粗豪大汉，可酒量之差算是匪夷所思。刘无果暗自诧异，又哪碍过这种场面，端碗也一干而尽，顿时如挨了当头一棒，腹内如有火烧，口中有无数把刀子在乱戳。刘无果骇道："这是什么酒？"

有人大声嚷道："刘英雄，这酒有个名，叫壮士魂，是咱南坪的父老乡亲近年专为那出川将士所酿。你原来可曾尝过！？"

"酒壮英雄胆，家国一身担。敢为天下死，忠魂守河山。"刘无果心头豪气激起，口占一绝，抱拳向四方长揖至地。

众人再次叫好，这个赞那个夸，纷纷端碗过来，就连那说书人也笑着上前来凑热闹。刘无果暗自心惊，瞥眼一看，还好，大家手中端的还只是那种自己幼时喝过的米酒，当下换碗又是几碗入肚。那已有醉意的马永财趔趄着推开众人，又从那小瓮里倒出两碗："我，还要与英雄喝两碗。"

刘无果却是惧了。

这三碗壮士魂落肚，只怕连一向自以为酒中豪客的他也得出乖露丑。这种酒色澄黄的液体，入口滚烫，简直可怕。刘无果朝蒋白使了个眼色，也顾不得搁下茶钱，借口尿遁，三十六计走为上。

两人到了僻静处，远望人声嘈杂处，刘无果擦去额头湿汗："蒋白啊，怎么会这样？"

蒋白哂笑："这人的名树的影，营长，你这名气可真是排山倒海。"

刘无果苦笑："我也没想到我这样区区一个少校营长，竟得父老乡亲如此厚爱。蒋白，你说那位先生说的'南坪耆老童稚皆知'是什么意思？"

蒋白咧嘴乐道："营长，这话的意思是说咱俩随便踹开一扇门，把枪对准一位父老乡亲的脑门，就有答案了。"

一语罢，蒋白自觉失语，讪讪住嘴。刘无果抬眼再望天穹，那月亮在墙头一跃，倒让人后脖颈处生出一阵寒意。

这样打探消息不是办法。

两人拐入小巷，冷风一吹，刘无果肚内翻江倒海，扒住墙壁呕出若干秽物。这也是他一日来未有正常饮食，若是平常心神镇定时，当不至于如此。蒋白撇嘴表示不屑。刘无果道："有本事，你也去喝一碗。龟儿子的，这不是酒，是穿肠毒药。"

"我倒是想喝，可我哪有营长排山倒海的名声。我若回老家，要是有这么一碗壮士魂喝，死可瞑目。"蒋白的嘴还真损，"酒壮英雄胆，家国

乱世

一身担。敢为天下死，忠魂守河山……这个意境是有，好生壮怀激烈，都快赶上岳飞爷爷了。就好像有点不押韵，也无平仄呢。营长，莫非你这吟的不是诗，是浪漫的革命情怀？"

刘无果有点蒙。他与蒋白生死兄弟，两人说话向无拘束，但蒋白少有这般讽刺加挖苦，咋突然像吃了枪药呢？

"浪漫的革命情怀"七字是有典故的。

一九四五年，在那场震惊全球的马拉松式的唇枪舌战后，重庆《新民晚刊》刊出毛泽东同志的《沁园春·雪》，还加有编者按"毛润之先生能作词，仍鲜为人知，客有抄得其《沁园春·雪》一词者，风调独绝，文情并茂，而气魄之大，乃不可及"。一时间天下无人不说毛润之。刘无果看了，也说好，对蒋白赞道："这真是浪漫的革命情怀！"李参谋恰巧进屋，把这张报纸拿起来看了几次，哼道："这真是浪漫的革命情怀？"

两人舌辩，各自不服，最后比赛骑马、射击、拳脚，刘无果赢了拳脚，输了骑马与射击，认赌服输，把一个月的薪水拿去买了几箱好酒痛饮。

若是李参谋在就好了。自己心中之感，或许他一眼就能看清，一言即可道破。刘无果眉心一跳，脱口道："黑头汉子叫马永财？"

蒋白咧嘴道："营长，人家雄纠纠气昂昂地报了字号，你才想起来？这可不像你平时作风。打黑枪的少年可就是说马永财绑了他哥去站笼。南坪应该不会还有一个这样力拔山兮气盖世的马永财吧？"

刘无果哭笑不得，原来蒋白的打击报复来自于此处，苦笑一声："心神乱了。唉。"

蒋白吐了下舌头："大哥，我也是憋得慌。"说罢连翻几个空心跟斗，劈手抡拳要过一趟，又一脚重重地跺在身边墙壁，这才恨恨地说道："我还真想向那少年学习，百米外打赏这孙子一颗用民脂民膏铸的子弹。大哥，你说这种畜生咋就杀不完呢？他妈的，就跟草一样。"

"野火烧不尽，春风吹又生。"刘无果一叹，"这可能是鲁迅先生说的国民性吧。"

"要我说，就得像朱元璋那样剥皮揎草，置于衙门官座旁。那些王八蛋才会知道谁才是他们的衣食父母。大明一朝，虽有刘瑾；但洪武年间，谁敢欺压百姓？百姓不分贵贱，皆可直接到京城告发地方官吏的贪污罪行，地方官吏若敢拦阻，一律枭首示众。"蒋白回首朝聚贤茶庄方向比画了一个砍脑袋的手势。

蒋白出身商贾，父亲开了家绸缎店，不想被当地警察局局长夫人的远房亲戚看上了他的祖传店面，先指使无赖以下流手段屎尿涂墙轰赶顾客，待蒋父报案，便以无赖汉出示的假房契为凭据，将蒋父以诬告入罪。牢房，那是把人当牲口关的地方。等最后倾家荡产把人弄出来后，蒋父也不行了。蒋母气急吐血而死。蒋白在打伤那局长夫人远房亲戚的幼子后，便漂泊浪荡于外，后改名参军。蒋白其实不叫蒋白。蒋白的过去，刘无果略知一二；蒋白对贪官污吏的恨，刘无果也理解。谁不恨贪官污吏呢？恐怕有时连他们也恨自个儿吧。比如西汉名相萧何，一生谨慎，为避高祖猜忌，不得不自污名节方免其祸。再怎样一个忠信廉洁之士，也被不少人攻讦其实为沽名钓誉的伪君子。

刘无果怔了半晌，缓缓说道："'礼乐者治民之膏粱，刑政者救弊之药石也。'这是洪武十七年朱元璋与群臣座谈时所言。剥皮若有用，朱也不会感慨'法数行而辄犯，奈何？'洪武三十年，朱元璋删改《明大诰》，凡榜文禁例悉除之，不再重典治国……"

刘无果没再说下去，蒋白已是一副灵魂出窍状。两人又行了数步，刘无果还是忍不住一叹："大明一朝，以剥皮始，以剥皮终，可谓始终不变。"

"大明朝与我没关系。这个地头蛇与我有关系。我管不了生前身后事，但眼前若有不平，即当铲之。"蒋白这几句话说得铿锵有力。

"这世上最难的是明辨是非。你以为你在替天行道，但所谓天，多是你或者你身后那个水泊梁山的心意。"这句话在刘无果喉咙里滚过几圈，看看蒋白神色又掉回腹内，良久，他才慢慢道："马永财不法，自有国法办他。咱们现在也不是在战场杀敌。"

蒋白没答，步伐加快，他的影子被月光扔在地上，像一个问号。

刘无果心头唏嘘。

八年抗战，川人单衣草鞋，拿老套筒，多有死战不退，更无一支部队投降变节，牺牲之惨烈居全国之冠。他们是英雄，但必须承认：出川之前，其中不乏马永财此类鱼肉乡里之辈。更何况疆场牺牲易，后方筹措难。仅抗战胜利前的四年间，四川共征收稻谷总量就占全国总量的三分之一。马永财手段暴戾，也是国难当前，国法如此。若无此霹雳手段，四川又如何能让蒋委员长在《告别四川父老书》说，是"由国家祸乱的根源而变为国家安定的主力"？

若无牺牲，便无胜利。这话人人都在喊；但若无酷吏，又有多少人有这样高的觉悟自愿牺牲？一切激动人心的口号后面隐藏着多少罪恶。而民众，这种奇怪的生物，许多时候确实也就如蓝衣社那帮人宣称的那样——"民众服从恐怖"。抗战八年，向有"一队鬼子，两队伪军"的说法，整个抗战期间伪军总人数超过二百万。这么多中国人为什么自甘堕落投敌为奴，就是鬼子的"恐怖"。

还能说什么呢？

现在抗战胜利了，只盼中央政府能惦念四川的贡献，能早日废除各种苛杂，豁免粮款，让父老乡亲们休养生息，不要再让那些慷慨赴死者的父母妻子在战时为抗战忍受了一切的痛苦，在战后仍然要忍受这痛苦的一切。

刘无果看着蒋白的背影，这些话他都没法说出口。

蒋白冷不丁地回头说道："营长，假如你没去当兵，马永财那厮跑来向你征收七十年后的田赋，你抗不抗税？"

刘无果愣住了。

蒋白说："营长，去年开春粮食没跟上，大家闹到团部去。团长把大家叫到操场上，说了一件事，还记得吗？"

刘无果点头。一个姓万的农民自己靠吃观音土与树皮充饥，也没拖欠半粒公粮。结果饿死了。这事被国民政府树为典型，大肆宣传，据说当地县政府事后还聚资给这个姓万的农民立了一座牌坊。

"当时我就想问你，乡公所的人为什么不劝他留点儿口粮？难道不知道他会饿死吗？我就不信差了这点儿口粮，就会打不赢鬼子！"风把蒋白的声音吹得咣咣作响。可能是因为这满空的银，他走路的动作显然有点僵硬。蒋白咳嗽着，努力地咽下一口唾沫："豫省三十一年度之征实征购，虽在灾情严重下，进行也颇顺利……征购情形极为良好，各地人民均倾其所有，贡献国家。嘿嘿，均倾其所有，贡献国家。"

蒋白的问题，刘无果没法回答。川军一向是后娘养的，牺牲最多，给养最差。去年开春，川军缺粮，为一碗粥之稀稠，一名彪形大汉当场与舀粥师傅干了起来。而这时候刘无果同驻一个防区中央军嫡系的某营，居然还有富余粮食拿到黑市上出售。是可忍孰不可忍，但这事还真不能让浴血奋战的士兵们知道，密奏上去，上头最后也还是大事化小小事化了，对方只拿了一个少尉排长做替罪羊匆匆枪决了事。

蒋白的后半截话更有出处。一九四三年，《大公报》刊出一份报道《饥饿的河南》，一石击起千层浪，社会哗然，军心动摇。刘无果所部在防区

乱世

时接连载获数十名背着军粮逃跑的士兵。当宪兵问他们为何要逃跑时，一个识字的河南籍老兵在枪口下惨笑着把全文一字一字地背出。没有人打断他，大家沉默地站着，在料峭冷风中。尽管团部李参谋事后一再咆哮，这是谎言，是日伪的阴谋，那个张姓记者是该死的汉奸，但所有人都知道老兵说的是真的，知道饿殍遍地是真的，知道"人相食"是真的，知道那句"停止征税吧，我们能靠树皮活命"是真的。

不久以后，一个叫白修德的美国记者向全世界证明了这一切。

能说什么呢？

寇如梳，兵如篦。

这个时代宛若饕餮怪兽，咀嚼万物，吞食人心。

刘无果走得慢，蒋白终于也放缓脚步。街头寂静，两人一前一后的脚步声生出奇异的韵律。石板上的银让这个川西小城宛若不可思议的梦境深处。隐隐约约，有露水于看不见处悄然凝出，沿着石阶与檐角滴落，化成一阵冰凉。

第四章　告状

太阳出来了，苍白，像是被人拿剪刀在天上剪出来的窟窿，没有半丝热量，是一个浮在青黛云层之上的句号。远山青翠，送来阵阵清丽寂静的天地气息。这种感觉甚是古怪，仿佛眼在地狱，身在天堂。

刘无果戎装在身，独自纵马朝县府而去。天色空蒙，马行不快，薄露洒在青石板路上，颇为湿滑。一路上多是挑货担物的苦力人，吆喝声、叫卖声，种种纷乱混杂的声音一并敲打着耳膜，敲出种种回音与若干记忆。酒肆茶寮、店铺货摊，眼前景物这般熟悉，似掌中纹路。就好像八年的枪林弹雨不过南柯一梦，自己并不曾离开半刻。马蹄嘚嘚，远远可望见县衙门的那片灰瓦，以及灰瓦前的那片不算大的广场。辛亥年，南坪县最后一任知县便是在这衙门口交出大印，还被革命党在广场上剁下垂着油亮长辫的头颅，挂于那鸣冤鼓边示众。那官平素勤勉、善体民情，堂前审案允许百姓旁听，颇有点民主意识，还曾绘制出一幅《南坪县城乡全图》，只可惜生不逢时成了乱世祭品，也是一叹。

衙门坐北朝南，说是县衙，门面比起刘宅倒还要更小上几尺，东向半堵墙壁更有巨木撑住。原本横挂着的牌匾不见了，取而代之的是两面竖挂着的木牌，"南坪县行政公署""南坪县国民党党部"。墙壁上又有一副石刻对联："万里赴戎机壮怀激烈；何日平胡虏回望乡关。"门前那株古树倒与往昔一般大小，虬枝尽显岁月沧桑。鸣冤鼓不知去了何处，一位背枪团练门前站立，样子倒也精神抖擞。

刘无果翻身下马，整理仪容："劳烦兄弟进去禀告，就说国民革命军第三十师八八旅一七六团三营少校营长刘无果求见李鸿远。"士兵返身通报。

过不多时，一位身着中山装的清瘦男子出来，眼眸清亮，眉角带笑，人还没迈出门槛，手就远远伸出："刘长官，本县的骄傲，李某久闻大名，真可谓如雷贯耳。今日一见，三生有幸。"

男人有一双修长的手，但坚硬异常，且凉，右手一握即已分开。刘无果一凛，这双手与李参谋的手还真有几分神似。按相书上的说法，这种人，三军不可夺其志。双方客套完，进大堂。刘无果举目一望，大堂内壁原来的海日朝阳图已被石灰覆盖，中间悬挂着孙中山与蒋介石的头像。两侧是总理遗训"革命尚未成功，同志仍须努力"。四厢摆设简单清洁。刘无果马靴一碰，朝画像立定行军礼。清瘦男子看着刘无果的举止，脸上笑意更盛，去桌角提了暖壶，亲自来给刘无果斟茶："我这儿寒酸，比不得刘长官府上，见笑见笑。"

"李县长艰苦朴素，实是党国精英，吾辈楷模。真是闻名不如见面。"刘无果一顶高帽子送出。

双方在暖阁处按主客之序坐定，又是一番寒暄，问过天气，叙过时势，感慨了几声中国何去何从。刘无果揭茶盖饮了一口。茶极一般，一望即知是一角银毫一大袋的货色。这位清瘦的李县长却如饮妙茗，眉目间尽是赞叹之意。看他这架势，就算是一杯白开水，也能从中咂出香甘重滑。

刘无果笑道："看来李县长是茶道中人。不知是否听闻南坪的蒙顶黄芽？"

李县长也笑："扬子江中水，蒙山顶上茶。蒙顶黄芽之名，李某早已耳熟，也曾有幸品尝，确实是上等佳茗。"

"敝人府中还有几袋上好新叶，待会儿即嘱人送来。"

李县长一怔："不敢不敢。"

刘无果合上茶杯道："茶之一物，擅天地之秀气，钟山川之灵禀，祛襟涤滞，致清导和，则非庸人孺子可得而知矣，中澹间洁，韵高致静。李县长夙兴夜寐，操烦政务，时有遑遽，人实劳悴。刘某暗思，案牍劳形之余，汲泉煮茗，以自愉快，亦可谓风雅之举。"

"刘长官文武双全，果然名冠天下之士。宋徽宗这篇《大观茶论》啜英咀华，见解精辟。"李县长哈哈大笑，"只是李某委实不敢附此风雅。讲句大白话吧，上等蒙顶黄芽一斤售价三元。李某月薪五十，买不起啊。今日托刘长官之福，或可人恬物熙一回，待刘长官走后，嘴巴刁了，非这蒙顶黄芽不过瘾了，李某又该如何自处？难不成再腆颜去信向刘长官索要？您说是不是？"

沙场军人与政务官僚多是互相歧视，你骂我尸位素餐，贪生怕死，实乃国之蛀虫；我骂你丘八武夫，鲁莽蛮横，不知礼义廉耻。刘无果这是故意掉的一回大书袋，没想到这个李县长居然认出书袋的来历，还另外再捡起其中半句不动声色地挖苦了刘无果一下。人恬物熙的上半句是"世既累洽"，这八个字的字面意思是说，世代相承太平无事，这茶才能喝得舒服。而李县长的潜台词则是，而今事艰危，还谈什么蒙顶黄芽？有这种一角钱的茶渣子喝，你个装腔作势的龟孙子就要感谢党感谢政府了。

刘无果脸皮微红，嘿嘿一笑，话题一转，单刀直入道："李县长，果然性情中人。今日刘某莽撞，实为我哥刘无因而来。不知您对我哥遇害一

乱世

事有何看法？”

“遇害？”李县长一脸惊讶，端着茶杯的手悬在半空，“此话从何说起？”

看他神态，那是没有一丝作伪。

“从刘周氏说起。”

刘周氏投案自首马上被判无罪，这不符合通常的司法流程。且一个未亡人不于府中披麻戴孝，反搬去南坪袍哥老大宅里居住，这也不符合人之常情。她是被五叔驱逐出府，还是另有隐情？五叔言语多有闪烁，刘府中人又有这么多的变化，那个络腮胡子看起来绝非良善之辈……刘无果昨夜反复思索，还是拿定主意先到县衙走一遭。他得见那妇人一面。见面之前，最好能多了解一些情况。说得不好听点，万一是五叔对刘府产业动了窥觑之意，先拜访下父母官不是坏事。所谓：破门州尹，毁家县令。

“我倒也听闻刘周氏有投案自首之举。她当时没来警察局，直接去了县法院。法院的王推事与县警察局的人一起去了贵府调查核实，所呈上的报告我也看过，说是刘周氏因爱夫心切致心神大乱，神志不清，故而自诬。报告中还附有县里几位郎中与省里刘医师的诊断书，皆言刘老爷去世，实因操劳过度，沉疴难起。警察局的法医也出具了相应的验尸报告。”李县长沉吟道，“贵兄一方绅士，多有声望，遽然离世，南坪百姓无不感念其德，只是天下无不散之筵席，还请刘长官节哀顺变。”

这话说得滴水不漏。但这还是解释不了刘周氏为何要去罗秦明处。这其中关窍刘无果昨夜细细推敲，总之是疑云难解。当下道：“既然如此，刘某有一不情之请，能否允诺无果调阅当日卷宗？”

李县长眯眼笑道：“刘长官客气，您是抗日英雄，为党国洒过热血，能为您尽点儿绵薄之力乃是李某的荣幸，也是政府之义务。只是您有所不知，自一九四二年起，咱们南坪县设置地方法院，把行政与司法分开后，凡由法院审结的案子其相关卷宗皆在该处保管。刘周氏的案子实由王推事主审。刘长官若有什么疑惑，可去他那儿打听一番。"

刘无果讶道："竟有此事？"

"三民主义嘛。要以民主共和制度，结束这千年专制之毒。"李县长嘿嘿笑道，"行政、立法、司法，再加上考试与监察，五权分立，国父深谋远虑。"

刘无果说："若司法人员徇私枉法，您这堂堂父母官难不成也无权过问？"

李县长咳嗽了两声，视线望向窗外寂静苍天，良久，又重新回到面前案几上。李县长的手指在案几上轻敲一下："李某虽说有监督之责，实是鞭长莫及。地方法院之人事及财权皆由高等法院直接派遣。不怕刘长官见笑，我一月薪饷尚不及地方法院一名普通录事待遇的三分之二。刘长官是党国功臣，若有冤屈，尽可上那地方法院申诉。"

"若有冤屈"这四字就意味深长了，刘无果的心忽然一动。是其有意说之，还是无意识地说漏嘴？两人视线一撞。李县长的双眸犹如深潭。

有这样一双眸子的人怎可能是五叔嘴里的油滑昏庸之人？

刘无果沉吟道："王推事是哪年来到南坪？"

李县长欠身："一九四一年。却比我晚了数月。"

刘无果再问："听说他是欧美留学的出身？"

李县长笑道："刘长官，您这才回来几个时辰，就把南坪县的里外摸得清清楚楚。怪不得人言刘家老二将来定要拜将入相，前途不可限量。"

"哪里哪里。"刘无果赔笑道，就要起身告辞，目光越过李县长的肩头，落在西边墙壁一张被阳光映衬的条幅上，没多看，只一眼，他就知道这正是大哥刘无因手录的《般若波罗蜜多心经》。没有人比他更熟悉刘无

乱世

因的笔迹了，尽管李参谋时常会嘲笑他的书法只得刘无因的形，别说入神，连会意还差了几重境界。刘无果的脑子里轰隆一声响，接着一道闪电出现，照亮脑海里的千沟万壑，当下驻足，沉声道："无果虽日夜效命疆场，也早就听闻李县长大才。主政南坪数年，这筹措粮饷、征集民夫、鼓动乡勇、塑我川魂，诸般事务无不繁重，还做得人皆称善，使得上下齐齐用心，南坪屡获嘉奖，无果感佩。只是大人上智，无果愚鲁，还望大人能就刘周氏一案见赐一二。"

时间停了下来，只可闻两人之呼吸。窗外晨霭散尽，露出青色天穹，犹如琉璃之物，高悬于众生头上。

"我把田赋都收到七十年后了，还人皆称善？"李县长瞟眼西边墙壁，坐下身，揭开茶杯盖，轻啜一口，脸上笑容不减，"刘长官真会开玩笑。"

屋外有鸟咕咕叫声。

不知是什么鸟，一声长两声短，叫得清澈。阳光变热了，穿过墙孔，直直地射在刘无果面前的楹柱上，并折射出红橙黄绿。这一小束光里有万千尘埃飞扬。

李鸿远与自己大哥究竟是什么关系？

其人还真是厚颜无耻得紧。

一念生，众念纷沓而至，瞬间便是钱塘潮之势。刘无果心头恼怒，思及昨日在老虎坳处所见瞎眼妇人，拖长声调道："庙堂之上，朽木为官，殿陛之间，禽兽食禄；狼心狗肺之辈，滚滚当道，奴颜婢膝之徒，纷纷秉政。"

李鸿远拍手哈哈一笑："刘长官熟读《三国》啊。难怪是打鬼子的英雄呢。"

"大人何意？"刘无果一怔。

李鸿远说："我听闻倭人喜读三国，以为其间有兵书神策，但往往把脑袋读坏了，只知条文不识变通，哪有刚才刘长官这般随意拈来，得了其中三昧。"

这话又是拐了几道弯儿骂人呢。

不对，五叔说得一点儿也不对。其人有骨，且是相当硬度。也许他在自己面前是这个模样，在其他人面前又是另一个容貌。

刘无果皱眉嘲道："县长大人既知这句话的出处来历，想来也是熟读三国的嘛。"

"岂敢。年少无知时曾有翻阅，依稀还有点印象。刘长官之英武，确实与长坂坡那赵子龙不遑多让。李某赞叹哪。"李鸿远脸上笑容一丝未减。

李鸿远话语里不带一个骂人词，但怎么听都不是味道。与这种舌辩之士口舌，徒然无益。刘无果心中有了计较，正思忖着，一个短发齐耳的长脸妇人从后堂转出，胸前凹凸跳荡，劈手拽住李鸿远的耳朵，大喝："死鬼，跑这里摆龙门阵了？我爹的寿诞就要到了，你的寿礼八字还没一撇，屁股咋也就能坐得下来？"

李鸿远大恼道："放肆！"

长脸妇人瞟了眼刘无果，哼了声，松手，手背在腰襟上擦了几下，刀子脸上很费力地挤出丝根笑容："哪位军爷啊？好生眼熟。"

刘无果拱手作揖，大步出了县衙门，一口气不得出，劈手在那半边腐朽的巨木上重重一拍。墙砖掉下几块。背枪团练慌慌张张，一个瞄准射击动作。刘无果冷笑，转身上前在这个团练右肘上一拍，喝道："自然站立，双脚分开站稳，枪托抵肩，腮颊贴住枪托，好了，这样才能保证射击精度。"

地方法院在一家茶馆附近，门脸甚小，不过五尺，若不是门口那块白底黑字的木牌，怕是谁都不会以为这里是司掌一县生杀之处。门虚掩半爿，

乱世

应手而开，里面倒别有洞天，三进院落，还有座半人高的叠石假山。庭院中间是一棵两人合抱的老银杏，叶已小半金黄，地面杂色错陈。

一个胖男人着一件袍袖宽大的古怪戏服，绕树转圈，捏兰花指，嘴里还唱着《苏三起解》的选段。身前树枝上还悬着一个鸟笼。里面有一只太平鸟，见有人进屋，居然从嘴里吐出一串英文："How do you do？"这句英文刘无果还是懂的。

刘无果拱手上前询问："这位仁兄，请问王培伟王推事在哪儿？"

男人咿咿呀呀唱完一阕，眼珠斜睨："敢问贵客因何至此？"

此人拿腔捏调，令人恼怒；不过他用川梆子所演绎的这段脍炙人口的西皮段子，倒也颇为入耳。而且面目依稀有几分熟悉，一时间却又说不上在哪儿见过。

刘无果皱眉道："告状。"

男人足下不停，手上结出莲花印："告谁？"

刘无果说："刘周氏！"

胖男人挑眉提膝，一个仙人指路，手指着刘无果，仍是女腔："请问芳客大名？"

掠过背脊一阵悚栗，刘无果强自忍下去挠后背的冲动，不动声色说道："我是刘无因的胞弟、国民革命军第三十师八八旅一七六团三营营长刘无果。"

男人哈哈笑了，露出一口雪白的牙齿；又脱去戏服，露出背心下的半身肌肉。这人颈肩下方居然有一块狗头似的青色胎记，难看得紧，但他浑不在意，瞟了眼天上阳光，捡起椅背上的衬衫披上，又自竹几上取壶斟满一杯，咳嗽一声，恢复了正常男人的说话腔调，道："原来你就是刘家老二。都说你英雄了得，连鬼子的子弹都绕着飞。真不简单。来来来，我敬党国功臣一杯酒。"

刘无果摆手："酒喝不下。请问王推事在哪儿办公？"

男人举杯的手腕在空中绕过一个圈，刘无果的拒绝丝毫没让他有半分难堪，这酒倒像一开始就是倒给自己喝的，而且还喝得有戏剧感。一杯饮罢，掸掸衣襟："我就是王培伟。对了，你找我什么事？"

刘无果说："告状。"

王培伟说："告谁？"

刘无果说："刘周氏！"

王培伟笑："刘周氏杀夫案早就审结，再告又有何益？"

刘无果说："我兄死得不明不白，为何不能再告？此案蹊跷处甚多，若不明示其间曲直，何以服世道人心？"

虽是初夏，却有青叶落下。只一片，打着旋缓缓飘落，落得慢，细小的气流托住它。王培伟拈住青叶之柄，目光里有戏谑之色："刘兄弟，你这是大清晨赶过来骂我妄事判决，玷辱司法吗？"

刘无果伫立不动，沉声道："不敢。"

两人目光像铁撞上铁。

"你们一切过路的人哪，这事你们不介意吗？你们要观看，有像这样临到我的痛苦没有？"王培伟如念台词，声音却是出奇平静，"刘兄弟，只怕你这状纸一递，再也脱不了是非，一步踏错，就恐平白污了这在枪林弹雨中挣出的清名。"

"此言差矣。"刘无果脸上讥色一现而隐，"廉吏而可为者,当时有清名。鄙人一介武夫，有何清名可言？更何况人命关天，案情重大，岂可葫芦僧断葫芦案？民国肇建，诸位司法总长对践行国父之五权宪法，无不念念在兹，固虽有南北对峙，军阀混战，这四十年来唯独法界尊严，始终未坠。

乱 世

我虽愚鲁后生，也久仰贵界诸君不畏权贵的先贤风采。所谓政治不依法轨，如洪流不就堤槽。人事利害又或一时得失成败，不可为断狱之圭臬。"

王培伟瞥来惊讶一眼，鼻中哼笑。

刘无果肃然道："纵使我哥罪无可逭，周氏妇人弑之不仅无罪，还有功于国家与民族，也烦请推事大人采取文明办法，择精通法律之员主审，另选通达事理、公正和平、名望素著者为陪审，并准允我等聘请律师，审讯时任人旁听，如此，我自慑服不提，大人之行也必定能得百姓之赞颂、同事之尊崇、政府之嘉奖，更重要的是，您本人于仰俯间，不愧于天、不怍于人，足可为吾辈之垂范。"

"仰不愧于天，俯不怍于人。"王培伟哈哈大笑，"好一个刘无果，就不要拿高帽子与我戴了。你既然执意如此，我若不准，倒显得我贪赃枉法了。好啊，这状我准了。不过我得提醒你，这里是南坪，不是南京；想来你也已知刘周氏在罗秦明宅中，能否劳烦您把她带至法院？你是原告，这官司打起来，可不能没有被告啊。"

世上荒谬事莫过于此。

青天白日下，这个该死的胖子居然会说出让原告去拿被告的话。

刘无果气苦，咬牙道："我是军人，不是警察。"

王培伟一拍大腿道："这就对了，警察，还有你没有提到的团练局，都归县长李鸿远大人所管辖，你得先找他派人把被告传来，或者押来。要不，这官司你说怎么打？我这个法院门面大小你可是看见了，几根老套筒那是给刘兄弟当劈柴也嫌糙啊。"

刘无果愣了。

王培伟上前拍拍他的肩膀："刘兄弟，念在咱们都是三民主义信徒的分上，我给你一句忠告，这里的事不比战场上的白刀子进红刀子出。老子是他妈的受够了。”说罢一撣衣袖，踌步送腰，捏兰花指，仍然是《苏三起解》的调，女腔，正宗的西皮段子。词却改了：“某家来到南坪县，将身来到大街前；未曾开言我心好惨，过往君子听我言……”

刘无果彻底无语，看王培伟的做派，别说索取当年卷宗，就是想讨点儿口舌便宜，也是妄想。刘无果出了法院。枣红马咴恢几声长嘶，似乎也感染了主人的烦躁，刘无果自兜里摸出一把干粮喂于马嘴边。马湿漉漉的舌头拖过手心。路边树荫下，那些穿过摇动的枝叶的斑斓阳光，依稀便是刘无因手录的那张《般若波罗蜜多心经》。李鸿远先前与自己对答时，前倨后“谑”；而中间的转折点，便发生在自己发现这张手书后，这又是因为什么？

还是得回县衙再走一趟，虽然不能拿着枪逼问他与大哥的关系，至少可把王培伟的意思说一说，看看他葫芦里到底卖的是什么药。刘无果上马复奔县衙，这回门口的团练没再拦他，只是脸色古怪。进屋一看，明白了。李鸿远半身茶水，形容狼狈。想来多半与长脸妇人拍桌打椅互决了一番雌雄。见刘无果，这李鸿远脸容居然没有一丝尴尬，那双修长的手互相拍了拍，就在满地茶水与碎瓷片中大模大样地坐下：“刘长官，这就在法院看完案宗了？”

刘无果未落座，环眼四顾，心中一沉，西边墙壁那张手书已经不翼而飞，挂上了一张“礼义廉耻”，并有题款“蒋中正书”。刘无果在各地都见过这种工厂印刷品。难道自己刚才是白日幻觉？肯定是李鸿远刚换上去的，匆忙之时，想必墙壁上应该犹存灰尘所遗之痕。刘无果下意识地往西边墙壁迈了两步，李鸿远已起身拦在他的面前，笑道：“礼义廉耻，国之四维，四维不张，国乃灭亡。刘长官风流儒雅，口诵成章，李某不才，倒想请教，这礼义廉耻今日此时又该做何解？”

李鸿远前半截话出于《管子·牧民》。一九三四年，蒋介石发起新生活运动，确立了"礼义廉耻"国之四维的地位，并重新解释为"礼是规规矩矩的态度，义是正正当当的行为，廉是清清楚楚的辨别，耻是切切实实的觉悟"，在抗战时期再度改为"礼是严严整整的纪律，义是慷慷慨慨的牺牲，廉是实实在在的节约，耻是轰轰烈烈的奋斗"。而今抗战胜利，百废待举，此四字又会做出怎样的解释呢？

"河东狮吼，是谓无礼。"刘无果没再就着这个话题再扯下去，依葫芦画瓢地把王培伟的话重复了一遍。

"刘长官才情果然直追子建老杜。"李鸿远笑笑，起身，在一片狼藉中背手至门槛处，踱过几步，回头，眼里眯出一根针，"辛亥首义，尹公昌衡高居大汉四川军政府都督，公开提倡哥老会组织，自封大汉公的舵把子。后虽明文取缔，哥老会的实力却不减反增，尤其是自抗战以来，发展更为迅猛，满城的士农工商贩夫走卒十停怕是有六停拜了码头认了堂口……刘长官是此间土生生长之人，难道对这些事从未耳闻？"

这些事刘无果怎么可能未有耳闻？

剁下南坪县最后一任知县头颅的革命党就是一名袍哥出身的无赖汉，为人极是愍憨狡猾，又好吃懒做，平素纠结同伙，见有外地客商模样的人，拎着几包不值钱的药材往人身上撞去，撒泼一地后，便说是极名贵的，扯着赔钱，就把一位咽不下这口气的客商给生生打死。客商有来头，表舅在当时的省提刑察司做刑名师爷。无赖被捕入狱，都以为一命抵一命，被当时县里的袍哥舵把子护住，赔过银子，又再另觅了一个穷苦汉顶罪，大摇大摆地走出监牢。这也罢了，此番折腾后，无赖汉气焰更是嚣张，居然啃起窝边草，为谋南坪县郊一位新孀妇人的田产，伪造出若干文书，硬说自己是那户人家早年被遗弃的亲生儿子，欺负起孤儿寡母。这种事干多了犯下众怒，一时间销声匿迹，直至辛亥年又跳出来，喊着"革命了，革命了"，恶狠狠地挥下大刀，又杳无踪迹。

刘无果皱眉道："听过。但恕刘某孤陋，实不知县长大人何意？"

李鸿远长叹一声道："罗秦明乃是袍哥的舵把子，在南坪的势力盘根错节。警察局是归我管辖，但早被他扎了针、泼了水、掺了沙子，我让他的人去问他要人，刘长官，您觉得现实吗？就算我让人去，这树的皮、人的脸，以他的身份，可能会为一桩早已结案的官司，老老实实地前来报到？假如你是罗秦明，你来不来？"

这话听起来有点推心置腹。细想一下，又不是这么回事。最早是李鸿远把皮球踢至王培伟处，王培伟一个侧踢把球踢回来。照李鸿远现在的说法，就得八抬大桥把罗秦明请来，台面上还不能提官司两字？

"李县长，你有难处，我懂。我得为先前说的混账话，郑重向您道歉。至于我哥是否遇害，这事目前确实还说不大清楚。但我还是想请教，是不是因为他罗秦明在南坪各处扎了针、泼了水、掺了沙子，您就得仰赖其鼻息，视其之脸色，才能做好这个县长？"刘无果揉太阳穴，脚底踏碎一块碎瓷。

此话诛心。

"刘长官，我敬你是党国功臣，对你剖肝沥胆，是望你对本县多加体谅，你却一再出言讽诮……"李鸿远的眉心攒在一处，怔怔地望着屋外。屋外晴空浩荡，没有云，一只鸟，不知是什么鸟，就浮在青色中一动也不动，就像是嵌在上面的。

"南坪民风强悍，袍哥坐大，若一味鲁莽行事，激起民变，我这脑袋掉了不要紧，只怕死人无数。刘长官，就假设你大哥真是遇害，是查清你哥死因真相重要，还是这满城百姓的身家性命重要？"

"秉公执法，天理昭昭，民变一事从何说起？"

乱 世

"一九三九年，罗城李勤县长因意图重新丈量全县土地，为国多征钱粮，劣绅刘辉文阳奉阴违，李勤缉拿之，反被其裹胁刁民，闹出事变断送了前程；一九四〇年，渠县李义县长禁娼禁赌禁烟，断人财路，一支黑枪要了其性命。刘长官，相信这些事你或许也略有所闻吧。世上事并非只要秉公执法，就能落一个朗朗乾坤。那什么天理昭昭，你真信吗？"

"人之头顶三尺，自有光辉洒落。正因为天理昭昭，浊者沉，清者扬，日寇再是凶蛮也不能亡我中华。"刘无果对天理两字并不信服。从来都是窃钩者诛，窃国者侯。明袁崇焕受磔刑惨死，其冤不在岳穆王之下，无数民众，付钱割肉，取之生食。"顷间肉已沽清。再开膛出五脏，截寸而沽。百姓买得，和烧酒生吞，血流齿颊"。这时何曾见天理昭昭？刘无果问。李参谋答，说的又是一番道理：袁崇焕为什么冤？他打清人。民众为什么生噬其肉？他们恨清人。在这一点上，他们是一致的。所谓天理，于其时便为民族大义。而正因为袁崇焕的惨烈，所以"其身世系中夏存亡，千秋享庙，死重泰山，当时乃蒙大难；闻鼙鼓思东辽将帅，一夫当关，隐若敌国，何处更得先生"。

这是南海康有为题在北京"袁督师庙"前的对联。当日在《申报》等诸报刊上很是热闹了一阵。

"清朝又如何坐了四百年江山？所谓天理，不过随人心转动耳。"李鸿远看了一眼刘无果，"刘长官，莫逞口舌之辩。我且问你，换你是我，你如之何？"

"大人不是为袍哥势力夙夜难眠吗？正好可借机一树威权。"

"治事之道岂可一味快刀斩落，曾文正公曰，一剖析；二简要；三综合。剖析者，当如纪昌之视虱如轮，如庖丁之批隙导窾，总不使有一处之颟顸，一丝之含混。简要者……"

"你怎么当上这县长的？"

"考的。一九三七年以四川省县长考试第一名放任。"

"若我不曾记错，那年考题党义第二条，试述国父以法治国之思想。你可曾答过？"

"一是民主政治要靠法律来保证，并由法律来规定国家权力的分配，而规定这个国家权力分配的法律，应由国会来制定。其次，要用法律来规定和保障人民的各项民主权利。"

"既然如此，敢问李县长为何视法律为粪土？"

"刘长官，那我问你，国父为什么要说由革命军起事，到民主共和制度的实现，需要有一个相当的过程，即，军法时期、约法时期，最后达到宪法时期？"

刘无果默然，没提刚才所见的《般若波罗蜜多心经》，起身道："我兄若有罪，国法惩之；若有人以私怨弑之，凌驾于国法之上。我刘无果虽是一介武夫，却不敢视国法为儿戏。告辞。"

乱 世

第五章　杨二

刘无果出县衙。

已近正午，阳光跟牛皮拧成的鞭子一样，抽得人鬓角发汗，胸口处阵阵发烫。刘无果心中躁热，牙缝里溅出几字"殿陛之间，禽兽食禄"。枣红马似觉得"禽兽"两字是对自己的侮辱，咴溜溜一声长嘶提出抗议，扬鬃跃蹄，倒让守门团练差点惊落了手中步枪。

平心而论，李鸿远待自己的礼数不曾有亏；所言，也颇合常理。但王培伟一口一个刘兄弟，李鸿远一口一个刘长官，两种言辞皆是一般的太极推手。自己所为倒似竹篮打水一场。面对这种官场老狡之徒，自己还是失之于鲁莽轻率。官字两张口，黑白全凭嘴。同样是部队扰民之举，一边是斩立决，以正军纪；另一边是"此地多有资敌所为"，不仅无罪，反而有功。"剖析、简要、综合"，李鸿远所述的曾文正公之六字真言，确是办事的不二法门，但究竟要什么样的"缜密、耐心与策略"才能把那只该死的虱子看成轮毂大小？

大哥到底是不是遇害的？为什么李鸿远会有大哥那张手书，还把它悬挂于壁，并在自己发现后马上收起？这其中疑点不少。

刘无果打马向前。四周虽有人影往来，此刻却仿佛行走于一团有极大黏性令人窒息的寂静处，恍恍惚惚，树草灌木与砖墙瓦石皆浮在阴翳深处，让人疑真似幻，又像那被阳光所厌恶的一块块暗中，皆蹲着猛兽、栖有恶禽。

马蹄嘚嘚。李子巷口两个挑夫争执着拦住去路，身穿短褐、打着赤脚，一个挑着粮食青菜，另一个挑着日杂货担，互相戟指大骂，矮子暴怒如狮，高者叱喝汹汹。这个骂你娃扯巴子，那个道你娃溜洽子；这个叫你娃涮坛子，那个喊你娃倒桶子。乡人多抵如此，纵是微末小事也不肯稍作退让。或责之穷山恶水出刁民，但若以同情理解之心往深处细细思量却也属正常——狮虎齿中残余便是蝼蚁众生的饕餮大餐。不争又何足以糊嘴？一处不争，便也处处不可争。

现实不是修禅。

横巷里急急奔出一名赤膊黑瘦挑夫，可能是被汗水糊住了眼，闷头径直往马腹上撞来。货筐倾翻，梨子散落。挑夫勾手团脚倒地哀号。世道艰辛，战火荼毒，这一筐子梨怕是他数日生计所在。刘无果心头唏嘘，掏出几张钞票正欲抛下，脊背处猛然发麻，一个念头闪电般自前额处穿入，瞬间便遍布了四肢百骸。刘无果下意识地低头团身下马，这念头才清晰起来——这是人撞马，不是马撞人。再瘦的挑夫也不会这般不经撞；其二，他应该去捡梨，而不是哭号；其三，他倒地的姿势不对……

"啪"的一声响，一粒子弹在空中飞过，往鼻腔里塞入一丝火药气息。

刘无果悚然一惊，身体下意识地朝枪响处奔去，奔得急，双足在檐下、土墙、拴马石桩上飞快踏过，顷刻间来到横巷另一头，眼见一团黑影如大鸟从灰瓦上落下，拔足赶去，已不见踪迹。凶手好大的胆，闹市白昼也敢开枪！

耳听着不远处马嘶声突起，刘无果心悸，暗叫一声糟，复朝被伏击处

乱世

奔回，三名挑夫不见踪迹，枣红马屈蹄悲嘶，踉踉跄跄地要站起，又站不稳，重重摔倒在地，马蹄在地面刨出一长溜火星。刘无果又惊又怒，赶上前勒住缰绳，伸掌安抚着几近躁狂长嘶不已的马。马的左前蹄上被人砍了一刀。使刀之人的臂力甚大，心极狠。马蹄也就剩一点儿皮连着肉。马算是废了。刘无果脱下衬衣，替这匹陪伴自己出生入死多年的枣红马简单做起包扎，瞥眼间又见附近墙壁上离地面不足三尺的弹孔——这枪似乎并不是夺命而来。哪有这么差劲的狙击手？也许有，就像老虎坳的少年。

三名挑夫多半是开枪之人一伙。他们为什么开枪？

是恐吓。

为什么要恐吓？

自己到县衙与法院，让一些人不安了。

不管谁是幕后指使，其手脚好快，也忒狠毒。这是威胁，是对刘无果的威胁，更是对南坪人赤裸裸的威胁，否则开枪警告刘无果即可，不必此般大费周章地砍伤马腿。如果自己牵着受伤之马在南坪街头一走，倒还真是配合着指使之人的心意来演出了。他也还真是心浮气躁，若他不演此一出，自己还真不能给出"大哥之死绝不简单"的结论。其人狠毒有之，愚蠢也有之。为什么他会心浮气躁？李鸿远与王培伟那里隐藏着什么样的秘密？不可能是五叔指使，五叔心细，没这样愚蠢。但心细之人，也可能"故意愚蠢"以避嫌疑；指使之人究竟是王培伟还是李鸿远，还是自己未谋面的嫂子……刘无果摸出枪，幽蓝的枪口对着马之前额。这马救过刘无果。

一九四〇年九月十九日晨六时。武汉滕县。残垣断壁中。

刘无果小半个身躯掩埋在砖瓦砾中。湿热的泥土在腹下犹如困兽。他忘掉了这是第几次打退日军的冲锋。身边的枪声已渐稀落。

刘无果抖落瓦砾与土，嘶声喊道："还有活着的吗？"无人应声。断肢、碎裂的钢盔、扭曲的机枪枪管……这里似乎就是人世的尽头、地狱之门的开端。眼前有半截青砖，青砖上沾有白色脑浆，下面是半截烟头。刘无果颤抖着手，捡起烟头，在怀里摸，没找到火柴，摸出一张相片。相片上有两个人，一个长袍马褂，一个戎装军靴。刘无果瞅了眼，把烟叼在嘴上。拐角处传来一声低低的呻吟："排长，这狗日的是啥炮呀？"

是蒋白！刘无果扒开瓦砾，蒋白龇牙咧嘴。

"41式75毫米山炮。炮长4.32米。炮重725公斤。最大射程6300米。"刘无果搀起蒋白，"狗日的，你还活着！"

刘无果一拳击在蒋白肩膀，眼眶湿润。两人拣了个隐蔽处并肩坐下。蒋白摸出火柴："排长，咱们咋没这样的炮呢？"刘无果点了烟，吸了口，递给蒋白，"过去有，不仅有过，还造过。可惜自民国缔造之初，事变迭起，民无宁日，哪有机械生产，咱们的炮自然是一代不如一代。"

蒋白嘬了口烟又再递还，看了看溟蒙天穹："排长，咱们今天会死吗？"刘无果耸肩笑笑，吹起口哨，吹的是一寸山河一寸血，十万青年十万兵。蒋白收拾妥弹药，突然叫道："排长，你看。像不像鬼子被砍下的头？"顺着蒋白的手指望去，在一堵已坍塌了大半边的青墙上，太阳出现了，嵌于其间，没有半丝热量。又因为墙缝里的草，乍眼望去，确实挺像一张有了五官的扁平脸庞。蒋白啪地一下扣动扳机。草被连根打飞。刘无果耳听得墙外一阵噼里啪啦声，深深地吸了口气，卧倒，拉动枪栓。

一匹马自视线死角处踱出，马镫上拖拽着一具日酋尸身。

—073—

"营长，都说这鬼子禽兽不如，还真是哩。你看咱们这还没去阎王爷那里，这鬼子养的畜生倒懂得眼巴巴地赶来送上一份祭品。"蒋白笑道，就要开枪，刘无果按住，刚想说什么，听见炮弹在天上吱的一声尖叫，脸色变了。都说新兵怕大炮，老兵怕机枪。那是没叫炮瞄上，瞄上了更要命。这发冷炮长着眼来的。刘无果一脚把蒋白踹入旁边的炸弹坑，炮弹就在身边炸开。强大的气流砸在太阳穴上，刘无果两眼一黑晕死过去，等到醒来，却发觉躺在病床上，再前后看看，是自己部队的战场医院，接着左右上下看看，胳膊与腿都团团在，连块弹片都没捞着。正努力回想着发生了什么，蒋白挑帘子进屋。一问，原来刘无果晕了后，那马受惊后兜过一圈又回到蒋白面前，蒋白剥去日酋的衣饰替刘无果穿了，把他扔马背上，自个儿再从死尸堆里扒出鬼子衣服，提着捡来的一根三八式枪，就这样红着眼睛，恶着脸，淌着泪，大摇大摆地穿过了鬼子的防线。

　　"这马是救命恩人哪，鬼子都以为你是他们那伙的。"蒋白笑嘻嘻道，"营长，你的气场还真不是一般强大，炸弹在毫厘间炸开，我都以为你真'先烈'了，哭得一把鼻涕一把眼泪，结果医生说你啥事都没有，只是被震晕了。那炸弹的火药装填量十有八九不够。唉，太浪费我的表情了。"

　　蒋白说得轻巧，其间凶险不问也知。刘无果哭笑不得，滕县一战他是下了必死的心，没想到绝境中得生，也不知应该是暗自庆幸，还是暗道侥幸。纠结间，蒋白已把那匹被洗刷干净的东洋马牵到眼前，枣红色，极雄俊，皮毛流水一般光滑没有半块瑕疵，仅鼻梁周围和四蹄上方为雪白色。蒋白嘿嘿笑，"营长，宰了吃？"旁边一位懂马的军医就接过话头："这马有顿河马血统。"顿河马鼎鼎大名，是苏联红军中骁勇的哥萨克骑兵标准坐骑。刘无果心结去掉大半，手抚马额，枣红马一声长嘶，眸子里映出人影。

刘无果未扣下扳机。

在一众纷纷避走行人的诧异与惊惧的眼神下，刘无果把马牵至附近药铺，找郎中讨了几服刀伤药敷上，再嘱店内伙计把马送至刘宅，自己转身步行重回县衙。

"朝党国功臣开枪？什么，还砍了刘长官那匹抗日有功的骏马的一条腿？"李鸿远的惊愕倒似非作伪，喊来獐头鼠目的警察局长，当着刘无果的面一番训斥。半个时辰后，一队警察跟在刘无果身后，骂骂咧咧地来到伏击处，带队的警察正是昨晚那位黑头汉子马永财。

马永财显然不满意昨晚刘无果的不战而逃，咧着嘴道："刘英雄，你昨晚不是英雄的干活。"马永财没说是狗熊的干活。刘无果哪有心情与他说笑："马队长，真对不住了，昨夜人多不便多言，我昨天才知家兄过世，却是心有余而力不足，改日再与马队长痛饮。"马永财一怔，摸摸后脑："是啊，我都忘了这茬事儿了。刘英雄，不怪。"说罢，就要抱拳赔礼。刘无果赶紧扯住。

两人来到巷内。马永财看着弹孔研究了半晌，眼露疑惑："刘英雄，您说这枪是怎么打的？倒像枪走火，若是谋害，哪有对着人下半身搂火的？"刘无果指指横巷里的那片灰瓦："马队长是行家，枪从哪里打出来的一望即知。难道马队长平时也喜欢大正午地跑到屋顶擦枪吗？"

马永财语塞。

刘无果说："都说小小南坪城只在马队长手掌心搁着啊，马队长啥时把这几个人从掌缝里摘出来啊？"

乱世

马永财尴尬，黑颈上挣出几根青筋，又说不来警察局长那种"岂敢岂敢"的场面话，眉毛一竖吼道："刘英雄，你也甭消遣我。我马永财不会暗处打枪那套，我虽然杀不了一百单八个鬼子，抓几只这种只会暗中打黑枪的小鱼小虾那还是不在话下。您就等信儿吧。"

两方各自拱手告辞。刘无果问过几个路人，朝罗秦明所住之地缓步行来。罗宅比起刘宅更见高大气派，建筑面积恐怕有数千平方米，坐西朝东，门前一对半人高的石狮镇宅护院，石铺门道，四周马鞍式封火墙高过屋顶，牌堵上有人物花卉装饰，墙体各层更有若干射击孔眼。虽是民居，论坚固无异于碉堡。门前左右又有一副石刻对联："秉赤心，骑赤兔追风，精忠扶汉室；读青史，仗青龙偃月，福泽佑此城。"刘无果一字一字读罢，叩响门环，出来一位白发管家，耳朵可能有点背，嘴里直嘀咕着："老朽耳聋，请大声点儿。您找谁啊？"刘无果不吭声，盯着他看了老半天。这白发管家才说："哦，你找罗老爷啊，他去省城办事了。"说着话把门扉轻轻合上。

门，隔出两个世界。

刘无果静默片刻，脚在石阶上重重一顿。檐角有尘土簌簌落下。一只惊鸟自檐下拱梁处飞出，一飞冲天，转眼间化成茫茫天穹中的一个小黑点。青天在上，苍生在下。太阳自连绵的瓦顶投下纷乱的斑斓光影。在这些彼此交错像水浪互相冲刷着的光中，刘无果像一尊塑像，站了足足小半个时辰，一声长叹，再绕着这罗府的风火墙壁朝巷陌深处行去。

这是一间僻静处的伶仃茶馆，门面年久失修，显露出几分衰败。门楣上居然也有楹联一副："人生如梦，争夺名利归泡影；法界唯实，也悟虚幻成大觉。"这几字还真暗吻了已换过一身便装的刘无果的心境。当下踱入。门内阴暗，弥漫着氤氲冰凉气息。不过两三张小方桌，四五把竹靠椅。桌沿与竹条被时间擦得发亮，油渍渍地亮。屋内摆设依稀仍是几年前的模样，老虎灶头搁着的那把颇有些年头的长嘴铜壶好像不曾移动过位置。灶头的水咕噜响着，却不见灶前烧火人。

投笔从戎前，刘无果与刘无因曾在此处彻夜长谈，言说家事国事风声雨声。言犹在耳，斯人已去，相隔黄泉，两不相知。刘无果心头酸楚，寻了茶具，坐下自饮自酌。过不多时，屋后转出昨夜聚贤茶庄那个三角眉，步履匆匆，穿堂而过。三角眉当有心事，未发现暗处低头独坐的刘无果。刘无果心念一动，起身追去。巷陌纵横交错，密如蛛网，哪里还有三角眉的身影。刘无果正自疑惑，脑后风声乍起，战场多年厮杀练出的本能反应立刻主宰了中枢神经，身体不往前蹿，弓背，向后用力撞去。棍棒失去准头砸在墙壁上。刘无果翻腕拧住偷袭之人的胳膊，肘击，背摔，脚踩在这人的膝盖弯处，喝问："什么人？"

是那个在垭口打冷枪的枯瘦少年，神情痛楚，眉眼攒着，嘴上犹自犟道："吃霸王茶的泥脚杆！没得王法啊！"正唾骂着，扭头看清楚刘无果的面容，啊的一声惊叫，"怎么是你？"少年想到什么，眼睛大了，里面有了光与惊喜，大叫道："你就是刘无果，我们南坪的抗日英雄？！"

"起来说话。"刘无果听少年道破自己身份，松手，心中警惕。四边动静入耳，少年应是孤身前来。只是这也未免太蹊跷了吧？还是自己太多疑了？"你怎么知道我是刘无果？"

"长官，你昨天中午走后，我后脚也跟着入城，寻了一件灶前烧火的事。茶馆的老板是我远房的舅爷。"少年甩着被拧红的手腕，指指身后的伶仃茶馆，"我向我妈发誓了，哪怕饿死也不会去做那些伤天害理的事……"背后打人冷棍就不算是干伤天害理之事？枯瘦少年的性子还真够阴鸷。

刘无果打断他的话："你怎么知道我是刘无果？"

"今天大伙儿都在说你呢。说你昨夜在聚贤茶馆，那百十人齐来敬酒，

乱世

是咱南坪从未有过的盛况。我才知道我昨天中午差点就把我们南坪的英雄给打死了。还好老天保佑，我枪法不准……"少年还想啰唆，刘无果蓦然想起昨晚三角眉的"南坪耆老童稚皆知"，当下哈哈一笑，拉起那受宠若惊的少年的手，回到伶仃茶馆，两杯茶倒落，一番旁敲侧击。

枯瘦少年叫杨二，还真有所耳闻，还真是一个话痨，当下竹筒里倒豆子，噼里啪啦一说。杨二嘴里的刘无因就与刘无果所打小一块儿长大的那位不大一样了。

南坪偏居川省一隅，隔省城与专署所在地远，山高，林密，匪多，人少，虽是风景秀美，但出入极为不便，所谓"噫吁嚱，危乎高哉，蜀道之难，难于上青天"。蒋白眼里的"风水宝地"正是一些为官吏者眼中的绝域苦地。但自一九四〇年起，南坪成了一块肥肉。它的险峻使之成为一个再安全不过的种烟地带。其时川省禁烟，各路烟客若过江之鲫来到南坪十六乡，或拓荒租地、或以枪弹货物放"烟债"，又或干脆以现金买"预货"，而南坪本地的始作俑者就是刘无因。

"乖乖，别人种烟不过田间屋后，刘老爷那真是大气魄，一下百亩良田。"杨二说得兴奋，"上面派了一个泥脚杆出身的来督察铲烟，刘老爷灌他一个七荤五素，又栽了他一个嫖宿民女的罪名，再塞过十根黄灿灿的金条；然后联合各乡大户，摆平当时的县长，以县府名义呈文省府，说南坪情况复杂，老百姓生活困苦，大烟既已栽植，若急忙铲除，现在又过了改种粮食的季节，人民断了生计，定要激起民变。结果禁烟一事就没了下文。刘长官，那几年南坪老百姓的日子可真是好，种烟割烟有钱收不说，连县府征的田捐也由一年数征改为一年两征。街头更是兴旺发达，连嘉陵江边细皮嫩肉的姑娘都赶到咱们这儿讨生活了。"

杨二嘻嘻地笑出声。在他眼里，刘无因的手腕简直是智勇双全。他的语气与眼中的热烈，与蒋白提起金嗓子周璇差不多。刘无果无比郁闷，心想这少年的话十成恐怕都不能信一成，自己的大哥怎么会是一个种鸦片的？但这恐怕就是事实，否则不可能连这街头少年都已知晓。但也不对啊，刘无因若真只是一个种鸦片的土豪劣绅，李鸿远与王培伟犯得着与自己客气吗？尤其是李鸿远，口口声声民主宪政，并望自己能对其难处多有体谅，绝口不提刘无因种烟土一事，现在思来，应该大有深意。

刘无果强自按下烦躁的情绪，又问刘无因出事之夜的情况。杨二期期艾艾。刘无果恼怒，"照实说。刘湘与刘文辉是叔侄，还不是一样大打出手？刘无因是我大哥，若干了什么天怒人怨对不起南坪百姓的事，他死了我也只会鼓掌说好。"

杨二说的就更没谱了，说那姓周的妇人本是好人家的闺女，上过洋学堂，还有个喝过洋墨水的恋人，回家省亲的时候被刘无因看见，就被刘无因差人抢入宅中。"宁为英雄妾，不为庸人妻。刘老爷娶她，那是看得起她，何况还给了她一个正妻的名分，真没想到她竟然隐忍多年……"杨二想起什么，伸手朝罗府方向指了下，压低声音，"也不一定。刘长官，听说是那边给她下了巫术。"

乱 世

第六章　人言

刘无果回到刘宅时已是黄昏，五叔早已备下酒饭。刘无果胡乱吃着，问道："五叔，我哥在县里向来声名如何？"

"大老爷向来慈悲为怀，修桥铺路、扶贫济困，那是从不落人后。就说那兴学一事，凡南坪百姓，凡生计有难处的，大老爷皆多有支助，每年固定一笔经费，那可是实打实的银子花出去。四里八乡人俱敬重爱戴，谁不夸赞一声刘大善人？"五叔滔滔不绝，眼见刘无果脸色不豫，住了口，"老爷，你今天是不是听到什么闲言碎语？"

刘无果夹了根菜，不置可否，让五叔坐下一起用餐。一番谦让，在刘无果的执意下，五叔总算坐下半边屁股，端起酒杯，滋啦一声，说："老爷，我说句掏心窝子的话。您听了别生气，我可真是替大老爷不值。这些年拉丁缴粮，事事急苛，都着落在一个钱字上。就不说田赋什么的，光那些名目繁多的临时捐献，什么壮丁费、救国公债、保甲捐、飞机捐……连一般的乡绅富户都熬干了骨髓，更甭提那些穷苦人。若不是大老爷想办法左撑右支，南坪只怕早已十室九空。都说大老爷这些年发了大财，可谁知道大老爷为了这世道人心早已千金散尽。"五叔自桌边取出一叠账簿，皱眉道：

"老爷，您看看，刘家现在就是一个空壳啊。"

刘无果随手翻阅："大前年十二月买了三百五十支'自来得'？这枪不便宜啊。"五叔解释："说是给团练局的。这团练局是大老爷当年一手操办起来的。南坪若是没有它，只怕早被七顶山的土匪掠夺一空了。"

七顶山居于南坪东南百余里外，山腰间常年有云雾缭绕，极险，行人多视为鬼门关。炎炎夏季，在山之阴面行走，也随时可遭遇到冰雹大雪；若咳嗽声大了，惊动头顶被雨水浸酥的泥土，便是一场毁天灭地的崩塌。刘无果长大后依稀听闻当年绑架自己的族人黑三就是与七顶山的土匪勾结，但怎么也没想到仅仅数年七顶山的土匪竟然壮大到有能力攻打一个县城？五叔看出刘无果的疑惑，干笑道："大老爷常说，当人没了活路，强者为匪，弱者为丐，那也是没办法的事。七顶山的土匪确实势力强大，尤其是近年，多有游民与散兵加入，据说现在有近千人马呢。前年立冬，广元县一日内遭其劫掠三次。"

一千人马，那是比一个整编营还要多的兵力了。这数字当是街谈巷语间的夸张修饰，不过就算有数百土匪，劫掠广元也不足为奇。广元虽为县城，城门数座，但城墙年久失修，四处更有道路入城，只需数十匹马即可来去如风，只是……刘无果暗自思忖，蓦然间一个念头攸然而起，待要近前窥个清楚时，它已如惊鸿翩然而去。

刘无果定定神，问："团练局有多少人？"

"三百余人。过去是大老爷以县参政的身份兼着这差使，现在改由李鸿远兼着。那里其实水深，哪座山头的人都有。"五叔压低声音，"据说还有共匪。"

刘无果颈后毛发炸开："共匪？"

五叔眼角的皱纹像是要刻进骨头里："我也是听说。流言蜚语说啥子

乱世

都有。我有时就想，大老爷……"

"你说我大哥是共匪？"刘无果起身森然道。

"不。大老爷怎么可能是共匪呢？"五叔捂嘴咳嗽，"我是说大老爷遭此变故，或许与团练局有关。各方势力都想把它握在手中，大老爷难免成了某些人的眼中钉。周氏妇人不过是一把刀子。握刀子的手在后面。大老爷的话在团练局一向算数。有次一个新手弁兵操练时把手榴弹扔到后脑勺儿，人傻掉了，还是大老爷赶上前一脚踢飞，这事让大老爷很得人心……"

"我哥遭此变故，当下得利者是不是李鸿远？"刘无果沉声问道。

五叔不言语了。刘无果眉头跳动，大哥手创的团练局难道真是他的取祸之处？不对，一记冷枪即可，为什么动手之人偏是枕边人？刘无果凝目晕暗的油灯，缓缓说道："五叔，我听说我那嫂夫人是我哥抢来的，有没有这桩事？"

五叔的喉结咕噜一下："这妇人来到刘府很是奇怪，此前从未听大老爷提起过。不过事后他俩看上去确也颇为恩爱，说是两情缱绻、鹣鲽比翼也不为过。大老爷给她买的东西老爷也看见过，说是抢来，不大可能。或许是那妇人为洗脱自身罪名放出的风声。"

"既然恩爱，为何五叔认为是她害死我哥？"刘无果嘿嘿一笑，眼里凝起针。

"我只是认为她有嫌疑。"五叔喟然一叹，"老爷，不会认为是我赶走她的吧？"

此话还是诛心。油灯把两人的影子投到墙壁上。影子深处似有万千沟壑，以及森寒风声。五叔的脸是如此疲惫。他取下珐琅眼镜，擦了下，重又戴上："老爷，我知道此事蹊跷处甚多。你有疑虑不足为奇。但你要相信，你的五叔不是贪墨之徒。账簿已在桌上。老爷可慢慢细看。还盼老爷能念昔日情分，准我告老回乡。我明日清晨即回刘家村，在凤头岭搭一草棚，去陪大老爷。"

说到后面几字，五叔喉头哽咽，语难成句。

刘无果一惊，慌忙起身道："五叔何出此言？在我心中，五叔虽非生父，实有养育之恩。虽未名为螟蛉，其实如此……"刘无果顿了下没再说下去。古人误认为蜾蠃不产子，喂养螟蛉为子，因此用"螟蛉"比喻义子。这实际上是一个天大的误会，而是蜾蠃捕捉螟蛉存放在窝里，产卵在它们身体里，卵孵化后就拿螟蛉做食物。吊诡的是，南北朝时的陶弘景就已发现这个真相，可时至今日，人们，也包括刘无果自己，脱口而出的仍然是：螟蛉义子。

"老爷，千万别这样说。你的心意我知道。毕竟是我带大的你啊，我能不知道你的禀性吗？刘家兄弟，两个男儿，都是热血。你比大老爷还要多出几分鲁莽。"五叔眼中浊泪滚落几滴，用手背迅速擦去，没再称"您"，说的是"你"，"老爷，你的五叔已经老了，老朽之身，不堪敷用。老爷，让我走吧。这已经是你们年轻人的世界。"

刘无果摇头道："若无五叔勉为支撑，刘府中人早已四散。无果从投笔从戎之日起，此身已属国家。府中之事那也得五叔费心继续打理。此心天可明鉴，无果若有一字虚言，必遭惨死。"

五叔浑身如同树叶一般颤动，欲跪下。刘无果赶紧拉住，眼眶微红。两人都没再说话。一种奇异而复杂的情绪包裹了刘无果。行军作战多年，最讲信任两字。每个人都有后背，战场上，你必须把后背交给兄弟。信任并不是一朝一夕之事，也并非永远不变，所谓共患难易，同富贵难。刚才这句话虽然发自肺腑，但这并不意味着刘无果对五叔百分之百地信任。如同李参谋所言，人，归根到底，是利己的（故，利他主义被视为美德）。所以要建立一种互相制衡的制度，使每个人的利益能在一个大家看得见的

乱世

框架内进行博弈。

两人默然。良久，刘无果道："出事之夜，是罗秦明派人接走那妇人？"

"此乃刘氏一族的奇耻大辱。若非那妇人着意勾引，罗秦明怎敢如此欺我？这些月我召集一些本家兄弟，让团练局的刘富贵队长勤加训练，就想着等老爷回来后，定要以眼还眼。"五叔涩声说道，"刘队长就是昨日老爷进门时见到的那位满脸有络腮胡的。他冲撞了老爷，心里惶恐得紧。要不要我把他再唤来？"

刘无果不置可否地用手指敲敲桌子，问："我原来怎么没听过族内有这号人物？怎么，他在团练局？"

"他是刘老太爷的侄孙。听说过去也在部队。后来犯了点儿事，回到本乡。大老爷见他懂点儿军事操练就用了他，用着还顺手，就抬举他做了队长。昨晚他想上老爷跟前赔礼，我说老爷已歇下；今早又早早赶来，我把他骂了一顿。老爷见惯大风大浪，心里有万里江山，要办的事多着呢，哪轮得着他这点儿鸡毛蒜皮；替老爷牢牢地抓住团练局，那才是正事。他这才回了。"

"回团练局的驻地？"

"正是。"五叔皱眉说道，"老爷，还有一个人，不知您是否想见？县法院的刘法警，是刘家同宗。当日王推事判决时，他在场。今天老爷出门办事，去了县府与法院，我估摸着老爷今晚回来后，或许会想知道当时法院发生了什么，所以就早早把他叫来。"

刘无果的心咯噔一下。今早出门，他只对五叔说了去县府，没提法院两字。难道五叔派人跟踪，还是自己太多疑？去了县府，自然要去法院。又或者是这个刘法警是五叔的人来摸自己底细的？脑子里的问号犹如电光石火。刘无果端起茶杯，手中茶水琥珀一样，深不见底。抿过一口茶，刘无果抬头笑道:"五叔,你把他叫来。另外,你晚上把宅中刘氏族人也集中下,我等会儿出门一趟,戌时左右回来与他们说说话。另外,账房中能否取出一点儿钱?"

五叔恭身退出屋外。

过不多时,一个瘦高男子跟在五叔身后匆匆进来。刘无果笑迎上前,双方让座。五叔悄步退出。刘无果与瘦高男人叙过宗,互相道过年庚,斟上一杯酒,双手递上:"谢兄长的仁义,都说锦上添花易,雪中送炭难,兄长真乃古之侠者。还望兄长对当日之事尽请明言。待到沉冤得雪时,我刘无果定当重重酬谢。"

"世风不古,真是荒唐。"刘法警慨然道,"王推事说起来,也算一表人才。可为遂其一人淫欲之私,致演出如斯之丑剧,殊为可叹……"两人推杯换盏,不知不觉刘法警已酒酣耳热,抚膺顿足间,这张嘴就大放厥词,骂王培伟狼心毒手,贪赃枉法,罗织成狱,多有贿赂;说李鸿远婢膝奴颜,尤能吮痈舐痔,曲尽恭维之能事;再咒起李鸿远身边那位长脸妇人,言其牝鸡司晨,苛索巧取,嗜利无餍,致一县之名誉堕地。

刘无果听得心头焦躁,再问当日审判情形,不过庭前对答,却无半点用处。

刘法警突然停下筷子,压低声音道:"你这个案子,部队要介入,这样由不得王培伟不办。还有,这个案子的关键证据是你嫂子,你一定要想办法取来她的口供。"

刘法警走了。刘无果把他送到刘宅大门口,瞅着这个贴着墙壁根走的瘦高身子陷入沉思。这年头兵荒马乱,只要是在江湖上走的人,身上都有七八种颜色。刘法警的"部队要介入"是来探自己的虚实吧。他们是害怕这个才不敢当街狙杀自己?此人佯狂若癫,五叔叫他来答话又是何意?

乱世

沉沉暮霭中传来隐约鼓声，像从一个很远很远的旅途中传来，耳膜内一时寂静。正是月在中天时，天地澄清，犹如大水洗过。浮在月光中的树枝与影，被风吹动着，好像要被吹入另一个时空。种种景物让人若有所悟又似有所失。刘无果背转双手，朝着昨晚与蒋白约定处行去，脚步时快时慢，还在拐弯处突然折返，确认身后无人后才疾步拐入一家杂货铺，换过本地人装束，往城内北边一处已废弃的观音庙行来。

蒋白早在庙内等候，一身土布粗衫挑夫模样打扮。

庙宇早已荒芜，满地碎砖破瓦，凌乱不堪。供桌上几件灯盏器皿缺足断耳，横七竖八。布幔前方的二人高的观音大士像倒也塑得庄严慈悲，斑驳脱色，手中还托了只净瓶，左脸颊不知是哪个顽童用粉笔画了一个大叉。

桌案一侧，昨晚那个说书人被捆得跟粽子一样，嘴里还堵着布。

"你这是干什么？"刘无果哭笑不得，疾步上前扯去湿布绳索，"蒋白，快向老先生赔罪。"蒋白还没说话，说书人开口了，眼白翻起："刘长官，真是好大的威风，连手下当差的，也是下山猛虎的做派，我这一口茶还没呷完，就被他轻舒猿臂生擒到此间。佩服佩服。"

刘无果算是明白蒋白为什么要以这样一种方式请他过来，瞪了蒋白一眼，恭恭敬敬地施足礼数："恕罪，属下无知鲁莽，多有得罪之处，望先生海量。"

说书人团身避开："刘长官党国英雄，抗日功臣，胸中自有荡荡波涛、林林兵甲，老朽岂敢当此大礼，那还不折了寿命？老朽还想多活几个年头。"说书人半文半白，出语刻薄，言辞间犹存几分昨夜拍惊堂木突兀一声震云霄的说书风采。刘无果知道理亏在己，哪敢作声，躬身抱拳低头赔笑。

蒋白性鲁，见刘无果与这个倨傲老头口中之乎者也的，恨不得上前一脚将后者踹翻，什么老虎凳辣椒水全用上，心中烦躁，又不便发作，冷哼数声。刘无果心中明镜似的，吩咐蒋白出门守望。

说书人叹气回礼："刘长官，心意我领，只是我可以回去了吗？"

"刘某尚有不情之请，求先生赐教。"

"既是不情之请，唯君图之。"说书人嘴角哂笑，脚往门口行去。

这话出自清人纪昀《阅微草堂笔记》，说书人借用于此，却是另一层意思。刘无果心中一凛，拦住去路，也是半文半白："长兄若父，今猝然离世，不得临抚其棺，怆何如也；且事多蹊跷，无果愚昧，不愿做苟且缩头之人，伏乞先生明鉴。"

说书人脸上表情似笑非笑："若老朽嘴里冒出一个不字，刘长官是要将老朽毙了吗？看来老朽平日说刘英雄出生之事迹还是太少了啊。"

"蒋委员长常言'礼义廉耻，国之四维，四维不张，国乃灭亡'。我闻先生言语，意趣高古，敬的当是天理人伦。还望先生成全无果做一个孝悌忠信之人。"刘无果脸颊微红，想起他在茶馆说自己出生之时红光盈室的鬼话，长叹一声，摸出枪，塞入说书人手中，"无果不敢拦先生去路。先生坐镇茶馆，耳听了八方消息，眼见得四海人物，口舌间更有刀剑铁骑、风号雨泣，想来定是民间高人。只求指点一句，那句'南坪耆老童稚皆知'是什么意思？"

这句话是什么意思，刘无果一日下来已大致明白，此番再次问来，却是拣这众所周知处入手，让这说书人不好再出推脱之言。再说白点儿，驳壳枪塞入说书人手里，这固是诚意之表示，又何尝不能理解成另一种威胁？秀才遇见兵尚且有理说不清，何况只是一个行走江湖讨百口饭的说书人。

说书人脸色稍霁，哪敢接枪，叹着"老朽何德何能，现世孤老耳"顺台阶下来，坐回原处，咳嗽几下，清过嗓子，说的正是刘无因种贩烟土，牟利甚巨一事。言语间也偶有唏嘘之意，估计还是被那把刘无果有意无意

乱世

地搁在案上的短枪给逼的。但必须说，这厮口才还真是好，所述故事比之少年杨二所述，那就有穿插，有迂回，有曲径通幽，有大江东去，有一人独行荒漠，更有海陆空三军配合作战，说至酣处，学起深巷犬吠、妇人惊觉、众人斥责，也是惟妙惟肖。

刘无果点头："我听说家兄死日，城内多处燃放鞭炮，以为庆贺。家兄若真曾贩卖烟土，落此下场却是报应。但我查过家中账簿，并无一分这烟土之利。当然，账簿说明不了什么。我只是说若家兄真曾种贩烟土，以至于民怨沸腾，获利想来丰厚。这笔钱到哪里去了呢？由此或可查出这幕后真凶。"

"贵府或另有账簿存放处。或许是刘长官回乡日短，管家尚未及时禀告吧。至于说是报应，也未必然。烟土荼毒生民，人所咸知。然以南坪一隅之地而言，因此事盛，百姓也略有喘息生机，也是事实。惜人心多为流言所蔽，生民又常短视趋利。但所谓城内多处燃放鞭炮以为庆贺，当属谣传。南坪城内哪日没几门红白喜事？"说书人翻起白眼，复又沉吟道，"令兄种贩之利的去处，我确实有所耳闻。至少一半是派了正大光明之用场。"

"正大光明之处？"

"兵荒马乱之年，匪患越重。区区一县警力实不堪自保，故川省各县多有练勇。令兄非等闲之辈，为保一县安靖，筹建团勇，靡费甚巨。这是菩萨心肠，霹雳手段。可惜名满南坪，谤亦随之。如今只落得明月荒丘野冢抔土。"

暗淡光线下，说书人焦黄面皮上像罩着一层布，也不知他哪句话是真哪句话是假，前半句似乎还在夸着刘无因，后半句又成了讽诮，其中几句又简直就是赤裸裸地挑唆刘无果与府中之人的关系。

刘无果点头道："一县警力不过百余，我倒听闻团练局现在有了三四百号人马？怎会如此？"

"刘长官这是问的'卧榻之侧，岂容他人鼾睡'？这个问题好。可惜你大哥不曾仔细揣摩此间道理。"说书人一叹，"或许他明白，只是不得不如此。其间情势却又非我等外人所能想象。团练局筹办之初固是防匪，自办起之日始，没少干征夫纳粮催缴钱款乃至拉丁当差之事。刘老爷的骂名恐怕一大半由此缘故啊。所谓民怨沸腾，以及官怨沸腾。"说书人在说至后四字时加重了语气。

刘无果道："这些事不是警察局的分内职责吗？"

"世道艰辛，士农工商多入袍哥行会，法难责众，光警察局那十几号人能办什么差？昨晚那叫马永财的袍哥你也看见了，他可还是警局的队长。有人传言，贵兄在李鸿远县长的支持下，另起炉灶搞这个团练局，明着防匪，实则征纳钱粮。"

这话就差明说刘无因是李鸿远的狗腿子。刘无果的眉头跳动。说书人眼角余光或许是又瞥见案上那把驳壳枪，舌头舔了舔嘴唇，补充道："令兄其实值得敬佩，拼得一身骂名，也要为国尽忠。真论起来，也是毁家纾难的抗日功臣。"

这话刘无果爱听，哪怕它是假的。烟土为祸炽烈，从清道光初年起至抗日战胜百余年间，无数民众因为阿芙蓉失业废时，耗财殒身，所谓东亚病夫。而国家的政治腐败，经济凋蔽，军事孱弱，外交昏聩，也与此物有莫大干系，甚至不妨说致中国今日贫弱之弊者，其咎大半肇始于此。杨二少年无知，说书人与五叔言什么善人、菩萨心肠，不过虚饰。刘无因或对南坪有贡献，但就一个民族、一个国家来说，他种贩鸦片，即为罪恶。这个道理，刘无果明白。

但，还是那句话：其人有罪，国法惩之；不可以私怨弑之。

乱 世

大哥真是南坪种贩烟土的罪魁祸首吗？刘无果脑子里嗡嗡响着，强迫自己去正视这个现实，默思良久，问道："先生刚才说这钱一半去了团练局，另一半去了哪儿？"

说书人咳嗽，脸有犹豫。

刘无果温言道："不讲也无妨。要不，我来说？是不是罗秦明？他是舵把子，若没他点头，烟土生意是没法做的，至少在南坪这块地面？我还听闻罗秦明曾假借团练局的名义，伪造臂章及烟土通行证，结果被上头饬属查究，与团练局闹出过好大一桩冲突？"

说书人不点头也不摇头，苦笑道："刘长官，我不过一介草民，贴地而生，哪里能知悉高处寒意？无非风闻言事，就是刚才说的，那也未必真实。"

刘无果怔了半天又问："家兄可是被我嫂所害？"

说书人摇头："人言多不足信。或言病死，或云精神错乱举刀自尽……刘长官，你信吗？"

光线阴暗，屋外隐约有夏虫唧唧之声，一束月光透过墙壁缝隙落于地面，如佛现狮子相。

刘无果心念一转，问："听说我那嫂子素敬菩萨。早晚上香拜佛，可有其事？"说书人点头："似有听闻。"刘无果静默片刻，摸出一卷钞票放在说书人面前，又抄起枪，枪口在桌面点了点，说："那好。还烦先生在此静候片刻。我去外面办件事，马上回来，到时还有一事劳烦。"说书人看看钞票，看看枪口，颓然叹息。

第七章　观音庙

刘无果与蒋白大步流星出了观音庙。

有些话刘无果并未问。说书人说得不错，"一介草民，贴地而生，哪里能知悉高处寒意？"只是高处又有更高处。就是那称孤道寡的人间帝王，也还得称号天子，不敢僭越为万有之主。

蒋白踩着刘无果的步伐节奏，把这天四处打探询问的消息一一相告，一个关键处是：匪。

南坪因烟土急速兴旺后，贩运之路上盗匪横行，子弹横飞，行旅惶然。其时，南坪县团练局尚未筹建，凭县警局若干人马要谈一个剿，何其难也；就想抚。主此事者正是刘无因，他单枪匹马地说服几拨平日里很少来往的土匪，把官路根据他们各自势力大小分成几段，在每段的入口处各设一个"收费站"，并达成不重复收费、保护客商安全等协议。土匪们为了不至于让枪口面对空荡荡的官路，还是坚决贯彻了协议精神，南坪百货物流才得其畅。这些在官路上出没的土匪随后摇身成为团练局的人马，算是有了前途。不久，省厅的禁烟处跟进南坪，一个姓卢的处长督办缉私，提出销烟限证管制、烟民登记制度、设立戒烟所等一系列措施，还直接派出武装稽查跟至田头铲烟，南坪烟业为之一室，若干种烟大户请命县府，终是无用。矛盾眼见激化，卢处长突然停歇罢手回归省府，据说是七顶山的土匪至省城绑架了他的家眷。不知七顶山的土匪为什么要来蹚此浑水。或许是坐地分赃，其势力毕竟非寻常盗匪，烟土之利少不了他们一份。

另还有一事，即李鸿远这几个月突然在南坪搞起什么新生活运动。不过蒋白见刘无果神色不豫，也无多言，心里也不觉得这算是什么事。

蒋白是信了刘无因即南坪种贩烟土的始作俑者。

刘无果暗自叹息，若大哥确是劣绅，自己现在所能做的，不过是把周氏妇人找来问个究竟，再在他坟前上一炷香罢了。是否还按昨夜与蒋白议定的方案办，或另图他策？部队军法森严，此趟回乡，假期十日为限，若迟逾不归，军法不是儿戏。刘无果放缓脚步："事物都准备妥当了？"

蒋白点头道："皆已齐备妥当。我在郎中铺居然还找到一管麻醉剂，不知是哪个散兵游勇遗下。郎中看不懂上面的英文标识，算是便宜我了。"

刘无果皱眉道："蒋白，你觉得现在该怎么办？"

"昨夜怎么说，今刻便如何办。迷雾重重，或只有以力驱之。若按他们给定的台词唱，只怕我们会跌到悬崖沟壑下。"蒋白耸耸肩膀，一脸的不在乎，学着那个说书人的口吻之乎者也，"一个罗秦明，何惧之有？咱们办他，那是看得起他。擒来那妇人，我就不信她的嘴是钢焊的。刘老爷干过什么不重要，重要的是，他是怎么死的。这个得查清。"

蒋白说得不错，得让他们按自己的剧本唱。

夜风吹来，虽携来春日百般气息，低头细细一嗅，又隐隐有渔阳鼙鼓之意。刘无果道："好，那你去吧，到时见机行事。"两人分路，蒋白往罗府方向奔去，刘无果自去杂货铺换过戎装回到刘宅。五叔已在南侧厢房集合了十余名刘氏族人。已近戌时，这些人脸上颇有倦意，横七竖八地坐着，满嘴牢骚，其中两个立在屋角的哈欠连天，分明就是犯鸦片瘾的样子。这也是刘富贵队长勤加训练的结果？

刘无果不动声色地与迎上前的五叔打过招呼，当屋一站，视线四下一扫。满屋子炸了锅似的七嘴八舌顿时停滞，仿佛这视线是冬日屋檐下垂落的冰锥。

"汉高祖刘邦斩白蛇起义，刘氏子弟自此遍布天下，从入川蜀以来，也多相互扶助，不曾受人欺凌。而抗战伊始，甫澄公请缨抗倭，天下震动，自此天下更无敢藐视刘姓者。"刘无果于屋中一站，慨然说道。

众人哄然叫好。甫澄公，即原川省主席刘湘，一九三八年抱憾逝于武汉，国民政府为其举行国葬。"敌军一日不退出国境，川军则一日誓不还乡！"很长一段时间，前线川军中每天升旗时，官兵必同声诵读他这一遗嘱。

"我闻老爷丧归那夜，罗秦明深夜来访，使老爷魂魄至今不得安宁。我今夜欲往罗府一行，叨扰一杯清茶。不知各位叔伯兄弟是否愿意陪无果一行。"刘无果取出五叔刚才拿来的法币，按人头上前逐一均发了，复又抱拳拱礼，"家门蒙此大变，幸得诸位叔伯兄弟照看，才得以不坠。这是无果的一点儿心意，还望笑纳。"

刘无果这番话犹如冷水浇入沸锅，众人面面相觑，偷眼去望一侧五叔的脸色，见他点头，才把钞票揣入腰袋，大声喝彩。刘无果把这一切瞧在眼里，只是微笑，想来五叔问账房支钱时应料到自己是用于打赏族人，却未必能料到自己寻了这样一个由头。这个五叔啊，有意思。

众人背起长枪列队朝罗府迤逦而去，也许是钱的作用，队形虽然不整齐，倒还精神抖擞。路边茶馆里就有人探出头来问究竟，队伍里就有人答声："我家老爷说去找罗老爷喝茶。"那头顿时缩了回去。

不出刘无果所料，罗府虽然大门紧闭，但隔着门槁缝隙也能瞥见火把

乱世

高举之光。

刘无果示意人敲响门环，舌下炸出一团霹雳："国民革命军第三十师八八旅一七六团三营营长刘无果求见罗秦明罗老爷。"此话中气沛然，在夜色里层层荡开。这也是刘无果与蒋白约定的暗号。一身夜行衣装束的蒋白出现在罗宅的后门，借助手中钩索，越上封火墙，钩索再荡，形若鬼魅，贴着屋脊悄无声息地滑落。

罗宅大门轰然中开，十余名带枪家丁拥出，互相对峙，枪栓拉动，枪口各自对准。白头发的老管家急急上前抱拳，"长官，老爷不在，有事还请明日再叙。"

刘无果淡淡一笑道："刘某多年在外，早就听闻你家老爷是一等一的孟尝遗风，所谓宾主辉乎三绝，贤俊萃于一堂。又有人言，你家老爷最爱喝那蒙顶黄芽，家里珍藏无数，刘某却正好那一口，故而不请自来，欲叨扰一杯清茶，怎么，这也不肯相见吗？"

老管家恭身施礼："老爷真上省城办事了。刘长官要喝蒙顶黄芽，这也容易，我即吩咐下人送至贵府。改日，老爷回来，我请老爷上门回访。"

"真上省城办事了？"刘无果道。

"老朽不敢撒谎。"老管家道。

刘无果压低声音："刘某还听说我家嫂在贵宅做客喝茶，喝了好几个月一直都舍不得离开。既然您说要把这茶送至鄙人府内，我就顺便接其回家，不知可好？"老管家赶紧赔笑："你家嫂子却不曾在此处。"

刘无果挑眉讶道："咦，我家嫂到贵府做客时日良久，南坪城内人人皆知，你此刻说她不在此处，难道她已然被你拐卖乃至谋害了不成？"

这种平白诬陷栽赃的事，刘无果在部队里可没少被折腾，此番顺手拈来倒也有模有样。干瘪老管家就差吹胡子瞪眼了，"你"了几声强自忍下胸中怒火，继续赔笑："长官，您是抗日功臣，做的是国家大事，何必难为一个下人呢？你家嫂子确实曾在宅中住过数日，但因事早已告辞。"

刘无果哦了一声："原来你是下人，能不能找个上人来与我说话？对了，我现在说得这么轻声，你耳朵也不聋了？"老管家脸上的重重沟壑泛出一点儿黑。

刘无果四下打量，又是几番语言一顿揉搓，耳听得罗府后门传来的鸟鸣暗号，心中石头落下，哈哈一笑："刘某今晚还真是学了王子猷，乘兴而来，兴尽而返。好吧，烦请转告罗老爷，就说刘某改日再登门答谢。"

月光从变幻不定的云层中吐出一根根清冷的光线，风又把它们攒在一处，送入孤悬于城北僻静处的荒芜庙宇。这些光线落在地面，一阵阵响，恍惚瞬间已化作水，静静地从泥土上淌过，而从刘无果这个角度望去，这水一样的清辉仿佛是从殿前莲花丛中那尊滴水观音手中净瓶所倾出。不存在的水声伴随着腔子里的心跳让夜更为静谧。

梳着坠马髻的刘周氏斜躺在观音像下的蒲团上，半边身子在阴影里，脸庞在光亮处，五官依稀有静物之美。发髻上的曲线与颈脖至腮边的线条，是夜与昼的感觉。这样柔美的女子难道也会有一副蛇蝎心肠？

刘无果在偏殿窗格后的暗处冷眼觑着，看着妇人苏醒，朝藏在暗处的说书人发出暗号。刘无果这是见那说书人口技了得，又恐那妇人被掳来后尽说些谎话虚言，想起评书《杨家将》里的寇准假设阴曹审潘仁美，灵机一动，但事起仓促，一时找不到谁来扮演牛头马面，更没时间与财力去搭出一座酆都城与地狱十八层的布景，只盼着这个据说虔心拜佛的妇人在菩萨面前能有几句真言相告。这是下策，但总应该好过把妇人掳来后的大眼瞪小眼，至少，免却了直接见面的几分尴尬。

刘周氏喉咙里发出短促的一声"啊"，还没起身，藏在观音像身后的

乱世

说书人的声音已轰然而响满了殿堂："假使经百劫，所作业不亡，因缘会遇时，果报还自受。"

说书人的口技之术当真神乎其神，饶是刘无果一旁见着，也被耳中所闻唬得一怔。像真有一位大慈大悲的菩萨喟然一叹，紧接着四周金刚挥拳、罗汉叱咤之声犹如惊雷滚滚，而菩萨庄严之语却在这嘈杂声浪中愈渐清晰，如汞泻地，颗颗皆圆："刘周氏，你可知此经为何经，此因为何因？"

"《大宝积经》卷五十七，佛说入胎藏会第十四之二。"刘周氏从浑浑噩噩中醒来，听到这声音，如被雷击，跪倒蒲团，头伏于地，垂颈哀道，"民女刘周氏，何敢劳驾菩萨亲现金身。民女明白因果业种，不敢做难陀苾刍妄想，此身更早非民女所有，即坠十八层地狱也无怨言。"

"枉言是嗔，执着为贪。欲断诸烦恼，便需了了。"

"敢问菩萨，似我等罪孽之身，如何了了？"

"我佛慈悲。你先把心中的苦尽数倒出，还与这天和地。"

"我本周家女，平江人氏，虽非富贵出身，也是耕读人家。严父慈母向来慈善，扶危济贫，人俱敬重爱戴。日子静深安好，本只乞愿再遇良人，懵懂之下竟被街头人贩以'嗅药'晕迷拐卖，零落漂泊，辗转风尘，又被那南坪豪强刘无因买下。"妇人的声音哽咽，似乎不忍回想过往，"民女枯枝败叶，本以为此身总算安定，发愿一心一意侍奉刘氏。可那恶人许我妾室之名，还常借送我至观音庙求子掩人耳目，实则以我身为货物，以为其种贩烟土打点四方之用；民女自幼还算认得礼义廉耻几字，终不堪其污……"

妇人之声仿佛黄鹂泣来。

刘无果心间发寒，双手指节揪得青白。若妇人所言真实，刘无因还真是罪该万死。幽幽大殿内，妇人的声音犹在飘荡回旋，"我上山采了一种自幼识得的毒草，熬成无色无味的慢药。庸医们瞧不出之所以然，反多数开出大补大泻之药。前些月说病入膏肓，只能准备后事，我心里畅快，俯身于他耳边说了毒药一事，谁料他回光返照，竟有力气来掐我脖子，我慌乱之下用剪刀刺中他心窝。本想自尽，又被罗秦明强行掳走。我大仇得报，本只求一死，谁料那县府老爷与王推事不知是贪谋刘家财产还是另有缘故，竟将我枉法私放……"

不对，不对，肯定不对。

似有七八匹马蓦然撞入怀中，肋骨根根皆痛。

刘无果的手心不知何时已攥出一把汗。

刘周氏的说辞太过流利，言语间更无半点磕绊，显见着在心中盘恒已久；而据五叔与狗子说，刘周氏翌日便去了法院自首，罗秦明既将其掳走，何以轻易让她离开，那一夜到底还有多少犬牙交错之事？再者，罗秦明早不来晚不来，为何偏偏就在她行凶当夜来？还有，罗府戒备之森严，自己已亲眼目睹，蒋白固然身手敏捷，迷倒活人容易，要无声无息地扛出一个大活人，只怕也难。五叔说她一直居于罗府数月不曾外出，可见其谨慎，又或者说她始终是被罗秦明严密监视，自己掳她来的过程未免太过顺利，难道自己是被罗秦明"将计就计"？而李鸿远与王培伟就算贪谋刘氏产业，对他们而言，妇人告官那正是天赐良机，把此事搞大才合常情，岂有枉法相纵之理？最蹊跷的是，这妇人是说用剪刀刺中大哥心窝，这等明显外创为何警察局里的仵作会看不见？自己在询问案宗时，李鸿远分明亲口说警察局的法医也出具了一份"沉疴难起"的验尸报告。

这些问号此生彼灭，刘无果心乱如麻，脑子有针攒冷刺般的疼，人还在迟疑，两条腿已下意识自暗处转出，这一步踏出，自己也吓了一跳。当下定定神，蹚到刘周氏身后，点着几案上的香烛。光照进暗处。那暗处却

乱 世

惧怕这光，隐于其间的物体在摇曳的光线中忽明忽暗，一只飞蛾惊恐地飞出，盘旋着掉落，被跟出来的蒋白默不作声地一脚踏碎。山风吹乱，残影飞动，烛花炸开，噼啪作响。说书人没料到刘无果这般举止，一阵猛烈咳嗽。刘周氏仿佛不觉，慢慢抬头，理了理颈间衣领，双掌合十，唇齿间有着细微之声。

刘无果举起佩枪："我兄果然是你杀的吗？"

刘周氏没有回头，笔挺挺地跪着，声音绷得又细又紧，隐隐有些发颤，"既然是你回来，愿杀愿剐悉听尊便，也算了结这段因果吧。"

"你回头看我！"刘无果脸上聚集起深紫色暴怒的云团。

"何需回头？我知道你。刘无果。"刘周氏直视着从菩萨像后转出来的说书人，脸上神情已不是先前一片悲苦，倒有点似笑非笑。说书人身上沾满灰尘，形容更见猥琐，眉宇间更是不耐烦："刘长官，这出戏再往下可得您接着唱了。鄙人告辞。"

"先生且慢。"刘无果用枪抵住刘周氏下颌，一点点拨转她的脸庞。这张脸上已有了清泪数行。刘无果哼道："为何，你刚才所言，并无一句真实？我刘某不才，这点听力还是有的。难道是他……"

蒋白的枪口已对准说书人的额头。

说书人的膝盖顿时软了，这倒真是一个色厉内荏的厮货。

"菩萨行偈我倒不知。我只是好奇一个说书人竟有这般深厚的佛学知识，而你一个民间女子，就算是在家居士，居然还清楚这经文出处，虽非咄咄怪事，也让人疑惑。苾刍两字又是何意？是不是他即罗秦明伏于南坪的眼线，这就是你们的暗号勾结？且如实招来，我或饶你一命！"刘无果叱责喝道。

一时间回音轰然，墙壁耸动，皆为这刀削斧劈的声音所撼。

"你比你哥还要疑心。苾刍即比丘，出家的佛弟子。玄奘法师曾言，'大者谓苾刍，小者称沙弥。'刘长官，你不知，莫以为天下人皆不知。"刘周氏慢慢抬头，眉角戚容甚重，蒻水瞳眸里却无一分畏惧，红唇轻轻歙动道，"刘长官，你哥不是武大郎，你也不是武二郎，我也不是潘金莲，他这个说书人更不是什么郓哥王婆。你若要问我实话，何需这般取巧，只管问来。"

一个被拐卖的普通女子怎么可能有这妇人对答间的镇定与气度？

刘无果心头疑云更盛，突然问道："我哥不是你杀的？"

刘周氏唇一抿，微怔，一时竟不知如何作答。刘无果也被自己的声音吓了一跳，这妇人刚才自承为凶手，自己怎么就脱口而出这样的疑问，委实荒谬，马上改口道："你虽自承凶手，为何被判无罪后不自行离去，反而又蛰居罗府数月之久？"

"因为我要报仇。"一滴清泪涌出刘周氏眼眶，在睫毛上跳了跳，径直摔在地上。

"阎婆惜要替宋江报仇？"刘无果嘿嘿冷笑，"你嘴里吐出来的每个字我都不信。"

"罗贼污我。"刘周氏轻叹，眉头蹙结，神态似有点为这位英姿军人的智商所诧异，慢条斯理地自怀间取出一物。烛火下看得分明，是一纸摁了指印的供伏，"你若不信，何必再问？这是我当日在法院呈与王推事的供状，你好生收取，再一枪毙了我，想来上峰也不会怪你滥杀无辜。"刘周氏垂颈敛睫，"我累了，困极。还请叔叔替我了结这段尘世因果。"

生死事大，妇人竟不惧死？！

如此皮囊，美至脚趾，也忍心此般虚掷？

刘无果手中枪口垂落，瞥眼蒋白。蒋白拽起瘫软在地的说书人，拧开枪机，说："长官给你面子，我可只懂杀人。你这个说书人久居南坪，说

乱世

说这是咋回事？"

说书人牙齿打战，先前在刘无果跟前的倨傲之色早丢到了爪哇岛："老爷，老爷，该说的我都说了。"

蒋白手中枪柄砸在说书人指节处，冷笑道："先生口技这般了得，要说城中无人延揽，又或者干脆就是你在暗中主持一方，我还真是不信。"蒋白下手又快又狠，动作兔起鹘落，刘无果哪来得及阻止。咔嚓一声，说书人右手手掌指骨崩裂，惨呼跟跄。蒋白森然笑道："别敬酒不吃吃罚酒，信不信我把你身上关节都这般一一敲碎？昨晚在聚贤茶庄我就瞧着你与几个人眉来眼去很不对劲啊。"

殿内一时寂静。

说书人脸容扭曲，额头青筋跳动，蓦然嘶声叫道："你们这些丘八平时就是这样对待百姓苍生吗？以莫须有入罪，何以服天下子民！"

眼见蒋白再次举起枪，刘无果正要上前阻止，一股毛骨悚然的感觉兜头浇下，当即大吼："卧倒。"

枪声像沸锅里炒着的蚕豆一般，顺着刘无果的鼻尖闯过，闯入正殿，就把那说书人打成筛子。蒋白何等身手，在猱身避开的同时还不忘啪啪两枪击灭案前烛火，再与刘无果各自隐身于足有人粗的楹柱之后，借着猛地涨起来的朦胧月光互视一眼，都明白了只怕今夜还真是落入别人的眼里。

四周暗影团团，说不出的阴森诡异，似乎有许多未知的危险之物在匿伏潜藏。刘无果屏住呼吸。开枪之人有三，左厢房位置二人，右侧一人；后殿走廊处还躲着一个未开枪者。敌暗我明，未开枪者更是心头大患。蒋白耳朵贴紧地面，唇间发出鸟鸣暗号。刘无果示意蒋白勿轻举妄动。枪声来得古怪，倒似有人早就藏身于暗处窥视，在接到某个命令后突然搂火。他们是怕说书人讲出什么秘密？

他们既然敢杀这个说书人，为什么不一阵乱枪把自己送到阎罗王跟前去？

刘无果深吸一口气，抿嘴正待示意蒋白掩护，佛案前那妇人一声轻叹，拧腰舒臂，慢慢直起身子。月光落在她腰肢处，丝薄轻滑。幽暗的廊栏庑舍，也被她的身影照亮了几分。而她这喉间的一声幽幽，似是一条丝线，要把男人的心魂尽扯了去。若非形势凶危，只怕人的骨头都酥了。刘无果周身一震，妇人径直朝殿外行去，在说书人尸体前停了片刻，月光下看得清楚，那清秀脸颊上已有几行清泪。

没有枪声。

刘无果的心到了嗓子眼儿，眼看着那妇人缓缓步入黑暗，就宛若一具没生气的人偶，被几位蒙面人扶上马鞍，心头一片恍惚。若非地面那个说书人的尸体，他还真会错以为自己在梦境里。妇人与蒙面人是什么关系？

"他们退走了，包括那几个暗桩。"蒋白望了眼殿外，涩声说道，"不知是不是罗秦明的人。要不要追去？"

"算了，强龙难压地头蛇。"刘无果的目光落在刘周氏所跪蒲团上，那里多出一件物事，"这是罗秦明与王培伟结拜金兰的换帖。这妇人到底是何居心？蒋白……"

蹲于说书人尸首边的蒋白突然喊道："营长，他，他内衣口袋里有军统特务训练班的徽章。我有个同乡参加过戴局长在湖南临澧办的训练班。"

军统特务用人向来不拘，不乏鸡鸣狗盗之徒，说书人凭一技入得军统倒不奇怪，只是军统特务向来缜密，家规极为森严，怎么可能把这种暴露身份的徽章随身携带？

刘无果接过这块铜质镂空加景泰蓝工艺铸造的徽章，身子便丝毫动弹不得，如遭魇镇。徽章做工精美，上有"中央警察学校特种警察人员训练

乱世

班结业证章"数字，入手凝重，肯定不是赝品。

戴笠将军遇难后，军统人心浮动，再加上政府有意裁缩，只保留所谓的"核心分子"与"基本人员"，短短数月就有万余特务离开军统，连张国焘、余乐醒这些大特务也跑到各省市的救济分署去当差。难道这个说书人是被遣散的军统特务，或者他在哪儿发现这么一块徽章？但他必定与军统有千丝万缕之关系，否则不会认得此物，并将其贴身收藏。罗秦明的人怎大胆子，真以为树倒猢狲散，敢对军统的人下起毒手？这里面有什么紧要的利益纠葛？刚才那阵暴烈的枪声倒似就为了接刘周氏回去，很可能他们不知说书人的底细，以为是普通百姓便胡乱杀了。枪手到底是不是罗秦明的人？这些人似乎并无意把自己赶尽杀绝，其中又有什么古怪？刘周氏为什么不发一言，出殿与他们同去，难道说她已经习惯被人当成货物？又或者说她认出枪手？她又怎么能从枪声中听出端倪？还是她根本不怕死，如她自己所言，是一心求死，故而无畏？无畏之人如何会心甘情愿地蛰居罗府多月？罗府里隐藏着什么？一个袍哥老大何需把自己的房子搞成碉堡？刘周氏举止太过蹊跷，似被胁迫，更似醒来即知有人在旁窥视，那个什么菩萨行偈难道真是暗号，她与说书人是旧相识？若不相识，她为何要作如是说，那个被人贩拐卖的故事听来真实，但总不是那个味道。平江离南坪虽隔七百余里，但来回半月足矣，难道她不怕自己去平江一趟吗？自己部队里是有平江兵的，平江话吐字硬朗、儿化音丰富，声调起伏大；自幼在那儿长大的她为什么就没有半点儿平江口音？

诸般念头纷至沓来，让眼里这殿内种种物事皆有了恐怖面容。刘无果隐隐约约觉得自己疏漏了某个至关重要的东西，但一时间又哪能厘清这些乱麻。那边蒋白犹望着说书人的尸体，小声念道："生为国家，死为国家，平生具侠义风，功罪盖棺犹未定；名满天下，谤满天下，乱世行春秋事，是非留待后人评。"蒋白所念是戴笠死后章士钊先生所题挽联。刘无果皱眉。蒋白对自己的忠心自不必多虑，但只凭着一个莫须有的"眉来眼去"就下此狠手，他还真是不把百姓性命当回事，还真不冤了被说书人骂成丘八。这些年的仗打下来，真是把人变成了牲口。自己整日念兹在兹启蒙民智、重塑国民精神，却连身边弁卫也不能启蒙，那些大道理不过是平时嘴上说说。

刘无果轻叹："蒋白，不管他是不是军统的，我先把他葬了吧。你脚步快，且跟着刘周氏一行，看看他们究竟去了何处。再去打听下这个说书人的住所，去趟他家，瞧瞧是否还有什么线索。"

漏夜鼓声发发，犹如微微雨滴，要与那清冷月色一起打湿人的衣襟。万千惆怅铺满青石板路，一步步行来，只是寂寥足音。街巷纵横勾连，肥瘦长短，犹如宋词。偶有一盏灯匆忙亮起，惊出几声乡民咳嗽、童稚啼哭后随即熄灭，又恍若王维笔下的"返景入深林"，让这座已陷入沉睡中的川西小城更静、更幽。

整个地球上好像只剩下这个银白色的茧子。刘无果神思漫溻，若此城是茧子，自己又是这茧子里的什么？

鳞次民居，日常所在；栉比商铺，百姓生活。

一个既熟悉又遥远的声音蓦然穿入颅底，触动心弦。自己是否有必要放下这颗执着心，不去打扰这座小城的静谧？轻风吹动，树影婆娑，刘无果行到狗子养伤的郎中铺前，心中微微一动，都说大哥是种贩鸦片之首恶，为何南坪街头不见一座烟土店与烟馆，也无形似骷髅的大烟鬼当街叩头作揖？刘无果虽行伍多年，却也没少见过那些卖妻鬻子的可怜人。一杆烟枪，杀死好汉英雄不见血；半盏灯火，烧尽田园屋宇并无灰。日寇入侵之处，即伴随着大量的鸦片交易，除汲取民脂民膏以为军资外，更有使中国"民无健康之民，兵无可战之兵"之心。《申报》曾言：自一九三六年以来，

乱世

全球只有一个国家，其领导人鼓励种植鸦片及制造烟毒以供吸食和其他用途，这个国家就是日本。而民国政府，自国父颁布禁烟令，内务部成立全国戒烟公所后，虽各省军阀屡有阳奉阴违，但总体来说，还是一个禁字。

李鸿远为什么要在南坪禁烟？

又或者他不是禁，是将烟馆别居一处，又着人捕捉"烟鬼"使市面清洁？

看来还真要再去找一下那个话痨杨二，抑或……刘无果拧眉思忖，用随身短刀拨开郎中铺的门闩，正要悄步滑入，蓦然听见半空中咣当一下锣响，紧接着有人惊呼："救火啊。"这锣声敲碎夜色，那人声又跟针一样刺入耳膜。刘无果定睛望去，刘宅所处方位已蹿起熊熊火光，把小半个天空映得微黄。刘无果身子摇晃，眼前一黑，四肢百骸瞬间麻痹，深吸气，哪里再顾得上其他，拔足飞奔，耳边先是一两人声，紧接着便是百千人声犬吠，等他赶至刘宅前，门前已然鼎沸。

火当是从刘无因所居处燃起的，如同千百条跳动的舌头，贪婪地把所有能舔到的物体咽入肚内，化作滚滚热浪。刘氏族人虽惊，却是不乱，在一脸怒色的五叔指挥下奋勇扑救。也有那些慌忙披衣起身的邻人帮着用簸箕、木桶盛水接力。幸好刘宅后面有那一口深塘，给水便利，火势才不至于成燎原之势，但情势之急也让人难以呼吸。

"五叔，这是咋回事？"五脏六腑似要倒转，刘无果心旌摇荡，强自忍住。

"有人纵火。"五叔挥手。

旁边押上一人，正是少年杨二。杨二湿淋淋的，鼻青眼肿嘴角流血，形容骇极，看见刘无果，像抓住救命稻草，手舞足蹈，一迭声狂叫："刘英雄，刘长官，刘老爷……放开我。我与刘老爷说。真不是我，不是我放的火。"

少年哭叫不停，又被赏了两记嘴巴。

刘无果望着在火光中不断坍塌的楼板大木，安抚杨二少安毋躁，心中也懊恼至极。讲杨二是纵火犯，刘无果一百个不信。昨夜他虽至刘无因屋内翻检，心里总以为就算现场存有疑点恐怕早已被有心人一一抹去，而且五叔跟随左右，并未十分仔细。可惜现在也没有后悔药吃了。当务之急，只能救火。而火势这般凶猛，不是靠几桶水能解决问题，狭小空间内一大桶水匆匆忙忙地兜头浇去，反而可能使火焰因之喷薄难以控制。救火是一门技术，火苗现在已朝正屋席卷，根本一招是釜底抽薪，即"断屋"，刘无果思忖着，拿定主意，大喝道："五叔，给我找绳索与斧头！"

　　刘无果带兵多年，言语间自有积威，接过救火指挥权。众人哪敢再怠慢，照其指派三人一组，迅速把可燃的物体移出火的领地。又有斗拱粗梁一时难以砍伐，耳听得蒋白那匹大黑马咴咴叫唤不停，在后院马厩里用蹄来回刨地，几欲人立，刘无果叫道："把那马牵来，套上绳索，拉断楼板。"烈焰腾腾，楼层随时可能整体垮塌，诸般器物皆在火光中剧烈晃动，骇人的轰响声如半山崩塌。一个族人脸上稍有犹豫，刘无果夺过其手中绳索，就准备亲自上前，一旁杨二大叫："刘老爷，我身子轻，我去。"

　　众人皆眼视刘无果。刘无果点头，杨二如猿猴般自另一侧跳跃攀缘而上，借力蹬跃，把绳索套于斗拱系上死结，大家齐齐发力，轰然一声。

　　火势渐渐熄灭，刘无果心中稍定，拦下满面烟熏火燎色的杨二，问："你怎么在这儿？"

　　"老爷，我在茶馆长凳上睡着，不知为何醒来已在此间。还是一盆水浇到我身上，我才明白过来。"杨二说得颠三倒四。刘无果却听得明白，自己与这少年的一番交谈也许仍然没有瞒过有心人，少年多半饮过放了蒙汗药的茶水再被人移来。此人真是太过猖獗，而且愚蠢。

　　纵火固然能毁掉刘无因屋内可能存在的证据，也说明有人心怀鬼胎，

乱世

大哥之死蹊跷。但如果说有人就是要让自己因为这个"蹊跷"不断追查下去，以便坐收某种渔翁之利，那又当如何？

眼前跳出那位三角眉匆匆行走的形容，心思一刹万千，刘无果道："好，杨二，不必多说，你先暂且跟着我，此事我一定会查个水落石出。"少年大喜，心知自己又在鬼门关上走了一趟，若不是刘无果及时赶到，只怕他已经被悲愤的刘氏族人当场打死，当下跪倒咚咚磕头。

第八章　变数

淡淡晨曦浸出山峦。残星隐去，一片天光破晓，带来几缕冷风。

刘无果踱入一片狼藉的后院，在那张几成灰烬的雕花大床边停下。都是红木材质，为何就它烧得这般彻底？刘无果俯身观察。大床极可能被人泼了煤油等助燃剂。炭迹鲜明。大哥生性谨慎，缠绵病榻如许之久，或在其间设有暗槽留有文件也未可知。只可惜自己前晚心乱如麻不能起念拆了这大床，纵火之人怕是对大哥的脾性极为熟悉。

"我哥过世后，还有谁到过这床边？除了府中之族人。"

五叔道："罗秦明闯入那夜，情势混乱，说不清楚。后来，王推事、警队的马永财与县里的法医来过，李鸿远在头七出殡吊唁时来过。"

刘无果捕捉他面上的细微变化，道："你再仔细想想，我哥病重数月，难道就没有什么特别的话交代与你？"

五叔黯然："只说不要通知你，让你安心杀敌，为国尽忠。还有……"

刘无果蹙眉道："还有什么？为何吞吞吐吐？"

五叔看眼四周，屏退众人，眼角皱纹更见细密："他让我把刘宅及所有田亩尽都折卖，分成三份，一份留与老爷；一份遣散宅中人事，用作安

乱世

置费；还有一份遗给刘周氏，且再三叮嘱，不管发生什么，都不可为难了那妇人。"

刘无果皱眉道："我哥这是什么意思？"

五叔苦笑道："我也觉得这话太过于蹊跷。前日本想与老爷说及此事，细细一想又觉不妥。大老爷明明丧身于那妇人之手，怎可如此揭过？老爷，再说句不敬的话，刘家产业乃先祖胼手砥足点滴积攒而成。我一个下人何德何能可以僭占？这是要被人戳脊梁骨的。大老爷怕是一时病重糊涂。"

这种事当然是口说无凭。刘无果捡起地上那块镜面已有裂痕的圆镜，擦拭了下，看了看镜中那个被分割成两半的影像，揣入口袋，问："老爷没留下相关文书吗？"

五叔犹豫片刻道："大老爷当时手已不能书信，乃口占遗书，嘱我代笔，再亲钤指印。当时还有刘老太爷在场。只是事后这文书我遍觅不得，恐怕是由那妇人取了去，料其他人没有这般大的胆子。"

刘周氏若真取了文书，昨夜为何不把它交与自己，反而遗下那封罗秦明与王培伟的金兰换帖？就算真有这封文书，其真伪也在两可间，说白一点儿，这种代笔在人死之后照样也可以"亲钤指印"。倒是这个所谓的刘老太爷蹊跷，自己幼时他便是风烛残年状，没想到越活越精神，居然还到处插手，又是荐侄孙，又是做见证？刘无果回头瞧瞧五叔："刘老太爷何在？"

"前段日子听说去了省城治病，也不知具体在哪家医院。"五叔恭声答道。

刘无果的心神在混沌幽明间悚然一惊，眼前五叔的脸突然间就变得异常陌生。

"五叔，你说他们为何要放这把火？"

"他们早不放，晚不放，偏偏在老爷回乡翌日放，我也是百思不得其解。不过那放火之人既然企图嫁祸杨姓的少年，从少年处着手或许能查出一点儿线索。"五叔的脸上仍然是没有半点风浪。

"有道理。"刘无果点头道，"五叔，你觉得这世上何事最难？"

五叔沉声答道："明辨是非识得忠奸。"

"汪伪政权三巨头之一的周佛海，世人皆曰可杀。可同样有人为其鸣冤，说早在一九四三年，他就已被戴笠吸收进入军统，成为国民政府在汪伪政权中重要卧底。若无此人居间筹划谋虑，国民政府也不可能顺利接收汪伪政权所遗。就不提军队、财产，仅维持秩序，便是数万万生民之福。"刘无果望着眼前的满目疮痍轻叹道，"且不论忠奸，就说这是与非，那汪精卫，坊间也传言有他的政治遗嘱，其中有言云'铭盖自毁其人格，置四十年来为国事奋斗之历史于不顾，也以此为历史所未有之非常时期，计非出此险局危策，不足以延国脉于一线'，是耶？非耶？"

五叔没吭声。

"五叔，你说我为何要在你面前提这些大逆不道的汉奸言论？"刘无果转身直视着五叔，朝他伸出手，捏住，握紧，"因为我信你。不管曾发生了什么，将来又要发生什么。在我眼里，五叔永远是那个小时候在我念书时替我掌灯嘱我报效祖国的五叔。"

五叔的身子颤抖，眼眶发红，正待开口，大门处传来喧哗声，却是马永财带着一队荷枪实弹的警察，言语汹汹。刘无果听罢族人禀告，迎出门外，拱手道："马队长，您这是赶来救火，还是要过来告诉我那几只小鱼小虾的下落？"

马永财叹道："刘英雄，不是马某故意为难。是有人举报贵府藏有大量烟土。职责系身，难以推脱。"

乱世

刘无果眼睛眯成一条缝，凝神思索。翻手为云覆手雨，这幕后指使一环接一环地给自己下套子，究竟所图何事？心中怒气渐盛，刘无果伸手指指犹有青烟冒出的后院："马队长是想说自己是趁火打劫之徒？"

"刘英雄，马某来得确实不是时候，这厢给你赔礼。但搜查令在此，我当奉之。想来宅中就算有点什么，也会被这场大火付之一炬。"马队长的脸色难看了几分，嘴里居然也掉起几句斯文。

"就算宅中没什么，这么多人前来救火，人多手杂，多出一点儿东西也不稀奇。"旁边的杨二突地抬头啐道。他的目光像一条蛇看着一条狼，死死地盯着马永财，眼珠子都绿了。这孩子还真是胆大，刚被揍得鼻青眼肿，居然还敢放肆言辞。刘无果拍了拍他的肩膀，制止住杨二再说下去，继续道："马队长，你仔细琢磨下。这孩子说的是不是也不无可能？家门不幸，忽遭此劫难，刘某实在无心多言，还请回禀上峰，改日刘某必定再登门致谢。禁烟，这是国策，是民族之幸事，刘某百分之百赞成；但刘某相信府中并无福寿膏。"刘无果的声音突转坚硬，怒火在眸子里熊熊燃烧，"假如刘某发现若有谁胆敢嫁祸栽赃，必断其十指。"

"刘英雄，这话我就不佩服你了。"马永财开口道，"我闻刘英雄回乡不过数日，何以敢如此大包大揽？"

"都说马队长粗鲁，我看是辩才无碍嘛。"刘无果一滞，笑了笑，使了个眼色给身边的五叔道，"也罢，搜查令能否与我看看？"

马永财从怀里摸出一纸文书。刘无果接过细细一瞅，问道："马队长，这上面怎么不是南坪县警察局的章，反而加盖的是南坪县法院的章？马队长业余时间还兼职法警？不对，是我看错了，南坪县警察局是六个字，南坪县法院是五个字，马队长不是替王培伟跑腿的。但还是不对，马队长啊马队长，这份搜查令有问题。现在是民国三十五年，可你看这个'五'字，上面一横的笔画是旧的，可下面的笔画是新的；笔迹更是明显迥异，上面这一横似老树枯藤，下面就似一堆杂草了。马队长，你老实告诉我，这张搜查令是不是民国三十一年的，是否昨夜有人吃醉了酒在这上面胡乱添了数笔，你就捡着它当令箭使了？"

马永财蒙了，身后一众警察人人忍笑，其中一个没忍住，被马永财劈手一个巴掌给打老实了。

"刘英雄，知道你是读书人出身，就别笑话我这样的大老粗了。"马永财的眉毛啪地竖起，眉宇间透出一股狠绝之色，夺过这纸文书，挥起手中驳壳枪，"今天这家你说搜，我也得搜；你说不搜，我还得搜。"

"马队长是不是等会儿还要偷偷朝哪个旮旯角落扔两包油纸包裹的东西？哦，对不起，我又说错了，不是偷偷，就马队长这做派，起码得是：大模大样往地上一搁，对吧？"刘无果不动声色地拦在枪口前，"马队长，刘某杀了上百鬼子，身上倒不曾有个枪眼，今天倒还烦马队长替刘某补一个，以后也好生对人吹嘘，说那是鬼子打的。"

马永财来得古怪，杨二说得不错，昨夜火起时必有人暗中做了手脚，只盼五叔能领会自己的意思，尽快找出烟土，另寻匿处，否则就会授人以柄，人为刀俎、我为鱼肉了。

马永财一怔，"刘英雄，你这是要跟警局对抗，与县府对抗，与民国对抗吗？"

"马队长什么时候成了民国化身，这置蒋委员长于何地？你在南坪当个区区警察中队队长真是太屈才了，应该去外交部，才不枉了这般舌灿莲花。"刘无果淡淡笑道，"刘某向以践行国法为荣，不敢违之；但程序第一，还请马队长少安毋躁，只待辨明了这日期真伪，尽可入内搜查。"

"什么狗屁程序？刘营长，当我真不敢将你拿下吗？"马永财早被气

乱世

得七窍生烟，神情一刹数变，口中发号，十几支枪一起指着刘无果。刘无果身后的族人又怎是好相与的？枪栓拉动，与之对峙。"你口口声声县府。是李鸿远让你来的吗？"刘无果望了眼县府方面，看见人群后面赶来的蒋白，再见五叔已从宅中转出点头示意，微微一笑，心神略为镇定，目光移回场中，跨步上前，随手夺过一杆对着自己的中正式步枪，几秒钟内在众目睽睽之下，把它拆成一堆零件，随手抖落，"握枪要紧，抵肩要实。实中又要能生出虚，这样才会有射击精度。"

马永财心知自己在嘴上是讨不到半点便宜，哪敢多言，拧眉道："马某不才，还想向刘英雄讨教几手！"众人散开，呈一个半圆圈状。蒋白见刘无果以目示意，当下挤出人群，居中站定，打了一个短促的哈欠："马队长，人的脸面是自己给的。说吧，枪械还是拳脚？"

马永财大恼，瞥了眼刘无果，昂首咆哮，跃起，纵身如鹞击，人尚在空中，双腿已连环踢来。武者，气势第一，心志稍弱之人，纵然技艺高出一筹，神志若为气机所攫，只怕也得一败涂地；只是民间武术又怎有军中擒拿格斗那般千锤百炼？蒋白的身影快到难辨其形，侧身微蹲，一拳平平若炮弹出膛，击中马永财腰腹。场中烟尘飙卷。马永财横飞出去，连滚几匝，爬起怪叫，衣袂激扬，抡腿横扫。蒋白垂眸低首，竟似假寐，眼看脚尖要扫至胸前，突地握掌成拳，拳面指节凸起，准确地砸在马永财的脚踝上。"咯"的一声脆响，马永财剧痛难忍跌坐于地，一时竟站不起身。这人骨头怎是硬实，脸容扭曲变形，嘴里无一声呻吟，眼球凸起，抢过先前搁在一个瘦脸警察手中的佩枪，就要搂火。蒋白何等身手，一字腿坐下避开枪口，身势前冲，双拳合击马永财的太阳穴。马永财连哼都没哼，就此瘫倒昏迷过去。

蒋白掸掸衣衫，环顾四周："还有谁想比画一下？"

这群素日跟在马永财身后狐假虎威惯了的警察，哪里见识过这等霹雳手段，众皆失色，不住后退。蒋白舌底绽雷："滚！"

巷口转出数人，其中一位双手鼓掌，行到跟前，躬身作揖道："刘长官不愧党国英才，手下这位小兄弟是哪位高人足下，好生手段！"来的正是李鸿远，身形磊落，眼角带笑，哪有半分窘迫。

刘无果朗声应道："李县长操烦公务还真是夙夜匪懈，对刘某也真是推心置腹。"几名警察七手八脚地把已然昏厥的马永财抬到后面。刘无果连说两个"真"字。

李鸿远从容一笑："刘长官误会了，李某只是早起听闻乡人传言刘宅失火，故而前来顺致问候。"

"谢李县长惦念。"刘无果拱手施礼，一夜未歇，眸中已是血丝密布，"幸好鄙人宅中火势不曾惊扰了李县长的昨夜美梦，否则耽搁了李县长今日办理党国要事，那可真是吃罪不起。"

李鸿远眼里盛满笑意："是啊，该办的事总是要办。刚才李某过来时，途经刘宅后门，看到几人从贵府后门抬出一筐物事，李某见其行踪鬼祟，便上前询问，谁知他们竟然撒腿想跑。幸好，平时有几位同事此番是跟着李某一同前来，当下把他们拿住，打开那筐东西一看，却是吃了一惊。"

姓李的果然阴险狡诈。刘无果心念电闪，没回头去看五叔，脸上笑容不减："昨夜鄙人宅中遭人纵火，又不知是哪头畜牲竟然阴谋图害我刘氏一族，把烟土趁乱藏于我府企图嫁祸。我发觉后，便急嘱族人抬去县衙，正要呈李县长过目，一诉冤屈；二证清白。没想李县长亲自赶来，倒也省了我费劳力。"

"一诉冤屈，二证清白。刘长官果然是一等一的人才。"李鸿远纵声大笑，"既然刘长官曾亲眼窥见筐内物事，还请问内有多少烟土？"

"一筐。"刘无果神色不变。

乱世

李鸿远大笑道："好，那就抬上来让刘长官看看这筐内究竟何物。"

竹筐抬来，灰布揭去，众人面面相觑，一时竟鸦雀无声。刘无果身子一颤，心瞬间沉入一团无边无际的黑暗。哪里是什么烟土，分明是那说书人已被拭去血迹的尸首。寒意袭来，自足底而起，迅速布满了五脏六腑，在每块肌肉每根神经里不断地撕咬鼓胀，四肢百骸无一处不难受至极。李鸿远的心机太过深重，自己已然落入彀中又该如何解脱？刘无果眼角跳动，强自镇定，"此是何人尸首？李县长，你不会也学那无赖儿栽赃我刘某人吧？"

"此人乃聚贤茶庄说书人，每晚在南坪全城百姓前，不住口地夸奖刘长官您英雄了得，世无匹对。可惜昨晚丑时死于观音庙里，中十七枪，还被人试图掩埋毁尸灭迹。放心，刘长官，我知道您与身边这位弁卫枪法如神，真要索其性命，一枪足矣。我不冤你。"李鸿远眸中掠过一丝疲惫，声音渐冷，放慢，脸像暴雨来临前的水面，"但那筐您要一诉冤屈；二证清白的烟土在哪儿？记住，本县之筐足有百斤。青天白日下，您别说没说过这句话。两个时辰，还请刘长官派人把它抬到县衙门口。"

第九章　不苟同

　　人心深如大海，那极黑暗的深渊处自有异兽、怪物及种种不可名状。

　　李鸿远一行走了，刘无果的胸膛急剧起伏，这番言语各逞机谋，比拳脚往来还要损耗心力。五叔挤身上前，禀道："大老爷香火龛位下确有两块烟土，不过二两。我已着人贴身收藏。"刘无果神思渐凝。五叔所言已在其意料之中。此刻人心不可再失，当下提起嗓门说过几句劝勉安慰之语，又嘱五叔再从账房支出一笔钱以为犒赏，安排众人轮流休息，与蒋白回到左侧厢房。

　　蒋白掏出一纸国民政府军事委员会八行专用笺，却是戴笠手迹，其上还钤盖一枚戴笠私人印章，上书数十字，却是以私令形式嘉奖军统五处池学仁，言其于党国立有奇功。蒋白道："在他皮箱夹层找到这个。没有其他身份证明。或许他就是池学仁。前些年报纸上说他已被日伪特工暗杀。我本来还一直疑惑他这样大的年纪怎可能是湖南临澧训练班的学员，现在想来他很可能是教官，徽章的主人另有其人。"

　　池学仁，名声不显，但身死之后，社会上各种小报纷纷传言就是他曾破译了日本偷袭珍珠港的特级密电，使美方对中国人的轻慢之心为之一敛；

乱世

而且日本海军大将山本五十六的死也与其情报破译工作有关，这才遭到日伪特工机关暗杀。这种要害人物怎么突然死而复生，居然还来到南坪这样一座川西小城，最后又死得这样不明不白稀松平常？这种人物绝对不可能是罗秦明的眼线。嘉奖令的真伪，刘无果自然一望即知，口中倒抽凉气，顿感手上这张已然泛黄的纸已重逾千钧。

蒋白鼻翕扩张，突地起身敬礼："营长，我们不能让他再暴尸筐内，忠骨当埋青山。其一，不管他是不是池学仁，他必定与其有莫大关系。其二，我直觉刘周氏很可能就是徽章主人。她与池学仁是师生关系。我问过附近居民，他与刘周氏出现在南坪的日子相近，都是这两三年的事。"

"若他们是师生关系，为何他被打死，她一言不发离去？"刘无果道。

"他们之间的关系应该是不足为外人道也。说不定，池学仁隐姓埋名化身为说书人，为的就是这个女子。"蒋白皱眉道，"也有疑点。若徽章本归池学仁所有，为何他不将它与嘉奖令一并收藏，反而贴身收藏？或者，他刚在某处发现徽章，又或者说这枚徽章于他有特别意义？"

蒋白的疑惑，刘无果同样有，想了半天问道："刘周氏现在何处？这个女人不简单。昨晚他们是不是回了罗府？"

蒋白点头。

刘无果思忖道："我本以为昨晚这把火是罗秦明的报复，看早上的情况却似李鸿远所设圈套。若真是如此，我们昨夜那般挑衅，罗秦明竟然能忍住，颇有坐山观虎斗之意，他究竟所图何物？真是奇怪啊。"

"会不会是他俩勾结？"蒋白道。

"有可能。"刘无果一叹，"知己知彼，方能百战不殆。我们勉强算知道自己有几两分量，但对这些人的禀性、爱好、实力与背景完全一无所知。"

"一九四三年，江油县县警察队长孙文光截获烟土三万两，县长方勉耕以江油县党政联席会议名义上报，公文分呈川康绥靖公署、省政府和国民党四川省党部。当时全省通令嘉奖，半年后孙文光即以贪污之罪名被枪决，方勉耕也辞职归乡。"蒋白吸口气，抬头去看那缕穿过窗棂的阳光，说道，"《申报》上说，那笔烟土后面的大老板是川康绥靖公署主任邓锡侯的二公子，人称'邓二棒客'的邓亚民。"

蒋白的话点中了刘无果内心最深的隐忧。

"这水我还要不要蹚下去？"

"我不知道。但隐隐约约觉得大哥不是像他们说的这样，里面恐怕另有隐情。若兄弟们都在身边就好了，我们一夜突袭，把这些王八蛋抓来各灌几瓶辣椒水，就明白到底谁是人谁是鬼了。"蒋白突然笑道，"营长，还记得一九四五年八月十四日吗？"

记得，咋能不记得？

其时抗战正酣，刘无果率部在湖南芷江以土壤战术进攻日寇封锁线上的三座碉堡。还有什么比抗日胜利的晨曦初现还激动人心？火辣辣的阳光贴着脊梁，大家一扫心头阴霾，喊着号子比赛挖土壤。部队里都在传言，那号称天下第一的日本关东军已经在弹指间灰飞烟灭，鬼子的投降指日可待。刘无果用工兵铲敲着蒋白头上的钢盔，示意蒋白谨慎："把头低下。真不要命了？"蒋白嘿嘿笑道："营长，鬼子都被我们打得没卵了。还怕他卵毛长过我鼻毛啊。"众人说笑，炮楼顶上突然出现一个穿着日军少佐制服的鬼子。

"老子千里之外取敌首级易如反掌。"蒋白扑入射击位置，"瞅我打他的卵蛋。"

鬼子应声摔下炮楼，众皆哄然大笑，谑骂。但令人吃惊的事发

乱世

生了，一个又一个鬼子鱼贯而出，在三座碉堡上排列成阵，嘴里还唱起歌。这歌大家都熟悉。是《君之代》，让人脊背发麻。鬼子听了这歌后冲锋时就跟打了鸡血一样。他们想干什么？他们是来送死的。他们为什么要送死？

歌声毕。鬼子分成两列，一列跪坐于地，默不作声地解开制服，刺刀捅入腹内；另一列鬼子站于其后，等剖腹者挑出内脏，即用军刀砍下其首。其间，若有哪位兵士被子弹击中，后继者拖开尸首，复站原位。

所有人的心突突一跳。四野寂静，树木葳蕤，只有微风过耳。一只田鼠从土坡下奔出，跃到一丛犹带有硝烟味的灌木丛里，吱吱数声轻叫。丘峦之上，天穹澄蓝，似乎有某种巨大的森严之物正在这块颜色后面聚焦，再过数秒，就要雷霆霹雳。

刘无果制止了射击。

"为什么不射击？"有人咬牙切齿地问。刘无果答："别脏了我们的子弹。"

这不是刘无果的真心话。他恨鬼子，恨不得渴饮其血，饥餐其肉。但他们现在的所为确实让他感觉到一种东西，犹如一个古老而又血腥的仪式，不值得尊重，但让人深思。

一个嘶哑的声音若银瓶乍破："我们赢了。"

"兄弟们，我们赢了！我们赢了！"这一声喊叫瞬间便化作千万声浪，冲向天空。

"我们赢了。"蒋白眯起眼，"因为我们是中国军人。生为军人，死为军魂。"

蒋白这几个字说得斩钉截铁，刘无果微感错愕，蒋白的意思原来是这个，但心魂也不禁为之一荡。军人职责在于保家卫国，国家乃人民之事业，由律法条文所彰显、规范、主导。自己或应该再去趟王培伟那里，看看这个与袍哥老大金兰换帖的推事到底在打着什么算盘。程序第一，纵然王培伟百般推脱，但只要自己攥着刘周氏的那纸供状，也由不得他不重新受理此案。

天色渐亮，像刚从噩梦中惊醒的妇人，透着苍白，眼睫上还滚动着几滴露水。刘无果嘱咐蒋白数句，随手自檐角摘下一盏被烟熏火燎只剩半边的灯笼，换过便装直奔法院。

这回，王培伟没在唱戏，光着膀子，逗弄着银杏树边的一只太平鸟说英文，"How do you do？"见刘无果提着灯笼进来吃了一惊，问："刘兄弟，大白天的你提着灯笼干吗，难道是说鄙人这里暗无天日，要提灯照路？"

刘无果笑笑："王推事真有自知之明。不过我取这灯笼来可还有另一层含义，想来推事大人也清楚我刘府现在就被人烧得只剩下这半边灯笼了。"

"那你应该去警察局报案啊。上我这里做甚？"王培伟嘿嘿笑着去逗弄太平鸟，"刘兄弟，知道为什么这只畜生咋能把人语学得这样像？不是因为它的舌头结构与鹦鹉八哥一般特殊。而是耐心，以及训练技巧。这明着看是训鸟，考验的其实是人。"

"畜生把人话讲得再好那还是畜生，它不可能懂得这些话是什么意思。"刘无果坐下，取过一杯茶，自饮了。王培伟手抚桌几，笑道，"刘兄弟快人妙语。我喜欢。不过，后半句有点种族歧视之嫌。郁郁黄花，无非般若，青青翠竹，皆是法身。它真不懂得这句话是什么意思？它清楚得很，说了就有虫吃，不说就得饿死。至于这句话，人是怎么理解的，那与它没关系。"

"没想到推事大人还有一颗禅悟之心，为何不远遁深山老林，何苦在这红尘来回打滚，是要学地藏菩萨，地狱不空誓不为佛吗？"刘无果讥道。

乱世

"修行即在当下，此处便是灵山。"王培伟哈哈大笑，整理衣襟落座，"刘兄弟还是要打官司吗？"

"推事嘱我把被告带至法院，这活儿我干不了；我若干了，是为僭越。"刘无果颦起眉峰打量着四边庭院，此间格局本是住宅，也不知县法院为何就藏身于此。

王培伟看出刘无果眼中疑惑，笑道："这屋子说起来也有一段传奇，刘兄弟南坪本乡本土人，难道不知？"刘无果摇头。王培伟一叹，"唉，草莽间多少仁人志士湮没无闻。我近年闲来无事探奇搜幽，这才略有所知。屋子的原主人是名女子，姓周名翘，当年在日留学期间听闻了一次国父演讲便已倾心，为支持革命事业，毁家纾难，将这间宅子及祖上所遗田亩变卖一空。后世事辗转，此屋产权为县府所购，我见它幽静，便搬进来。"

那当是自己年幼时，记忆里南坪确有施氏人家，不能说是城内大户，也在街头巷尾开设有数间绸缎布匹店。刘无果沉声道："确算是奇女子。政府缘何不曾嘉奖其名？"

王培伟续上茶水，怔怔饮了："她的血太热了。黄花岗起义前夕，为刺探军情她不惜堕入风尘，舍身于水师提督李准；起义失败后，诚如国父所言，吾党精华，付之一炬。同盟会中追查责任，有人认定她是叛徒，遣人暗杀。故其虽有秋瑾之志，却无鉴湖女侠之名。"

李准，四川邻水县人。刘无果略有所闻。胡汉民曾言："粤东省城九月反正，以李直绳君之功为最。"此人自倭人手中收复南海东沙岛，另著有《广东水师国防要塞图说》，划界定疆，有功于国家，故而死后邻水建有其墓以为纪念。只是这位更值得纪念的周翘，却连自己这个本乡人也不曾知悉其事迹。

刘无果皱眉道："推事大人，您是说我哥冤，但这世上还有更冤的？"

王培伟哈哈一笑，"与刘兄弟说话就是愉快。昨夜刘兄弟霹雳手段，刘周氏想必把她曾经的供状及我与罗秦明的金兰换帖都交与了你吧。要不要我把你昨日所呈状纸一并归还，你拿到省高等法院去击鼓喊冤？或者继续搁在我这里，我仔细欣赏一下刘兄弟与刘周氏的笔墨，看他个一年半载。"

刘无果愕然道："推事大人，您还真长了顺风耳与千里眼哪。"

王培伟摆弄着手边茶壶，微笑道："我来南坪倒是拜了不少把兄弟。刘兄弟你知道的，强龙不压地头蛇，我们这种流水官要想迅速打开工作局面，结交当地的一些豪强绅士那是在所难免。我既然是罗秦明的换帖兄弟，自然他那儿就有我的人；就像这法院里，不也匿有你刘氏一族的眼线吗？唉，这年头最流行的就是把兄弟们互相捅刀子，特别有戏剧感啊。"

刘无果沉默半晌道："人言汹汹，三人成虎，皆不足信。刘某只请教推事大人一个问题，我哥到底是不是烟土贩子？"

"这个问题我没法回答。刘兄弟，你我都是用不同方式尽忠于党国的人，我才掏心剖腹地说了这么多。我真心诚意地劝你一句，令兄的案子牵涉太过复杂，暂时还是不要去揭起的为好。当下局势混乱，各方势力犬牙交错，或许不要几个月就能水清石出，你又何必急在一时，反成了别人的枪子？你是军人，就该效命疆场。我王培伟自会竭尽全力，不使志士蒙周翘之冤，必还其一个清白之名。"

"推事大人是说我哥不是烟土贩子？"

"世人多言春夏之善，谤秋冬之恶。但无后者，即无四季轮回、人世光阴。刘兄弟沉着勇毅，难道会不明白善恶本为一体之理？又或者说，战争致使遍地哀伤，但其中所涌现的科技文明必能在未来造福于人。战争不仅是政治的继续，更是人类社会自我解放的方式。况且，小善修身，大善报国。今日之善又未必不是他日之恶，反之亦然。"王培伟的声音犹如青石相击。

乱世

这是刘无果从未听过的言论，不禁怔着，手足魇住，良久说道："照推事大人如是说，也没有什么国家大义，所谓巨奸凶憝是另一层面的弥赛亚？推事大人既然如此是非不分，又何以一口一个尽忠党国？我倒想向推事大人请教，党何以能凌驾于国家之上，是因为他们认为自己能代表全人类吗？"

王培伟自茶几下取出一根香烟吸了，嘿嘿笑道："刘兄弟也看克鲁泡特金的书？你不是党员？"

"我是。但刘某曾在报刊上见过一些言论。比如，国共两党既然能在民族存亡时刻共赴国难，现在也当摒弃前嫌，坐在一起用政治协商的办法，采取民主的手段，确定国家未来的框架，这才是中华民族之幸。民主自有其纠错功能，各方轮流登台唱戏。谁唱得好不好，老百姓心里自有一杆秤。这才是国父倡三民主义之精髓。"

"这恐怕是你刘兄弟的肺腑之言吧。佩服。王某久居偏远之地，还第一次听闻此等痛快淋漓之言。既然刘兄弟不怕杀头，敢与我王某披肝沥胆，我也直言。我且问你，自民国肇建以来，人人都在说德先生，为何仍是以民主之名行专制之实，以至于民主几乎成为权争天下的牌坊——大家把它搁上神龛，再在下面比赛着厚黑权谋？"

王培伟起身抬头，仰望那澄蓝苍穹，脸上嬉笑之色尽去，已隐有庄严肃穆："原因很多，讲两点。第一，民主首先是一种分配政治权力与经济利益的技术手段。它强调的是分配，而不是效率与资源动员。第二，民主理念的基石是人人平等，在我们这个等级意识浓厚的传统文化语境里有个水土不服的过程，践行它需要付出各种成本，包括时间成本。而在当下这个三千年未有之大变局里，它是奢侈品，目前任何一个利益集团都很难付得起足够的代价，也就必然取道终南。"

王培伟四顾，抬头一笑。不知为何，刘无果蓦然觉得这张脸是异常干净，又是非常的熟悉，好像是在哪儿见过？刘无果眉心蹙成核桃。王培伟突然折断一根树枝，猛地劈头盖脸地朝刘无果抽下，嘴里还大喝一声："放下。"

刘无果的反应何其敏捷，后仰，身形若飞瀑空悬，双腿连环踢出。王培伟闷哼，手肘下压，堪堪抵住，颈肩处那块狗头似的青色胎记隐隐涨出血色；左腿猛地侧踢，又如泼墨山水画时的皴破之笔。

两人交错，皆踉跄失衡。王培伟眼中精光敛去，扔掉树枝谑笑道："德山棒，临济喝；王某今日还真是东施效颦，恕鲁莽了。"

刘无果心头暗凛，随口道："大德棒喝，不驱耕夫之牛。若以夺饥人之食为禅悟之境，这人怕是饿死了。刘某还是不证的好。"

王培伟的谈吐、拳脚、机变皆是一等一的人才，却以小吏之身屈居南坪一隅，是甘心落寞，抑或命该如此，还是别有所图？那个李鸿远也不简单，今日早晨恐怕只是牛刀小试。而能在这两位身边鼎足而立的那个袍哥老大罗秦明到底是何许人物？

"既然刘兄弟执意不肯放下，王某多说无益。请自便。"王培伟回到树下，懒洋洋地给自己倒了杯茶，淡淡笑道："李鸿远讹你烟土，我告诉你一个去处，团练局。"

乱 世

第十章　被擒

一夜风大，摘下枝头几许青叶，倒给街头平添了几许初夏的气息。

青石板上行人众多。一个手拿坤包、烫大波浪头穿旗袍的时髦女子站在照相店前，仔细端视着橱窗里的相片，眼里有憧憬；几个短衣草鞋的挑夫蹲在朱守义面馆旁边，笑嘻嘻地摆着龙门阵，表情夸张而又热烈；许记客栈出来一个戴墨镜、长袍马褂手拄文明杖的乡绅，手上拿着一本《金粉世家》；两个西装革履的年轻人目不斜视，并肩步入摩登理发店；陈氏杂货铺柜台后面站着的老板居然一身中山装；裸着上身当街磨刀的手艺人，全然不理会身边演出的活报剧……

刘无果举目四顾。眼前所见又与他刚入城时的印象略有不同，多了一点儿陌生气息，记忆中的那张底片似被人添了些许色彩。他的脚印曾经踏过这条街上的每一寸土，现在觉得自己与它不再有那种血脉相连的感觉。是他变了，还是它变了，又或者说他与它都变了？王培伟最后吐出的三个字犹在心头震荡。听五叔提起过，团练局驻地南坪西北同仁铺，自己倒是可以借着去见刘富贵之名走一趟，但王培伟这是什么意思？一切都不在掌控范围内，三天时间自己还没有摸到一丝头绪，根本看不清对方的棋路，连弈棋将军之人的面容是谁都不清楚。仗若打成这样，真是要憋屈至死。只是当下又该如何应对，难道空着双手跑去县府向李鸿远请罪？

前头即是狗子养伤的那间郎中铺，刘无果朝前紧走几步，旋即停下，转身拦住手持文明杖的老者问道："老伯，敢问城里怎么没有一间烟土店与烟馆？"乡绅觑眼打量，摸了把颔下几绺山羊胡须，缓步慢行，只作未闻。倒是蹲在路边的方脸挑夫撮出一口牙花子说，"上面搞新生活运动了。"刘无果怔了半晌，蒋白昨日黄昏时确实提过几句所谓的"新生活运动"，可自己当时心神不宁也未在意。

李鸿远怎么炒起这碗冷饭？新生活运动其实算不上是什么新鲜东西，一九三四年，蒋介石在南昌发表题为《新生活运动之要义》的演讲，主张要以礼义廉耻为准则，从国民的基本日常生活做起，改造社会、复兴国家。此后，各地相继成立"新生活运动促进总会"，并一般由当地头面人物担任总干事一职。但自抗战伊始，"新促会"的工作重心便从原来的着重道德生活教化，转为战时组织动员及救济抢救等。现在抗战胜利，李鸿远又想把它落实到日常，恐怕其意当非革除陋习，而是政治投机。这种形式主义的运动，向来是官场升迁之不二秘籍。但"烟赌嫖"三字，怎能一禁了之？就是李鸿远自己恐怕也不会答应。顶多像蒋经国在赣南那样，抓几个人跪在公园门口装装样子。但也不对，他做县长这么多年，若真是精通官术，只怕早就升任专员了。又或者说，他这不是政治投机，而是寓征于禁，意图搜刮？

此人言语绵柔，办事果断，哪里是五叔嘴里那种只求保身做官的官场油子，身上那种气质，倒似曾与自己一起协同作战伏击鬼子的八路。五叔之言不尽不实，为什么不怕纸包不住火迟早事泄，在自己跟前拨动这种不高明的算盘珠子？还是他真心觉得李鸿远就不是一条狼，可此等眼力何以

乱世

能独撑危局数月之久？刘无果思忖着问那方脸挑夫赔笑道："若有人一时瘾犯又当如何？"众挑夫哄然而笑，四散而去，却是长街那头一阵喧哗。国人好为看客，刘无果叹惜，听见那个手持文明杖的乡绅低声说道："刘长官，请这边来。"刘无果一惊，乡绅已拐入小巷。刘无果更不迟疑，快步跟上，七转八拐到了一间客栈二楼。乡绅摘掉墨镜，扯脱颌下粘贴上的三绺黄须，笑道："刘长官，别来无恙。"正是在聚贤茶馆里邂逅的三角眉。

"我是县党部秘书长陈子善。前夜人多眼杂，也未曾自我介绍，见恕则个。"三角眉伸出手，脸上堆出笑容，"贵兄为人行事有高古之风，陈某素来敬服，数月前贵兄忽遭劫难，遽然离世，余亦痛彻心肠，数夜难眠。这里也请刘长官节哀。"

"劫难？"刘无果冷冷说道，没去握这只手，眼角余光瞥清屋内情景，"陈秘书长这打的是什么哑谜？"刘无果心中生起狐疑，县党部秘书长在一个小城内，也算是一方人物，为何昨晚却似无人识得？

"刘长官怕是误会了。我不是李鸿远的人。"陈子善哈哈一笑，手顺势把门掩上，好像他这只手本来就要去掩上门扉，"刘长官可知你的一举一动皆人眼里？或许此刻还有人拿着望远镜在高楼四处张望。"

"我刘某何德何能蒙此厚爱！"刘无果冷笑，踱到窗前，随手在窗帘间拉出一条缝隙，抓住那已多有腐朽的木栏杆，四下张望道："陈秘书长迂回、换装、穿堂、匿行，反跟踪手段之高明，我看都可以去特工总部了。"

"刘长官好生眼力。鄙人确实另有身份，乃中统渝区第二督察室特派员。"陈子善哑然失笑道，"刘长官快人快语，那就恕陈某直言。李鸿远当是汪伪特工组织潜伏于我民国政府之密谍。现汪逆大势已去，其人欲借新生活运动禁烟查赌，捞上一笔，脚底抹油。余苦于手无确凿证据，故而冒昧相邀，想请刘长官帮个忙，设局请君入瓮。"

"刘某是军人，这种事做不来。"刘无果耸耸肩膀道，"现在各地大员都忙着抓汉奸，以接收其房产、金条、姨太太为己任。这等美差什么时候能轮到鄙人一介武夫？您是特派员，中统爪牙之敏捷凶狠，举国皆知，还怕区区一个南坪县长飞到天上去了？若无他事，刘某告辞。"

陈子善笑容不减："刘长官就不想弄清贵兄缘何暴病身亡吗？就不想弄清楚昨晚那把火究竟为何人所放？就不想弄清楚罗秦明为何就任你自其府上掳走刘周氏？就不想弄清楚那个说书人的真正身份？"

"你到底是何人？"刘无果惊回首，五指已扣住这三角眉的喉结。

"我已然表明身份，就看刘长官信不信。"陈子善左右活动着被刘无果掐住的脖子，颈椎骨处暴出一连串脆响，口中哂道："为敌为友只在刘长官一念间。"

"南坪偏远，有什么东西值得汪伪特工如此处心积虑？"刘无果慢慢说道，"一九三七年，李鸿远以四川省县长考试第一名放任邻江县长，一九四一年方才调至南坪。其人所为，刘无果略有所闻，虽不敢说是党国精英，也必是忠诚我中华民族之人。你为何要冤他为贼？"

"都说刘家老二有勇无谋。我看不好糊弄嘛。"陈子善挤出古怪的笑容，右手中指戒指上突地弹出一枚短针，嘴里笑道："也罢，那我们换个地方再聊聊。"刘无果胁下一疼，有若被大象踏过，眼前一黑顿时晕厥。

等到刘无果艰难地抬起眼睑，却已双足双手被缚于地牢深处，浑身酸疼。

光线晕暗，仅一盏油灯摇晃着微弱火焰，四面土墙隐有血腥。看不出是什么时候，到处是恶臭熏鼻。靠近铁栏处搁着两只窝头和一碗稀粥，几只蚂蚁爬在豁了口的碗沿。那个自称是中统特务的陈

乱世

子善杳无踪迹。刘无果又急又怒，一脚踢翻喊道："来人啊。"喊了半天无人理会，强忍怒气抱膝坐下，思忖着陈子善到底是什么来路与背景。不知过了多久，铁门咣啷声响，却是马永财进来，满嘴酒气狞笑道："刘英雄。这回可不是我冤枉你，另有他人。看来你的人品实在太差啊。"在他絮絮不休的唠叨声中，刘无果这才明白，原来自己晕迷不醒后被人在衣兜里塞入几块烟土，扔到警队门前。这等大礼，马永财自然笑纳，当即前后左右一顿猛踹，犹觉得没过够瘾，这才又来到牢房。刘无果暗自纳闷，马永财的伤势未免好得太快，看来蒋白还是手下留情了，当即叹道："蒋白呢？"

"你都在这里，他还能跑到天上去？"马永财嘿嘿冷笑，手中的皮鞭忽勒住刘无果喉咙，"刘英雄，你是党国功臣，还拿过一等宝鼎勋章，我马永财素来敬仰，今天还真想看看你的骨头到底有多硬。"皮鞭一圈圈收紧。当年岳飞父子就是这样被三尺白绫缢杀于风波亭吧？真是不甘。刘无果心中自是有如千刀万剐，颅中血压急剧上升，脑中清明一点点散去，耳边忽闻得"啊"的一声短促惨叫，就像溺水之人突然被扔进新鲜空气里，颈中皮鞭松脱掉落。刘无果转头一看，马永财的身子已然瘫倒。一脸惊恐的狗子眼眶通红，手中兀自挥舞着一把锋利的匕首，仍不敢相信眼前的事实，声音颤抖道："我杀人了，我杀人了。"

"割开绳索。"刘无果低声喝道，等手获了自由，便自狗子手中一把夺过匕首，割断脚中绳索，"狗子，好兄弟，你怎么来了？"狗子的声音带着哭腔："你都被人陷害了。我能不来吗？"刘无果没再说什么，重重地一拍狗子的肩膀："跟我走。"走了数步，犹豫道："狗子，我不能走，你走。"狗子回身："哥，为什么？"

刘无果说："我这一跑，原本无罪，那也有罪了。他们现在栽我贩卖烟土。这是重罪。我是国家军人，更应于法庭前辩明是非黑白，岂可一走了之？"狗子急眼了嚷道："石头哥，你是当兵当傻了吗？留在这里与这些贪赃枉法的浑蛋较什么劲儿？他们往死里整你啊。你是少校营长，回到部队里，带人来，定能还大老爷清白。"狗子所言不无道理，刘无果思忖道："要不，你跟我一起上部队？"狗子叫道："好。跟着老爷去打鬼子去。"这牢房原本在地下，上了几处石阶，光线渐亮。狗子加快步伐轻轻推开牢门。刘无果快步跟上，一怔，门口侧卧一人，却是一名警察，身下一摊血污。狗子刚才杀马永财何等惊惶失措，怎么在门口身手立刻就跟职业杀手一般，杀警察如宰鸡羊？刘无果心中疑惑。狗子纵身前跃，突自腰间扯出钩索，翻至墙头，再放声大喊数声："来人啊，有人逃狱，杀了马队长。"然后跃下不见。刘无果惊出一身冷汗，墙壁高有三米，非徒手可以攀缘，再看看手中匕首，刃尖犹有鲜血滴落，心中顿时雪亮，望着从四周匆匆奔出的几个拿枪警察，长叹，掷下匕首。画龙画虎难画骨，知人知面难知心，也许自己尚未进这南坪城，便有一张森罗大网张开。狗子与自己所言，只怕更无一句真话。

警察拖走马永财的尸体。鼻青眼肿的刘无果被重新押回牢里，手脚还各多出一副铁制镣铐。镣铐被狱卒再用铁链锁在一个墙上卡死的铸铁圆环上，这是让自己插翼难飞了。刘无果再三申辩自己是被人栽赃陷害，马永财乃狗子所杀，要见李鸿远与王培伟，警察不理，恶狠狠地拿着枪托一顿猛砸。警察走了，刘无果眼前金星乱冒，心头茫然，血肉被看不见的铁丝网勒紧，勒得整个人几乎要窒息过去。他也试图挣扎，可每次挣扎却只能导致更深的苦痛，不仅是血肉上的，

乱世

更是心理上的。他甚至都不敢去想狗子为何要这样做，不敢去想五叔在想什么，也许唯一能指望的就剩下生死未卜的蒋白。一种从未有过的绝望与疲倦扼住他的身体，刘无果望着牢内那盏微暗的油灯，阖上双目，恍恍惚惚看见刘无因朝自己走来："兄弟，这人世却也比那战场更凶险万分啊！"

翌日上午，一夜未睡的刘无果被全副武装的警察带至警局。堂上主位坐着王培伟，副座是李鸿远，还有几个书记员、警察和法警。这是临时设置的审判厅。在部队，但凡这种临时设置的军法审判厅一般都只会发布一道判决：处决。

刘无果暗自皱眉。

王培伟敲了下法槌："刘无果，你可知罪？"

刘无果说："马永财乃狗子所杀；至于鄙人兜中烟土，是一个叫陈子善的人有意陷害，他还自称为贵县党部秘书长。望李县长与王推事明察秋毫，还我公正，还法律以应有的尊严！"

法警呈上匕首。

王培伟哂道："刘无果，本推事必定会在基于事实、尊重法律的前提下，给你一份公正合理的判决。我且问你，这杀害马队长的匕首握把上可是你的指纹？"

"这是狗子杀人后塞入我手中，刘某一时不察。"刘无果应声答道。

"别人把凶器塞入你手里，你不是第一时间扔掉，反而握在手里行了数十米，这又如何解释？"

"鄙人身为军人，击毙日寇百余，今日忽蒙冤屈身陷囹圄，自然本能地愿以利刃防身，却不会如普通人那样惊惧，弃刃不用。还望推事大人将此两人带来，刘某愿意与他们当面对质。"

王培伟冷笑道："枭桀之气溢于颜面。刘无果，第一，本县党部并没有一个叫陈子善的秘书长。你让本推事上哪里去替你找一个莫须有的人来？第二，你既然声称兜中烟土乃陈子善栽赃，你本无罪，为何狗子杀人劫狱，你要跟着逃跑，难道这不是心里有鬼吗？"

刘无果禀道："推事大人，鄙人并非越狱，而是想至李县长处禀明事实，早日洗刷冤情，一时心急罢了。"

"舌辩之士，满嘴谎言，敢欺天下无人乎？"李鸿远冷笑沉声道，"我再问你，那筐烟土呢？是不是要本县学齐威王以汤镬相候？"

王培伟一拍惊堂木："还敢狡辩！带证人。"

在几名警察的簇拥下，狗子出现了，形容猥琐。刘无果厉喝："狗子，为何要这样冤我？我待你有哪里不好？你且看着我答。"狗子不看刘无果，向前恭身说道："推事大人，小人近日一直在桃园，你可唤老鸨一问即知。刘无果更是小人幼时玩伴，不敢诬他。只唯愿法庭念其是党国功臣，能从轻判决。"

刘无果差点呕出一口血，浑身发抖，牙齿打战，却是一句话都说不出来了。

门外传来喧哗声，几人匆匆入内，其中一个穿中山装的凑至李鸿远身边附耳嘀咕。李鸿远皱眉道："准他进场旁听，只他一人，不得携带武器。"过不多时，五叔大步进屋，额头绑的白布里隐有血迹层层泌出。刘无果心头酸楚，正待开口，五叔已是老泪纵横："老爷。"复又指着狗子破口大骂，"你这个背主求荣的畜生，我真瞎了眼，当时没把你乱棍打死。"

狗子冷笑，"叔爷，谁背主求荣？你倒是说清楚。大老爷病了

乱世

那么久，让你派人捎信给老爷，你为何迟迟不派，还不是为了昧掉刘宅产业？暗里也不知祈求了多少次，希望老爷战死疆场吧。还有，你与罗秦明勾结贩卖烟土一事，你当我真是不知？"五叔颈上青筋直跳："狗子，你这只畜生啊，什么时候学会血口喷人？"王培伟再拍惊堂木，"放肆！这是中华民国的神圣法庭，胆敢藐视法庭，本官判你们苦役三个月。"五叔与狗子住了嘴，互相注视的目光里就有了十八般兵器。王培伟摇头道："刘无果啊刘无果，本官念在你是党国功臣的分儿上，再三告诫，你执意不听，反而行凶害人，现在人证物证皆在，你还有什么话说？"

刘无果心中冰凉，道："推事大人，狗子是我指证的凶手，一向嫖娼贪赌，怎可采纳他的证言？我在牢房里，身上钱物与证件都被搜刮一空，在从牢房至牢门这区区十米的路上，又能从哪里找出这把刀杀害马队长？这刀，当有来路。"五叔一边叫道："这刀的制式当是罗记铁匠铺打造，去那儿一打听不就成了？"

屋内寂静。虽是阴翳天，狗子额头却已有一层细密汗珠。王培伟皱眉道："带罗记铁匠铺伙计。"隔不多时，伙计来到，不是别人，正是脖子伸得像鸟一样的杨二。刘无果心中奇怪，杨二怎么又从伶仃茶馆的伙计摇身一变为铁匠铺伙计？杨二同样没看刘无果，眸子里泛出一层灰白，道："刀是马永财马队长前日所买。"

刘无果心如石子下坠，坠入冰窟。李鸿远起身，从桌案上取出一封信道："刘无果，这可是你亲笔所书？"这是自己写给大哥的书信，它们不是全被焚毁了吗？刘无果诧异道："是。"

李鸿远把信转呈于王培伟："还烦推事大人诵念。"

王培伟展信读过，却是一封平常家书。众人纳闷，李鸿远冷笑道：

"还烦推事大人横着把此信第一列第一字第二列第二字,依此类推,连起来读一遍。"只有十余字,王培伟一字一字念来,声音不大,却如雷霆炸响:"烟捐每担拟提七成,望兄预交为盼。急。"刘无果眼前一黑,再定睛望去,这信又哪是刚才那封,眨眼间李鸿远已然掉包,手法堪比川剧变脸。刘无果大叫:"推事大人,这信不是我写的。"

王培伟冷笑,"事实与证据在此,刘无果,你不要再自作聪明,本官今日就给你一个正义的宣判……"

刘无果长叹:"且慢,推事大人,鄙人为现役军官,根据民国法律,审判现役军人只能由军事法院依照《中华民国陆海空军刑法》来审判。还望推事大人能把我的案子转至军事法院。"

王培伟手中惊堂木一敲桌子:"刘无果,还要欺本县无人吗?根据《战区巡回审判办法》和《战区巡回审判民刑诉讼暂行办法》,当地司法机关或县政府在必要时可以实施紧急处分,若证人或鉴定人的陈述明确、无讯问的必要,则可直接宣判。"

李鸿远抬头:"刘无果,你还有什么话说吗?"

"现在还是战区吗?今日庭审前无古人,想必也会后无来者。诸君当会名垂青史啊!"刘无果摇头诧道。昨日李鸿远与王培伟分明是两股道上的车,怎么一夜间他们就联合办案,看情势还想结果自己的性命。中间到底发生了什么?自己究竟是触犯了他们之间哪块共同利益?刘无果望向狗子,"狗子,你就这样想哥去死?"狗子如受雷击。五叔暴怒悲咽,一口唾沫吐出,想上前,被法警制住。

王培伟望了眼面无表情的李鸿远,咳嗽一声:"现役军官刘无果杀害南坪县警局队长马永财案现已审结,鉴于证据确凿,依律判

乱世

处死刑，即日执行，剥夺公权终身；鸦片流毒中国，垂及百年。国父早言禁绝。现役军官刘无果参与贩运鸦片，按照国民政府禁烟禁毒条例第三十二条第四十一款规定，身为军人，罪刑从重，判处有期徒刑二十年。两罪并罚，判处死刑，即日执行，剥夺公权终身。退庭。"

　　天色阴晦，雨点落下，说是雨也不尽然，只是一层被风吹动的氤氲水汽，不刺骨，反而让皮肤异常舒爽。刘无果被两个警察推出临时法庭，听着五叔的喊冤声，心头一片茫然。八年抗战，日寇子弹没在自己身上留下一处伤口，归乡不过数日余，却稀里糊涂地被推上黄泉之路。按民国法律，除划归军法机关审理的盗匪、烟毒等特种刑事罪犯判处死刑的，由省核准外，经法院判处死刑的罪犯均报司法行政最高机关核准后，才能执行。大哥到底做了什么事，以至于这县长与推事都不惮冒着天下之大不韪乃至押上身家前途急于灭口？身后两个膀阔警察将刘无果重重一搡，刘无果踉跄前行，仰头看天，心中悲愤大吼出声："老天啊，我冤枉。"白茫茫的天空为之一响，紧接着，无数雨点如子弹自空中落下，击中他的额头，发出沉重的湿淋淋的声响。

　　刘无果啊的一声，欲翻身坐起，哪里能够，早被五花大绑捆于一条长凳。眼帘睁开处正是陈子善的那张瘦脸，刚才情节曲折的几幕竟然只不过是南柯一梦。所谓雨点不过是茶杯里泼出的水。

　　陈子善搁下杯，笑道："刘长官睡得好香啊。"

　　"我在哪儿？"刘无果下意识地脱口而出。他还是第一次潜入此等可怖之梦境。这个梦有情节，有人物，有地点，有时间；情节跌宕起伏，人物更是栩栩如生，宛若真实重现，就连梦中人物的衣裳服饰，乃至牢房与大厅墙壁上的海日朝阳图也与现实一般，而色泽还要鲜艳几分，这意味着什么？梦中这些人的行为究竟是隐忧，抑或启示？

屋内阴森，一盏电灯光线昏暗。案几上搁着从刘无果身上搜出的枪支、金兰换帖等诸般物事。

陈子善半边臀部搁在案几上，顺手摸起那块青训班徽章饶有兴趣地打量着："私人物品？"

刘无果没吭声。这时的他已基本清醒了。眼前这人卑鄙龌龊，刘无果还真想啐他一脸唾沫。

陈子善又摸起那张钤盖一枚戴笠私人印章的嘉奖令问："哪来的？"

刘无果一言不发。天花板上有若干污秽，似惊慌的羊群，鬼脸、一张被水渍过的地图、那妇人头上盘着的坠马髻。

陈子善笑笑道："刘长官，还是那句话，是敌是友，只在你一念间。我这人嫌麻烦，就不喂你喝辣椒水什么的了，一句话：你若现在铁了心要去见你大哥，陈某乐意成全。"

刘无果干脆把眼睛闭上。

"徐庶进曹营？"陈子善讥道，"今人修今史，避讳而难真；后人修前史，伪遗而难实。曹操何许人也，唯才是举。徐元直历任右中郎将、御史中丞，若不发一言，何能至此高位？孔融名士，圣人之后，孟德照样诛之。所谓《三国演义》，本自市井闲语，不过是升斗小民之愿望，那与真的历史相距岂止毫厘。"

刘无果心头暗惊，此人言语虽偏颇，却有几分凛冽之意，不是那种不学无术之徒。睁眼道："刘某既落汝手，杀剐但凭汝意。何需废话？"

"我杀你做甚？"陈子善讶道，竖起手指头摇晃道，"您是刘无果，

乱世

抗日英雄，党国功臣，前日夜里聚贤茶庄，陈某一拜，不掺半点水分。"

刘无果涩声道："需要刘某做什么？"

"李鸿远。"陈子善道，"我说他是汪逆。刘英雄不信，我自己也不信。那我现在说他是巨憨大贪，南坪民脂民膏十有七成，落入其手。刘英雄信也不信？"

"铲奸除恶，劫富济贫，人人有责？"刘无果哑然失笑，仰面耸耸肩膀，"既然是买卖，陈先生这种买卖的方式，刘某还真是开了眼界。"

"我本来是很有诚意地与刘英雄坐下来谈。咱俩还真是有合作基础。可你不愿意坐下来谈啊。如之何？"陈子善没有半点羞惭之色，双手一摊，以示无辜，在板凳前蹲下身子，点燃两根烟，给刘无果嘴里塞入一根，自己吸了一根，笑道："何况买卖没谈成前，缚虎焉能不紧？"

"我还真看不出我们的合作基础在哪儿，刘某一个莽汉罢了。"

"我看刘英雄对贵兄死因也颇存疑虑，否则不会前脚进了县衙门，后脚又赶去法院。"陈子善起身一笑，顺手就把烟蒂搁在案几上，"我是个老实人，讲究买卖公平，童叟无欺。你呢，替我找到李鸿远所窖浮财；我呢，则把所闻贵兄种种坦言相告，不会遗漏一句，必成全刘英雄做一个大忠大勇大仁大孝之人。若有机缘，或许还可以再代表广大南坪百姓敬刘英雄一碗壮士魂。"

陈子善笑得欢畅，眼中却殊无半点笑意，与这种人合作，无异与虎谋皮。刘无果冷不丁道："李子巷口的那记冷枪是你打的吧。"

陈子善不答反问："你说呢？"

"要摸鱼，就得搞浑水。陈秘书长，你大可不必煞费苦心，我哥的死因刘某自会一查到底。但我不明白的是……"刘无果顿了下，"陈特派员，您就是一枪毙了李鸿远，再把我的尸体往旁边一扔，说我是凶手，又有谁敢捋中统虎须？"

"同志，现在都一九四六年了，哪能瞎来？讲究的是证据，岂可再指鹿为马？再说了，你也见过王培伟这个人，都与疯狗一样。中统的疯狗，脑子里堆满大便。"陈子善似笑非笑地咧了下嘴，"杀人易，夺财难，要夺李鸿远这种奸滑之徒的，难上加难。不瞒你说，贵兄实乃李鸿远心腹之人，贵兄之死未必就不是杀人灭口。"

刘无果额头汗出。

陈子善的目光突然落在案几上那张金兰换帖。因为烟蒂燃烧，帖子边缘略有卷曲，其下更有字迹隐隐透出。一惊，一把抓起金兰换帖，点着火柴凑近了看，眉心抖动，嘴角肌肉一阵颤抖，不多时嘴里咯咯笑出声，状极愉悦。

"踏破铁鞋无觅处，得来全不费工夫。"陈子善的笑声委实不比夜枭好听多少，俯身道："你刚才问南坪地处偏远，有什么东西值得汪伪特工如此处心积虑？岂止汪伪特工，我先告诉你一桩。这就是。"

陈子善把换帖揣入怀中，又把嘉奖令与徽章搁入外衣口袋，用布堵了刘无果的嘴，往门口走去，忽转过头来，揶揄道："贤弟，我有急事要办。过些时候，我再逐一与你细说，必让你了无遗憾。不懂？这世道你不懂的东西多着呢。蒋委员长也闹不明白共匪怎么就越剿越多……"这个与杨二一样患有话痨症的陈子善刚说到这里，哐当一声，整个大门被人一脚踹得横飞过来。

这脚力量之强横，气势之凶蛮，与远古暴龙相较也不遑多让，又若惊雷轰至，整个房屋都在这声巨响中摇晃起来，灰尘扑簌簌掉落。

陈子善的速度与应变之快让人瞠目结舌，几乎同时，身子后纵，与飞起的木门一起狠狠地砸向窗户，木杆咔嚓一声断裂，人顺势滚出窗外。窗沿处只遗下数滴血迹，以及从他兜里滚落的嘉奖令与徽章。

乱世

第十一章　博弈

　　旅馆已是喧闹一片，尖叫声、呼喝声、哭爹喊娘声此起彼伏。

　　蒋白赶到窗前，探头四顾。跟进屋的杨二用刀迅速割开刘无果身上束缚。刘无果喝道："走。"三人未再多作停留，匆匆捡起嘉奖令、徽章及几上所遗物件，自窗前跃下，刘无果身子一软，差点瘫倒，还好蒋白眼疾手快。

　　蒋白皱眉道："营长，追？"

　　刘无果心念电闪："此前可有暗桩埋伏？"蒋白摇头。

　　陈子善孤身犯险，胆略身手应变俱为一时之选，刚才蒋白只是打了他一个出其不意，真要追上去还不知鹿死谁手。他刚才吐露的"踏破铁鞋无觅处，得来全不费工夫"究竟何意，可惜金兰换帖已被其夺去。金兰换帖上的内容，刘无果早已看过数遍，并无特殊之处，难道说上面另有蹊跷，需要拿火烤热方可另见？这事还真要去找刘周氏。

　　太阳直射下来，足下人影不过寸许，已近午时。

　　先前一梦看似冗长，不过一枕黄粱间。三人拐过一爿杂货铺。刘无果细细一问，蒋白能及时赶来还真要感谢杨二。早上他回到伶仃茶馆后被叫来此处客栈送水，刚巧见到刘无果与那乔装了的三角眉一前一后进屋，心头狐疑，也颇有几分好奇，贴耳去听，就被屋内动静吓着了，赶紧去找蒋白。南坪城说大不大，说小不小，一时间哪能找得到？杨二心急如焚，灵机一动，找了数名稚童，各给了几粒糖果，让他们在沿街齐声呼唤蒋白的名字："蒋白快来，老刘找你。"喊声是整齐划一，又亮又脆。

这真是人算不如天算。一早刘无果便嘱咐蒋白去趟团练局驻地同仁铺摸下底细，若蒋白真动身前去了，只怕孩子们喊得再响也无济于事，可蒋白途经药铺时，偏偏看见刘无果那匹被人砍伤左腿的顿河马，心疼不过，下马上前察看伤势。两匹马交颈长嘶，吸引了一个人。正是那位在县府揪过李鸿远耳朵的长脸妇人，过来看见两匹马的雄俊，眼睛发了光，说马腿上所敷草药不对，马怕是要废了。蒋白问该如何敷药；妇人说那还不如你把马卖我，反正这马眼看就要残疾。两人舌辩起来，竟致纠结不清，就有人于旁边撺掇道："这可是县长夫人，你一个丘八神气个啥？县长夫人看上你的马，那是给你面子。"蒋白一介军人，岂把这区区县长夫人看在眼里，就想抡拳头打。妇人性子却执拗，牵着马缰不肯撒手，脖子还一仰："你打啊，你们这些军爷打鬼子没本事，打女人就个个有能耐。"蒋白的拳头就举在半空中。等听到那些小孩叫喊，心中一惊，知道事有蹊跷，赶紧朝喊声处飞奔而来。

这两匹马十有八九是被那长脸妇人牵走了，蒋白哭丧着脸。

刘无果唏嘘不已。这长脸妇人还真如五叔所言，是一个欺行霸市的主。也幸好她是一个欺行霸市的主。刘无果又问杨二原来可曾见过这个自称是县党部秘书长的陈子善？杨二想了半天，摇头。

这少年对自己算有了救命之恩，人也算是机警伶俐，且还口口声声要拜蒋白为师学几手拳脚，心性虽然不够至纯，打磨一下，却也算良才；但此刻南坪局势凶险，等到离开南坪时，倒不妨把他带上，以后择机替他谋

— 139 —

乱世

一个正经出身。

刘无果思忖着，与杨二耐心解释，杨二也是玲珑心，一点即透，自先回伶仃茶馆。刘无果再佯作借火与路人打听，县党部确实有个叫陈子善的秘书长，不过其人年龄已大，与刘无果所见并不一样。

李鸿远要刘无果交出一筐烟土的时辰已近，刘无果把陈子善说的话择其大意一说，两人皆惊疑不定。陈子善到底是何来路？此人咒骂"中统的那群疯狗，脑子里堆满大便"，其自呈的中统特派员身份多半为假。但也说不准，徐恩曾下台后，中统是越来越不入流。

蒋白的意思是不管三七二十一，直接去县府，一是拿这两匹马说事；二是问李鸿远要这个县党部秘书长。就算是假的，同样兴师问罪。这是要无赖了，但也是没有办法的办法。两人穿街过巷来到药铺前，蒋白怔了，呆头鹅一样。

两匹马都在，枣红马的伤情倒见了几分好转。药铺老板欢喜着脸，上前嘀嘀咕咕一番说道。原来蒋白走后，长脸妇人失了对手，犹豫片刻，把这两匹马流水般的皮毛摸了又摸，进药铺骂骂咧咧地抓了个方子，让人重新给马腿换上她配制的药，才恋恋不舍一步三回头地走开。

这都哪跟哪的事啊！刘无果环眼四顾来往人群，犹觉仍置身于梦境未醒，一张张脸庞上皆有无数光线进出，其中几个居然构成"贪""嗔""痴"数字。脚下虚浮，梦境宛若云端。刘无果定定神，也罢，腹中雷鸣，还是先祭了五脏庙再说。两人蹓进邻近饭铺，要了东坡肘子、蒜泥肥肠、红烧舌掌、口水鸡等几份脍炙人口的川菜，下过几箸，终还是食不甘味。

刘无果再问蒋白昨夜将那刘周氏掳来的情景。蒋白低声述说，刘无果反复推敲，心头疑云越盛。罗府前宅戒备森严，为何后宅此般松懈，看来陈子善说罗秦明是故意让自己掳走刘周氏确有几分道理。罗秦明为什么要这样做？如果说陈子善所言为真，那罗秦明根本没去省城。看来就算罗府是龙潭虎穴，也得再去一趟。但当下之急，是李鸿远这边如何交代？

两人正商议着，眼前人影一闪，正是那个长脸妇人，大刺刺地坐下，手指在蒋白桌前敲了下："喂，你门口那两匹马到底卖不卖？"

"我说过了，有本事你也去鬼子那儿抢两匹来。"蒋白哼道，没抬头。

"哎哟哟，杀了几个鬼子呀？你们这些丘八我知道得很，一向热衷于谎报军功。是不是一个鬼子都没杀，就弄到了一枚什么勋章，觉得自己挺了不起，走起路来张牙舞爪都螃蟹一样啊？"长脸妇人说话还真刻薄。刘无果啼笑皆非，不想多加理会，唤来伙计付了账就想牵马离开。长脸妇人火起，大喝："不许走。"

蒋白讶道："我又不是你老公，你怎么就管起我走不走呢？"

"狗咬吕洞宾，不识好人心。当兵的，我告诉你，你那马刀伤极重，若不调理妥当，真是要废了。我自幼家传秘药……"长脸妇人恚怒，眼角余光瞥见牵起马之缰绳的刘无果，一怔，下半句话咽嘴里了。

刘无果颔首致意。

长脸妇人没再说什么，不无惋惜的目光瞟过马背，落向远方的山冈。

半山青翠，半山火红，造化自有鬼斧神工，使这两种颜色竟如泾渭分明。

刘无果瞧着长脸妇人远去的身影，心中一动："她认得我。"

蒋白随口道："营长，你刚不是说昨日在县府撞到过她吗？"

"我是说她知道我是谁，知道我叫刘无果。知道我是刘无因的弟弟。她的目光里有东西。"刘无果说道，想了想，把受伤的顿河马复又牵回药铺门口，嘱咐药店伙计照那长脸妇人所抓的方子给马腿敷药。

正是天高之时，云层之后，隐约可见苍穹湛青如玉。两人朝罗府方向并肩前行，行未及十余米，一队荷枪警察拐出，拦住去路，带头者正是清晨马

— 141 —

永财身侧那个瘦脸警察。瘦脸警察眼中明显有畏惧，迎上前赔笑道："刘长官，李县长有请，还请莫让我等为难。"该来的迟早要来。刘无果苦笑，身子微微前倾，礼貌回应道："好，我跟你去。我能与我的兄弟先说几句话吗？"

瘦脸警察诺诺，带人围成半圈，眼中警惕之色越重。

"李鸿远不敢拿我怎么样。只恐他要以烟土一事陷我于县府动弹不得。你先回去与五叔说声，我陪李县长喝茶去了。"刘无果压低嗓音，终于下定决心道，"还有，你再待在这里也不是办法。我意你带着刘周氏的供状先去川省司令部找赵平江参谋，看看他是否愿意帮着疏通一下省高等法院，重审我哥一案；另外再设法致电本部长官，细述此事始末，若他肯发函省府各处，那是最好；若不能，至少说明一下我们滞归之由。"

蒋白犹豫道："万一陈子善再……"

刘无果冷笑道："这次是我大意了，我自会提防。假陈子善极可能与汪伪奸细有关。此事我却是要查个清楚。"刘无果没与蒋白多做解释，平时他也没少与蒋白灌输"国家乃人民之事业，由律法条文所彰显"之类的道理，可蒋白哪只耳朵里能有听见？还不如就讲一些简单直白忠奸不两立的事情。蒋白还想说什么，见刘无果眼神渐转凛冽，迟疑半天点头道："好，我去。大哥，事若不行，走为上。"

蒋白的眼眶湿了，说到后面七个字几乎哽咽。蒋白喊的是大哥。刘无果的眸子里泛出淡淡水光，在他肩膀上重重一拍道："来时枪声，回去仔细。那马永财本袍哥中人，你落了他的面子，小心为上。保重。"

刘无果舍不得蒋白，但昨日午时枪响后便生了此意，至陈子善出现，更趋坚定。原因有三点：

第一，他不想让蒋白再跟着自己以身犯险。南坪一事已成生死杀局，自己已然置身泥沼，轻易脱身不得。若李鸿远一封公函言其吞没烟土，军部必严加调查，到时百口莫辩。要洗净清白，唯有此刻下"宁为玉碎，不求瓦全"之心，贴着峭壁千仞的悬崖往前行走。

第二，引援，所谓劫争激烈时的遥掷一手，以为未来之活眼。"上面一点微风，下面一场暴雨"，于高处往下劈刀，常能收事半功倍之效。当然，刘无果心知肚明，自民国开元以来，官场之黑暗吏治之腐败确以此时最为炽烈。《行政院各部会署局派遣收复区接收人员办法》公布实施后，各地掀起"劫收"狂飙，人皆苦心钻营奔走于权贵之门，以求得一个特派员或接收委员之身份，相互倾轧，不惜白刃相见大打出手，连蒋委员长也痛下手令斥责。风潮近虽已渐息，遗祸却仍是无穷，人不思廉洁奉公，平日所谈皆为"五子登科"，无官不贪、无吏不污，连街头乞儿也清楚这场"劫收"恐怕已经动摇了整个国民政权的根本。赵平江虽与自己有过命交情，但在这样的一个人心全然败坏的背景里，就算有心恐怕也无力。但越是倾轧贪墨，就越有机可乘。李鸿远在南坪搞新生活运动，一力禁绝烟赌嫖，必定严重损害了某些势力的利益。敌人的敌人就是暂时的朋友。

第三，哪怕蒋白在省城引不了援，只要他人活着，南坪各方势力或许多少会生出一点儿忌惮之心。自己一旦身死，幕后黑手就不可能以"惊马坠亡"之类的拙劣借口轻轻掩过。

刘无果拐进闾巷，回头再看，蒋白仍默站于原地，一束炽热的阳光自云层间漏下，如那金黄颜料涂于其身。蒋白虽无一言一语一动作，但就算是庙前罗汉，威势也不过如此。

世有蝉鸣，方有此幽静地。

那要从人身上揭下一层皮的阳光被厚厚几重树荫遮盖在外。不清楚是什么树种，生得极粗极大，三四个大汉合抱也恐难合围，比那银杏还要耐得这暑杀之意，抬头去望，一片青黑。人像是一下浸入清水，连皮肤上的

乱世

毛孔都立刻惬意地做起深呼吸。进了侧门，眼前骤然一宽、飞檐翘脊、壁染朱红。大成殿丹墀左右，立有一对青石狮子。石狮头部略有破损，脊背处裂缝中野草生出，挑出几许荒凉之意。

刘无果痴望，依稀记得自己幼时爬上石狮头突生胆怯，还是刘无因耐心鼓舞着自己跳下。微风徐来，檐边树枝轻晃。整个世界仿佛都在身边寂静伫立，不忍去看那昔音容笑貌。这是南坪文庙所在，俗称"圣人堂"，哪怕闭上眼睛，幼时的刘无果也能在此走个来回。

进大殿，入厢房，屋内一桌两椅。

一身中山装的李鸿远正拈着颗棋子，鬓间几缕斑驳灰发，在桌前凝目沉思，见刘无果进来，笑道："刘长官闲暇时可好手谈？"刘无果皱眉道："李县长这是在学东山谢安？"李鸿远随手搁下棋子道："不敢。入得此屋，想起故人当时未完之局，一时情难自禁，复盘而已。"

刘无果冷哼："李县长诸事烦忧，还有心思惦念过去，当真是情深义重之人。"

"世间事，大抵是笙歌鼎沸，然后曲终人散。"李鸿远一叹，"散是必然，聚是偶然。聚散之间便生出万千因缘，托起红尘滚滚。彼地，你是叱咤风云的主角；此处，你或许就是一个死跑龙套的。又或者说，前一秒钟，你还被众生瞩目，后一秒钟已然横尸街头。"

"李县长今日是来点化我这个愚顽之徒，还是威胁？人生如意亦如梦，缘如朝露去匆匆。"刘无果眉宇间没有丝毫笑意，踏步生风，在棋盘上伸手一拂，"弈者，心术不正也。以变诈为务，劫杀为名，侵略、搜刮、做套、下绊、死乞白赖地打劫、斤斤计较地盘算，无一不是卑劣。"

棋子滚落于地，澄黑、极白。

李鸿远微怔道："我闻故人言，弈者，诚也。虽争的是输赢，取的却是天地浩然之气。子无贵贱，依势而生，有此时之荣，也有彼刻之衰；所谓死生，不过虚妄，这棋盘在，这天地在，这棋子在，这人身依然在；至于得失计算便是世道人心。只有懂了那蜗名微利，才能窥见隙中良驹与梦中之身。况且兵本不尚诈，谋言诡行者，乃战国纵横之说。所谓棋品有九，得品之下者，举无思虑，动则变诈；得品之上者，皆沉思而远虑，因形而用权，神游局内，意在子先，讲的却是执着心下棋，菩提心修性，无常心看输赢……"

李鸿远一语未完，刘无果已大喝一声："放屁，日寇侵我中华，荼毒民众，也要以无常心视之？李县长，这不是一个修禅念佛的时代。就是佛门中人，也有怒目金刚，路见不平作狮子吼。国难未了，你虽未携妓纵欲，但我看你不比那等奸滑狡诈之徒好到哪里，或许更坏。"

"恣意游宴，崇尚浮华，一掷万金，视若尘土，而其私邸，壮丽无伦，陈设铺张，备极奢靡，甚有私藏日妓，纵欲闺房，鸩毒自坏，罔知其害。"李鸿远没有理会刘无果的动怒，缓身坐下，拾起一枚黑子，置于天元，"知道这是谁说的话吗？"

"蒋委员长。骂的就是你们这些贪官污吏。所谓国难，即在此处。"刘无果冷笑道，"我虽然不知你为何要搞什么新生活运动，但我知道你兼职局长的团练局驻地，可存有不少烟土。"

"是吗？那烦刘长官去那里抬出一筐烟土，鄙人在县衙门口向南坪百姓自裁谢罪。"李鸿远继续拈起一枚白子，淡淡笑道，"夫弈者，凡下一子，皆有定名。棋之形势、死生、存亡，因名而可见。梁武帝崇佛好棋，失了江山。你觉得冤？提醒下你，那是梁武帝的江山，不是你刘长官。另外，我补充一下，这两句话即是当年我那故人对我所言。不过，我现在把他嘴里的那个'李某人'替换成'刘长官'。"

李鸿远注目刘无果道："棋诀有十，不得贪胜；入界宜缓；攻彼顾我；

乱世

弃子争先；舍小就大；逢危须弃；慎勿轻速；动须相应；彼强自保；势孤取和。刘长官，你回来三日，这十条却是一处也不曾差下。"

刘无果怒极生笑，捡起白子，在棋盘五五星位处重重拍下："如是，我倒要讨教。"

"博弈之道，贵乎谨严。谨严之法，依时依势而变。过去是'高者在腹，下者在边，中者占角'；现在是'金角银边草包肚'。我虽浸淫古谱，却因一个故人之言，而渐悟了变化的道理。"李鸿远微笑着，重新拈起枚黑子占了个星位，"日人好棋。有吴清源者，以新布局弈对天下，所向披靡。有人说他是替中国人争了光，也有人说他是汉奸。你怎么看？"

"加入日籍即为汉奸。黑即是黑，白即是白。棋分黑白，天有夜昼。"刘无果又拈起一子，眼前却有了恍惚感。

一九三六年，中日战争全面爆发前夕，吴清源加入日本国籍，举国哗然。当时，刘无果与刘无因于雨中檐下对弈，就吴清源是不是汉奸发生争执，最终还是他一时负气掀了棋盘。一念至此，刘无果脊背发了麻，手中这粒黑子却难拍下："你口中的故人，是不是，我大哥，刘无因？"

"是。"李鸿远眉头微蹙，似乎刘无果未下之子给他造成了极大的困扰。

连成一片的蝉鸣声猛地歇落。

有风穿窗过门，带来几丝凉意。屋外的树叶飒飒作响，让人疑真似幻。这是一个极自然的声音，看似简单，却是一个极复杂的过程，首先风是空气的湍流，同时包含了混乱与秩序；而所有的叶子因为各自的大小、叶脉的形状与所处的位置等，在风的作用下其振动频率迥异。所以它是天籁，绝非人力能完全呈现。

窗口，那个瘦脸警察的面容一闪而逝。

刘无果手中的棋子掉落于地，脸上表情惊疑不定，这风已吹入五脏六腑。

难怪李鸿远处会有刘无因手录的《般若波罗蜜多心经》。也不知过了多久，刘无果蓦然起身，一拳砸落，力量之大，竟使这实木棋盘裂作两块："那我倒真要问一声，你这个故人之交为何要纵火焚我刘宅，诬我烟土？"

"火不是我放的。诬你烟土，是因为我想让你活下来。所以你还站在这里。"李鸿远拍了拍身上并不存在的灰尘，背手而起，面窗而立，"你可知你家那个五叔是什么人？"

"谁？"刘无果沉声道。

"罗秦明。"李鸿远道。

"见过血口污人的，没见过这样愚蠢的。"刘无果一脚踏落，肌肉偾起如铁，攥起来的拳头鲜血淋漓，"说假话最好先拣七分真。我与五叔之间的情意岂是尔等宵小之辈所知？"

"你若不信，为何要听我在这里言说？是不是很想把我一拳打成肉酱？你与你哥，一母同胞，性情还真是……"李鸿远一叹，没说下去，回首道，"信与不信，就在几日间。你哥的事，我自有所交代，不必争分夺秒。"

李鸿远背着双手出了房间，走到门口，忽然回首道："曾有故人对我言：少年登高时，喜欢常山赵子龙，白马长枪端的是好生威风；渐长，迷上诸葛亮，专门以智服人；现在觉得曹操真神人——图死后得题墓道曰'汉故征西将军曹侯之墓'，平生愿足矣。"

李鸿远像没看见刘无果的拳头刚把一块棋盘砸成两半。

房门掩上，有一个略有滞重的脚步声缓缓离开，又有几个凌乱的脚步声迅速跑来。不必看，是押送他来此的几位警察。

刘无果举拳，拳面血如蚯蚓爬行，小指指腹处已汇聚数滴，逐渐变大，慢慢拉长，似不舍得主人血肉之躯的热量，形成一个弧，却发现重力所在——这是一个无与伦比的诱惑，所以它立刻盈盈坠下。

乱世

第十二章　劫材

"弈"闻趣事间自有道理。

这道理刘无果明白。什么事会没有道理？欧氏几何有欧氏几何的道理，罗氏与黎氏几何同样有它们自己的道理。它们都是对的，也都是不够的。道理，不是事实，是看法，但人们常常把事实与看法混为一谈。"这是一片树叶"与"这是一片好看的树叶"是两回事。

刘无果眯眼凝目窗外。

大地之上，云影与树影交织一块儿，被风吹着，好像水在水里晃动，是两种水，前者清亮，后者阴郁。水深深浅浅，在光与树影的映耀下，像有了生命，是一种会呼吸的奇怪生物。刘无果轻叹，盘膝坐下，耳边蝉鸣声复起，蓦然间已连绵一片。它们只是叫着，在生命快要接近结束的时候，服从上帝恩赐的本能，并无半分焦虑与哀意。倾耳仔细分辨，每棵树上的蝉鸣声竟是如此协调，不管有多少只，也不管后来的那只蝉曾以怎样的节奏鸣叫，它们来到这同一株树上，很快，其鸣叫声如同一只蝉所发出。大自然如此神奇，或许某日后来者会建立起某种数学模型，分析这种犹如萤火虫互相影响同步发光的现象吧。

刘无果捡起颗棋子，画地为线，纵横十九，再把这枚略有磨损的黑子轻置于天元。大哥什么时候也开始掷子天元？当年檐下对弈，他落子天元，刘无因盯着他看了老半天，从抿起的薄唇里挤出两字："轻狂。"他不服，连下十三盘，皆以天元始，始终没赢下一盘。

大哥这种人是有仙风道骨的，怎就这般轻易去了，又怎会娶这个谜一样的刘周氏为妻？刘无果没跟在李鸿远身后出门，他不确信监守在外的这几名警察是否真会对自己开枪，但他相信，自己若想走，这几位专咬百姓的狗腿子就不可能拦得住。问题是，自己能到哪里去？五叔就是罗秦明，这真是滑天下之大稽，可这样愚蠢、连鬼都不信的谎言，李鸿远为何要说得这般郑重？难道大哥真与他有过交情？心口如有无数针尖攒刺。手中棋子一粒粒摆下，等到定睛望去，盘面赫然便是当年他与刘无因所弈十三局中的头一局中右下角处那个劫争。当年的他曾为此打尽劫材，不惜亏损，最终赢了劫争，输了全盘。刘无果痴痴呆望着眼前的隳墙败土，热泪淌下，左手执黑，右手捏白，一着着行来，竟把当日之局全盘复来。

天空暗下，从白转红、变橘、泛黄。也许是光的折射作用，穿过繁密枝叶的一束光线在墙壁上排列出红橙黄绿，但也只是须臾，很快便已化作淡淡一块灰影。

已是黄昏。天地一片灰紫浓翳，自有庄严与肃穆。

瘦脸警察敲门入屋，提进食盒与火烛，未多言即恭身退后。刘无果吃过几口，放下碗筷，重新来到窗前。夏热已敛，蝉鸣渐歇，风送走溽热和郁闷，带来万千绚丽云彩，让"此时此处"是这般丰盈动人。空气中有一股清冽的甜香。隐隐约约有枪声响起，也不知自己这半日暂避于此，南坪城内又生出何许事端。刘无果默立良久，眼睁着夜色终于拉上帷幕，心头"突"地一跳，猛回头。

乱世

黑暗中多出一个人影，悄无声息地贴墙而立，腰细颈直，如一尊曲颈瓷瓶，眸子极清又亮。

妇人缓缓解开覆面黑巾。一张脸庞犹如羊脂玉般的剔透晶莹。不是别人，正是刘周氏。所有的谜团或许都在她身上寻到答案。刘无果眼睛一眨也不眨，生怕一眨眼间她即不见，所见只是幻觉。

妇人直视着他，将他脸上每一丝神情变化都看在眼里，竟无一丝退让之色，突然用双手打出军队里通用的标准旗语："为何不走？"

刘无果悚然一惊，怔了少许，也以手势做旗语答复："为何要走？"

妇人答："他是共党！"

刘无果再问："谁？"

妇人迟疑片刻，不做旗语，戟指在空中虚画，写的却是"李鸿远"三字。

刘无果浑身一震，他还真希望自己的目光是刀子，能把这妇人脑中所知、所思尽数剔出，眉头拧结，蓦然朗声笑道："我为何要信你？"笑声之大，惊起窗前几声鸟叫。门吱呀一声开了，是瘦脸警察，探头探脑地视线往里一扫，迅速缩回。瘦脸警察却未瞥见，就在他推门前的一刹那，妇人脚下一旋已至门后，举手投足间连半丝风声都未带出。瘦脸警察怕是以为他发了神经在自言自语。但这妇人的动作却如巨木在刘无果胸口重重一撞。这等身手，若论敏捷，只怕蒋白也自愧不如，又怎能被他用药迷晕轻易掳获？刘无果的笑声戛然而止。

妇人素靥一凝，眉毛已然挑起，目光里生出讥讽与不屑，不再言语，手上多出一根极细极韧的钩索往房梁上一搭，身子若狸猫般轻盈而起。刘无果又哪里能容她再次离开，纵步上前，一把往妇人雪白的足踝抓去。妇人脚尖一旋兀自避开，单手撑壁，另一只长腿脚尖绷如钢片，直奔刘无果太阳穴而来。这要踢实了，不死也要去半条命。刘无果退步。兔起鹘落，妇人身子翻过一个半圆,朦胧光线下姿态曼妙如舞,呼吸间已伏于梁木之上。门再次被推开,瘦脸警察探头左瞧右觑:"刘长官,都这么晚了,咋还不点火烛?"

刘无果嘴角微微抽搐,一声暴喝:"滚。"

瘦脸警察跟受了惊的老鼠一样立刻又缩了回去。

一根粗绳自拱梁上垂落。刘无果心中苦笑,松胯沉腰拽绳攀缘而上。梁上积尘黏结,被几百年来的光阴压实如棉。人行其上,便觉自身也不过三千世界里的一粒微尘,足底无半点声息发出。两人对视一眼,一前一后,俯身朝暗中爬去。

梁木不宽,妇人手足并用,行来如履平地,其身形纤细修长,动作疾速,乍眼望去,真如于林间大树上行走的母豹,偶尔露出一段足胫,白皙柔嫩,让人唇干舌燥。刘无果脚下一滑,兀自稳住身影,灰尘簌簌落下,打在下方不知什么东西上,哗啦声响。刘无果眼角余光瞥见正殿那坐着的瘦脸警察抬头凝目望来,身形欲起,眉头一皱,便想跳下梁去,在他前方的妇人回头竖指抵唇,以目示意,嘴里"吱吱"数声,鼠叫声还真是模仿得惟妙惟肖。

瘦脸警察的身子又重新落回原处,嘴里嘟囔:"格老子的,都这时辰了,这些老鼠还叫春,真是过得爽。"两人变了脸色,皆作未闻,静歇片刻,继续前行,不多时翻出重檐叠嶂,沿斗拱滑下,绕过那丈余高的门墙,来到文庙后的僻静巷子。刘无果再也忍耐不住,紧赶几步,拦住去路,压低声音:"你到底是谁?"

"你嫂子,不想你死的人。"妇人的回答简洁清晰。

"放屁。"刘无果吐气开声,抢臂砸拳。

妇人反应极是迅速,身子犹如被大风荡起的树叶,往后一仰,堪堪避过,

乱 世

双腿连环踢向其裆部。刘无果右拳袭出风声，屈左肘下压，再向前一步踏下，拳头若生铁砸落。妇人身形一凝，下坠，侧翻，趋避如魅，单手着地绕至刘无果身后，仍是两腿踢出。刘无果眉头一锁，更不避让，拼着腰腹受伤，拧腰化拳为攫五指直奔妇人面门。妇人轻呀，硬生生顿住身形。脚后下踩，屈膝后纵，掌指间已弹出一柄霜匕。刘无果若这掌抓实，五根指头也就没有了，脸色骤变暴退。

月亮出来了，给青檐灰瓦镀上一层银。

一只猫自屋脊处走了过去，走至飞檐处，不紧不慢地伸出一个懒腰，突然发现巷口对峙的两人，喵了半声蹿入檐后。

妇人反手握匕，刃尖绽出一点儿蒙蒙光华。刘无果眯起眼，内心震惊不已，妇人握匕却是标准的军中格斗姿势。这种近身格斗最难伪装其习惯。

妇人脸沉似水，喝道："你哥若见你这等轻率孟浪，在天之灵恐怕也不会安宁！"这妇人眸似深潭，唇若鲜樱，怎么看就怎么是手无缚鸡之力的闺房中人，偏生手段毒辣，令人防不胜防，脚踢肘击皆朝人体要害部位而来，若说未在军队经过严格的训练，鬼都不信。

远远的板胡声起，吱呀作响，紧接着梆梆数下，便是一段"苦皮"唱腔送入耳内，是川剧弹戏《生死牌》中的选段："儿啦，你们哪里知道，六部皆严嵩同党，何况为父官卑职小，也难逃毒手。事到如今，这真是天高皇帝远。"这声音掺入月光中，再沿着屋檐青瓦飘落，沾在身上，竟若积年灰尘，自有一层孤苦悲愤之意，让人陡然间心生彷徨与困惑，便欲掬泪。

刘无果的声音低下："何人所唱？"

"唐德彝，"妇人顿了下，"也是个人物，把昆曲、高腔、胡琴、弹戏、灯调五种声腔融会一炉，与三庆会的刘芷美等人唱的《述秋瑾事》却是惊心动魄。你可曾听过？"

"过去不曾听过，还是前日在那个叫刘富贵嘴里第一次听闻。"

刘无果摇了下头。

鼓点板拍密密响起，如雨打枯叶，水拍断崖，风吹寒瀑；眼见愁意渐涨漫过堤坝，要覆盖了世间万物，萧瑟芦苇荡中划出一只乌篷小船，水波漾开，层层叠叠。船头妇人素脸白衣，任雨浇透，只是痴立，眼望着三万里河山，忽引吭唱来。其人妩媚，其声也清丽，其调也铿锵，自有坚韧不拔、百死不悔之意。

刘无果长叹，耳闻得锣鼓喧天已若惊风骤雨，颔首朝妇人道："去哪儿？"

"你说。"妇人哼道。

这是某种诚意的表示吗？刘无果掌心湿痒，迈步前行。两人默不作声地朝剧场方向行去。拐过口子巷，进鱼市街，不远处的街口就是火烛通明人头攒动的街头剧场。剧场上方，一轮上弦月照耀大地。

刘无果驻足。妇人隐入檐下暗处，轻声说道："今天重阳，也是你哥生日。"

"我哥死了，你为何不通知我？"

"叫你回来做甚，送死吗？"妇人言语不无讥讽，颈下露出一段雪白的线条，似未见刘无果重新握起的双拳，幽幽道，"都说你是抗日功臣，也不知都是怎么杀的鬼子。多疑而不性狡，好辩却乏明见，鲁莽徒然勇武。"

"他们是凶禽恶兽，你怕也是魑魅魍魉。"刘无果沉声道，心头"咚"的一下。

妇人给出的这十八个字听来耳熟。

那还是他刚投笔从戎不久，奉令带敢死队截杀敌方某情报分队，却与一小队正在屠杀村民的日寇遭遇。那是初冬的下午，翻滚的云层铺满天穹，似种种恶兽怪禽搏斗于空，羽碎，皮落，血肉横飞。偶尔自罅缝间漏下一

乱 世

道光束，便让人喘不过气来。

倭寇把中国人的尸体垒成沙包，用绳索绑了七个活着的村民，勒令他们跪在沙包前，在其身后疯狂扫射。二男五女，其中三个不足十岁的孩子。不过二十八米的距离，几颗手榴弹便能解决这挺嘶嘶吼叫的歪把子机枪，但村人必死无疑。

火力网把敢死队死死压制在沟渠里。刘无果迟迟做不出决定，打仗是要死人的，但自己打仗不就是为了这些跪着的人？而军令紧急，被督战队枪毙倒是小事，误了任务，让敌人那个情报分队回到县城，整个部队的作战计划都可能毁于一旦。困局最终是蒋白解的，三个孩子都死了。事后，团部李参谋当面给了刘无果一个类似评语，犹觉不满，越说越愤怒，戟指大骂："刘无果，你这人四字足矣，妇人之仁。"

刘无果眯眼苦笑，喉结滚动，这天地间的光影竟如洪水奔涌呼啸，席卷万物而来。又有谁不能被河流裹挟？顶多是枯木与卵石的区别罢了。

所谓"仁"之一字，究竟在哪儿？那个曾毕业于日本东京大学法律系的李参谋隔了半月居然来找刘无果道歉，还拿来几册铅印的《法政粹编》《政法述义》《京师大学堂法律课笔记》等。这在等级向来森严的部队里真是咄咄怪事。刘无果惊疑不定，不敢多言。过了数日，李参谋又来，问他的读书心得。刘无果答了，也鼓起勇气问出心中疑惑。

"所以我让你看法律书。法律是最低限度的道德。只有可操作的，通过契约形式明确下来的道德，才是今日中国所最急需的。"这是李参谋说的话。他还说了许多，有的耳朵记住了，有的进入血液，有的还变成了骨骼的一部分，还有更多，则被光阴稀释，被风卷走。

刘无果心头激流冲撞，眼见前方有人影晃动，说了声"跟我来"，抬腿蹿上屋脊。妇人微怔，还是提足随行。两人潜行至旁边碧水巷狗子曾在那养伤的郎中铺后。从这个角度望下去，人声鼎沸的剧场一览无遗。幼时的刘无果可没少趴在这里免费看戏。这确是一个隐秘静谧处，被月光当头罩下，罩出一层剔透。

妇人眉间愠色渐去，启唇道："李鸿远把你当饵。你别信他的信口雌黄。"

"嗯。"

"别信王培伟，与虎谋皮，人之过错。"

"嗯。"

"昨夜蒲团上罗秦明与王培伟的金兰换帖你看见了吗？"

"嗯。"

"可知道那是什么？"

"嗯。"

"一九四四年十一月，汪逆暴卒，大厦将倾，时任伪最高国防会议秘书长的原76号头子丁默邨，为谋后路，保住自身，誊写了一份潜伏于国民政府的特务名单，其中不乏如今已是位高权重之人。后来，丁默邨交出的原件被销毁，却另有一份用隐形墨水书写的抄件，被其手下带走，辗转来到南坪。"

"嗯。"

"我说了五句话。你说了五个嗯。你还是不信我。"

"你是谁？"

"这重要吗？"

"不重要。我哥是怎么死的？"

"你把它弄丢了吧。"

"嗯。"

"那是你哥用命换来的。"

乱世

"假如你是我，你觉得我应该相信你的话吗？"

"不应该。"

"那就是了。"

"可我是你嫂子。"

"你昨晚说了，是你这个平江女给他下了慢性毒药，再用剪刀刺中他的心窝。"刘无果转过头，眼眶微湿，声音肃然，"依你身手，蒋白何曾能擒，缘何如此？"

"这是高浓度药用乙醚，吸入时间 5—10 秒，人即昏迷不醒，时间大概是 10—30 分钟。"刘周氏默然，手腕翻转，柔荑上多出一管标有英文字母的罐子，"你进城时，我便知你来；他进屋时，我便知你意。我虽不曾吸入一星半点，却佯作昏迷，在与他共乘一马时窃了它过来。我为何要说这样一个故事？你是南坪本乡本土长，难道连一个这样明显的破绽也听不出？'那日，他将我送到观音庙求子'……南坪方圆百里，只有一个观音庙。你也见过，何等荒凉，有谁会去那里求子？"

"有什么话不能当面说，还要藏着、掖着，'观音庙'着？"刘无果皱眉，声音大了些许。

"你走吧。不要再问为什么。就算是为刘家留一点香火，不至于绝后。"月色下，妇人嘴唇微舐，脸色异常苍白，隐有凄楚，眸子里忽滚下泪水，声音微哽道，"还有，你那护卫身手虽好，下午在途经老虎坑时多半已凶多吉少。"刘无果愕然，手不听话了，如同有了自己的意志，飞起。

鱼市街口，锣鼓骤歇。

熙熙攘攘的人皆屏住气息，仿佛已沉入月色所凝之海底。海底，是一个有黏性的寂静，寂静中又藏着一头让人毛骨悚然的异形怪物。蓦然，一串梆子急促响起，几个小而矮的身子咿咿呀呀依次从戏台上翻滚而过，那立在戏台中间的儒雅男子手在脸上一抹，脸上扮妆已是凶神恶煞，口中恶狠狠唱道："来呀！将三女与我斩，斩，斩。"

掌声若掀起的潮水。

妇人竟未避开这掌，"啪"，身子斜飞从屋脊上滚落。刘无果一把扣住其足踝，眼见妇人后脑着处是尖锐檐角，不假思索，侧身用力，身体失去重心，手指一滑，却与这妇人自屋脊处同时滚下，"噼里啪啦"瓦片层层碎裂，身子先着了地。妇人摔在他胸口。刘无果闷哼，指尖滑腻，有一股说不出的细致触觉，定睛再看，妇人胸前外衣已被撕裂，宝蓝色绣着缎边的肚兜自肩头滑脱半边，露出一个小小的乳鸽似的半圆凸起。刘无果脑子轰的一响着起火焰，手僵硬了。

妇人吐出含糊不清的音节，挣扎欲起。

月下看得清楚，妇人青白脸庞已浮出五根指印。刘无果注视着妇人嘴角涌出数滴白沫，惊疑不定。妇人像身体里忽然出现一只极为痛苦的野兽，手足阵阵痉挛抽搐，脊背弓起，似要哀号，偏又以极大的毅力强行忍住，忽转过头来在刘无果肩上就是一咬。

四周人声惊哗，血肉重新回到体内原先的位置。

这是癫痫，还是中毒，又或其他？

刘无果想起先前的荒诞绮念，心中羞愧，揉揉眼睛，未及细思，抱起妇人，提足奔入旁边小巷，几分钟后便撞开那间隐有一线光线透出的郎中铺。门闩兀然飞落。床头已无狗子踪迹。罗圈腿的郎中俯于桌前悬腕运笔，意态间颇有几分逍遥，见刘无果来势如虎，愣住。墨汁自手中狼毫笔尖滴落，纸上那个"大"字顿成了"犬"。刘无果哪有时间废话，当胸揪住他的对襟衣领问："她怎么了？"郎中慌乱取来油灯近前一照，心头狐疑，掀起妇人眼睑骇声叫道："中毒。是断肠草。捏开她的嘴。快。"

郎中抓笔杆，压住妇人舌根，取过桌前一杯茶水咕噜咕噜地往妇人喉咙里倒下："快去前街面馆里讨一大碗鹅血或鸭血来……天哪，长官，你还戳着干吗，等着收尸啊？"郎中原本容貌猥琐矮小，此番这般喝来，倒让刘无果一惊，两道目光落在他生有几块紫癜的脸上。郎中被目光一烙，清醒了，赶紧赔笑道："先灌清水催吐。鹅血或鸭血能中和毒性。她中毒怕已有一两个时辰，能否撑过去得靠她自己的命。"

第十三章　造化弄人

　　川蜀之地多有巫毒，种种荒诞传闻使人闻之色变，小说家言犹是添枝加叶，报上时有武侠小说连载，号称"北派武侠小说四大名家"之一的宫白羽，居然在纸上开创出一个以暗器毒药立宗"四川唐门"，一时风靡大江南北，勾起了无数人的浮想联翩。军中也多有传阅，就有人说要去民间挖掘炼毒之秘，涂于枪刺，在与日寇白刃格斗时或能收奇效。此说自是如风过耳，但部队确曾有过数次培训，给排长级别以上的军官传授部队野外生存与作战技巧。

　　断肠草听来神秘，其实就是一系列毒草的统称，比如，瑞香科的狼毒，毛茛科的乌头以及卫矛科的雷公藤，其中名气最大的当属马钱科钩吻属的钩吻。至于西南地区，断肠草十有八九就是雷公藤。刘无果对这种常生于山地林缘阴湿处的植物并不陌生。少时贪玩好动，见其花朵雪白繁密，曾有误食，还是一直悉心照料他的五叔发现及时，用一大碗鹅血救了他的性命。

　　风里像是有了悬崖瀑布。

　　像有什么东西大吼一声，自岩石上一跃而下，脑子里便是一阵阵恍惚。

　　刘无果心急如焚，本想问妇人蒋白到底怎么了，可刚刚呕吐完秽物的妇人发髻摇散、唇瓣如雪，神志仍在模糊与清醒间，这话问了也是白问。刘无果取来被褥为妇人盖上，嘱咐郎中几句，又把兜里的法币全塞入他手中转身欲走，妇人说话了，声音细不可闻："别去。"

"你知道我要去哪儿？"

"老虎坑。"妇人嘴唇颤抖，气若游丝，脸上神情是说不尽的苦涩与嘲讽，"扶我起来。你若前去，便是自投罗网。光天化日下，他们尚有忌惮；荒山野岭，那便是乱枪打死。老虎坑林密崖深，天下恐怕再无人知道你刘无果的下落。"

妇人一阵猛烈的咳嗽，眼睛瞥向床头另一碗尚未凝结的鹅血。刘无果会意，端起它在妇人身侧坐下。妇人眉头不皱，连吞带咽地倒入喉咙，再用手背擦去嘴角腥的血渍："他们正在漫山搜索你那个护卫，带队之人是刘富贵。"

"谁？"刘无果都不敢相信自己的耳朵，恍惚不定的神思从妇人潮湿鬓发间的异样香甜中回到屋内，手中大碗咣当坠地，没碎。这消息比刚才听闻蒋白遇险更让他惊魂。后者犹有一定的心理准备，只是从悬崖边失足摔下；前者则意味着他一入南坪，便已然摔下悬崖。

"五叔是罗秦明？"刘无果听见牙齿在自己嘴里一颗颗响。

"是，也不是。"妇人身子前倾，酥腻的胸脯在刘无果肩头一滑，大半个胴体已伏于刘无果膝上，手却自刘无果腰间抽出驳壳枪，指向那位正背身而立面对壁橱配药的郎中。驳壳枪乃德国原产，重约三斤，妇人四肢麻痹无力，枪口还没对准，便已垂落。

刘无果惊醒，劈手夺过枪，如见雌豺母鸥，腾身跳开，厉声斥喝："你想干吗？"

"他是七顶山下来的眼线，杀了。"妇人被刘无果推至倚墙，身虽绵软，胸口露出两团鸽乳，随手掩上，口吻竟是不容置疑。癞脸郎中双肩微抖，犹若未闻，弯腰去拉壁橱下方的一张抽屉。刘无果心头起疑，枪口一荡，大喝道："手别动。"郎中脊背后似长了眼睛，手脚顿时僵住。刘无果快步上前，枪顶住郎中脑门，脚尖勾出抽屉，昏暗光线下看得清楚，里面躺着的正是一柄勃朗宁短枪。刘无果略一思忖，以掌做刀劈向郎中颈动脉处。癞脸郎中闷哼瘫倒，已然晕迷。

"为什么不杀了他？"妇人眉尖蹙出一小团风雷。

"他才救了你一命。"刘无果把勃朗宁短枪揣入兜内，回首皱眉道，"你怎么知道他是七顶山眼线？"

"我知道的，或许比你所能想象的还要多点儿。"妇人扯去身上被褥，趔趄下床。这一路蹙眉走来，便若西子捧心，越增其妍。刘无果口干舌燥，竟不敢多看。妇人咬唇道："断肠草还要不了我的命。你去另一头，拉开贴有金银草、甘草、连翘、石灰标签的抽屉，各自取些替我包裹了。"刘无果依言去做，鼻尖嗅到一股淡淡的与鹅血迥异的血腥气息，猛回头，妇人跌坐于地，手中霜刃已无声无息地割断癞脸郎中的咽喉。

刘无果惊怒："你怎么还是把他杀了？"

"你不杀他，他就要杀你。你打了这么多年仗，怎么连这个道理还不明白？"妇人喘息着，额头发际间湿汗涔涔，身子显然虚弱至极，"扶我起来，此处不能久留。"

这妇人真是心如毒蝎，其言必伪。刘无果还真想伸手一把掐死她，双拳攥紧，双目微冷："人命关天，岂可儿戏。一言戮之，与禽兽何异？"

妇人眸中微露诧异："倭人屠我良善，烧杀淫掳，其罪罄竹难书，又何时问过苍天？"

"他是中国人。"

乱世

"七顶山土匪与汪伪勾结，认敌作父，祸国殃民，其罪当诛。汪逆倾覆，树倒猢狲散，余孽更多有潜入草莽。今日午时夺你换帖者，即七顶山二当家季云卿，原为76号组织潜伏于川康地区的督办特任，公开身份是川康殖业银行审计股股长。"妇人撑起身子，单手捂腹，行了数步，便即停下，面容间颇有痛楚之色。

"既是汪伪余孽，更该公开审判，以昭国法，以敬天理，以安民心！"刘无果强抑怒气，咬牙道。抗战胜利后，许多原本百姓皆耳熟能详的汉奸纷纷以原军统、中统地下工作人员的身份改头换面，连汪伪特工的头子丁默邨也被说成是军统卧底，入狱一年有余，竟然未死，前些日子还传出其人曾保外就医、游览南京玄武湖的消息。刘无果不解，李参谋即以此话答之，还补充了一句："只有人们看得见的正义，才是真正的正义。"

"戆直。"妇人哂然，扶墙出了后门。

月光照落庭院，冷风挤入屋内，眼前烛油淌了一桌，滴在那张已落至地面的宣纸上，把那一点墨汁遮住，"犬"又成了"大"。纸面已有血污浸渍，那郎中颈边淌出的污血蜿蜒如蛇，却是极细数行。戏台那边的唱腔声不绝如缕，遥遥入耳；不远处又有人家踞桌斗酒吆三喝十的划拳声。

刘无果踌躇不定，还是赶出门外。妇人靠墙箕踞，眉目如画，苍白脸色与洒落的月光相较也不遑多让。刘无果长叹，上前握住两只柔腻细滑冰一般的手掌，把妇人背于身后。妇人身子轻若片羽，若非她口鼻间尚还温热的气息，刘无果还真会以为自己肩上所负，不过是月光下的一段凹凸有致的曲线。

妇人当是疲倦至极，只在拐弯处发声，所吐也只是一字，"左"或"右"。刘无果也不问她是要去哪儿，闷头行走。这些日子遭遇激烈，几度大悲大恸，根本不曾真正合过眼，早已是骨软筋酥，备觉困乏。就算妇人要领他去地狱，他思忖自己好歹也可以把她扔到地狱最底层吧。

妇人的头枕于刘无果肩上。这里正是她先前毒发时所咬之处，如若解衣，不难看见这妇人一咬之凶狠。

痛，麻酥酥的痒，再被这丝丝缕缕的女人气息一浸，这种感觉实难言清。都说当兵三年，母猪变貂蝉；若本是貂蝉之貌，又能变作什么？刘无果强抑心猿意马，妇人皮肤触之细致，简直难以形容。想必是这些年优渥生涯磨去了早年的训练所遗痕迹。这当或即是她搏击术的致命缺陷，先前格斗时她出手阴鸷狠辣，但不断腾挪回避也多少能够说明一些问题。拳法如同兵法与棋，终究还是以正合其势。

两人听着彼此的呼吸心跳，俱默不作声。

行不多时拐入一间依山而筑的穿斗式屋架结构民居前。庭院甚窄，房间随坡就坎，随曲就折。刘无果猜到妇人在南坪城内多半是狡兔三窟，没想到其中一窟就在县府附近。由远及近传来清澈悦耳的竹梆声。从窗口望下，隔着参差树叶，夜色里的县衙如同一枚浸在月色里的黑子。刘无果把妇人放至床上，取被褥盖了，再点了火烛。窗边神龛里供着一尊尺许高的关公像。旁是竹躺椅。中间搁着一张圆形小桌。左侧墙壁上挂着一幅画，下面还有张床。屋内几无积尘，显然常有人打扫。

妇人看出刘无果眼中疑惑，道："用人会来打扫。有什么问题，你问吧。"刘无果一时语结，喉咙处隐隐发疼。所有的疑问从脑子里一下全掉在嗓子眼里，都想第一个跑出来，噼里啪啦来回滚动。

妇人柔声道："不用急，反正时间还早。"

床单是蓝底碎花的图案。盈盈烛光下，妇人苍白的脸庞沁满冷汗，发丝散乱，唇角兀自痉挛，身上犹如撒满一层细密的白色花瓣。刘无果在初见妇人时，还以为自己算是有点明白罗秦明为何要深夜侵袭刘宅了。可如

乱 世

果五叔就是罗秦明，他这演的又是哪一台戏？

"这里是哪里？"从嘴里挤出的干涩声把刘无果自己也吓了一跳。

妇人低声道："你现在应该能猜到我的身份。"

刘无果道："猜不出。"

抗战胜利后，不管是中统还是军统，都为国人所唾，以为特务治国断不可取。一般说来，中统在对敌作战时，多着眼于组织上的瓦解、政治上的渗透；军统则更强调情报获得、任务执行，以及具体的监视、绑架、逮捕和暗杀。按说这妇人出身军统的可能性更大，但刘无果还是隐约觉得事情不会这样简单。军统"家规"何其森严，贵阳邮电检查所一个怀孕八月的女检查员，检查邮件时，因偷了四十元汇票款被人检举，请求生完孩子再执行死刑，结果还是未能如愿。就不说报纸上的血雨腥风，仅刘无果所在部队，就有加入军统外围组织的士官因为无意中泄露了一份军统内部文件，被家法制裁。妇人如是，却犯了大忌。难道说戴笠死后，军统在一番"汰弱留强"改组为保密局后，所谓的"清白家风"都已荡然无存？刘无果脑子里有千丝万缕的疑惑，自是不想去做这种愚蠢的猜测。

两人凝目相对，默然良久，屋角暗处一阵窸窣声响，隐隐吱吱声，当是夏鼠潜行。刘无果想起妇人在文庙拱梁上所学鼠叫时那瘦脸警察说的话，心神不禁一荡，随之又是一凛。说书人口技之术堪称妙绝，妇人与之究竟有什么样的纠葛？

烛花毕剥爆裂。

妇人凝目叹道："一九三六年，我被人拐卖入了青楼，心中痛悔异常，一意求死，鸨母教之猜、唱、饮、靓，一概不学；终招愤恨，日夕毒打，一日竟将野猫塞入裤内，束了裤脚，用皮鞭上下抽打，谓之'打猫不打人'。"

妇人语气淡淡，刘无果已是悚然。

幼时他曾于偶然间亲眼目睹这种"打猫不打人"的情形，可怜那女子，尚未及笄之年，被那发了狂的野猫抓得满地翻滚，惨呼不已，样子是说不尽的瘆人。他不忍，很想跳下墙壁去制止，又恐惧一边挥着皮鞭的凶神恶煞的龟公，回到家里把这事一说，被刘无因罚去抄写了几百个大字，说是良家子弟不可去烟花之地。自那时起，刘无果算是对"逼良为娼"四字有了懵懂印象。

"那天正巧，你哥陪人在青楼说事，听得后院惨叫，问过事情端倪，心头悱恻，对老鸨说这小姑娘性烈，怕天生不是吃这饭的，再逼即要出人命，还不如我买去当一个使唤丫头。"妇人白脸上泛出一抹细微难察的红晕，怔怔地看着对面墙壁上的人影轮廓，"你哥用二两黄金买下我。我那时虽还年幼，虽是哭泣不止，已把你哥视作良人，心里就把这一生给托付出去了。"妇人的眼神落在刘无果脸上，"现在的你，与那时的他，可真像。"

刘无果没吭声，一九三六年，他正就读于省城师范，大哥常来看他，从未提起此事。这也是自然。只是大哥平素这般端庄严谨，私下又去青楼厮混，听来总是别扭。

妇人似看出刘无果心思，微微一笑："此处，你误解你哥了。人世是非，岂眼中所见、耳中所闻，乃至于几行白纸黑字，就能黑白分明，确凿无疑？你哥逛窑子，这是事实，却是隐蔽掩护所需要，他与人在那龌龊处谈的却是大事。只是那时，我自不知。"

妇人脸上神情像是沉入了一个甜美的梦幻之所，良久轻轻一叹："当时，他在寄骨寺附近租了间小小院落，每日早出晚归。我就盼呀盼，盼他早点儿回来，我好替他烧水洗脚；也盼自己能早贴花黄，好替你哥暖下被窝，以后呢，再生个大胖小子，再回平江，把我父母寻着，一家人从此和睦平安，尽享人伦。"

乱世

妇人眼角的泪涌了出来："我是不是很可笑？一个差点沦落到窑子里的小姑娘，竟有那样多的细密心思。刚把嘴里的黄连吐掉，就贪起甜。"

刘无果摇头："不可笑。国父讲三民主义，民生、民主、民权。追求幸福即是人不可剥夺的天赋之权。不管是谁，哪怕是一个乞丐。"

"那日，我还真去街上买了胭脂绞线，把自己梳妆起来，还盘了一个坠马髻，就去门口痴痴守候，想给你哥一个惊喜。一直等到黄昏，远远地，就看见你哥，一颗心跳得激烈，可突然觉得不对，你哥步行速度比平时快了不少，身后还跟着一个穿香云衫的贼眉鼠眼的男人。当时我就不知哪来的勇气，竟然平静地走上前，牵起你哥的手，还在他脸上吻了下。然后我们像夫妻那样回家，烧饭洗菜，吃过后我像往常一样，为他洗脚端水；与往常不一样的是，洗漱完后，我没有去开衣柜取出自己平时睡的被褥，回到前厅木沙发上去睡，而是光着身子钻进他的被窝，又去解他的衣裳。就像所有通房丫头那样。不知为什么，我觉得外面始终就有一双窥视的眼睛，所以我急不可耐，一心一意只想把自己奉献出来。"妇人的脸上多出一丝哀戚，看着刘无果，"我是不是小小年纪，就很不要脸？"

刘无果哪里能说得出话来。

"可尽管我这般如此，他也不肯要我。我们在被子里滚来滚去，就像真在做那回事一样。"妇人语气有了些激动，"我简直要发了狂，突然他一把推开我，闷声说道'人走了'。我一下就掉进冰窟。我是多么恨那个特务啊，他为什么就不能再坚持一会儿，再坚持哪怕是一分钟也好啊。他飞快地替我穿上衣裳，说了声谢谢，又深深地看了我一眼。"

"我咬着嘴唇，把嘴唇咬得出血。我很想问他，为什么不要我？可我不能问；我很想跑到外面去把那个特务喊回来，说我们不是夫妻，我是他买下的一个只会打洗脚水的笨丫鬟，可我不会这样；他的眼神里什么东西都有。我流着泪又去亲他。他一动也不动。我想把舌头伸到他嘴里去，他突然推开我起身从柜子里取出一纸文书，说这是你的卖身契，你拿去吧。

"你哥就这样不要我了。他以为他是给了我自由，可他不知道我虽然年幼，可究竟是一个女人，又怎能容忍这样被拒绝的耻辱。我像疯了一样去咬他，无声无息地。可他无动于衷。最后嘴里只吐出三个字，'你还小'。我不小了，我十六岁了。像我这样大的，在老家都有人已经生两个孩子了。我回到前厅木沙发上，期待翌日醒来，我们仍然能够回到从前。可等到天亮的时候，你哥不见了，桌上只剩下那张卖身契，还有一沓钱，以及一张纸条。是你哥写的，他叫我回老家去。

"我不甘心。我真的一点儿也不甘心。我这时才发现我连他的名字都不知道，只晓得一个'刘老爷'，更不知他是哪里人氏。我满大街找他，祈求他只是与我开玩笑，不会不要我。可我找不到他。他不见了，比他出现时更突然。钱很快花掉了，我都准备把自己卖到他遇到我的那个窑子里，希望哪天他或许再来时，能亲口对他说：你不要我，我就做践自己给你看……"妇人咬住了唇，望向刘无果，嘴角浮出一缕嘲讽，"是不是觉得我很贱？我也这样觉得。就在那天，我在街头遇到那个穿香云衫的贼眉鼠眼的男人。鬼使神差地，我就走过去，很镇定地对他说，我男人不见了，不要我了。你要不要我？"

"他是军统外围组织的一个小特务，没过多久便死于一场交通意外。也许是因为我，才导致这场意外吧。我加入军统，其间种种不说也罢。一九四五年，我被组织派赴南坪，才知道你哥即是刘无因，才知道你哥当年在省城的秘密，才知道为何他这样匆匆离去，才知道你哥做了多少了不起的事，才知道你哥就是我的敌人。"妇人冲着刘无果嫣然一笑，"你知道吗？尽管隔了近十年，他还是一眼就认出我就是当年的那个傻丫头。可他真傻啊，明知我是军统特务，也还是娶了我。"

妇人掩面而泣。

刘无果咽下一口唾沫，艰难地说道："你说我哥是军统的敌人？"

"你哥是共党。"妇人脸容凄苦，"造化弄人，莫过于此。"

妇人声音细弱，口中所说，却犹如惊雷。

"是啦，别人言必称共匪，你则说是共党。就不怕被别人听去吗？"刘无果皱眉，没把这个愚蠢问题问出口，她若要辩解，自然会说是在旁人面前也是一口一个共匪。妇人此刻娓娓说来，神情语态倒不似作伪。只是联系到她昨日那番，刘无果又如何敢信？强抑心中震惊，刘无果细细思索了一下，问道："既然我哥是共党，李鸿远也是共党。你为何又担心他加害于我？"

"你哥身份绝密，虽身处南坪一隅，却领导着一个极为精悍的情报小组，还通过故交同学渗透了重庆党政军数条情报系统。我不知道他是怎么办到的。军统本对这个情报小组一无所知。"妇人停顿少许，略有迟疑，还是下了决心说道，"重庆谈判，戴局长下令暗杀毛泽东，认为他乃共党不可取代之领袖，一旦除之，共党群龙无首，必人心浮动，权争激烈，其势定当土崩瓦解。"

如果说关于刘无因身份的机密是一声惊雷，妇人现在所言那就是"列缺霹雳"。

刘无果脸色煞白，此乃国家大事，妇人从何听闻？

妇人像是没有看到刘无果的样子，继续道："当时军统内部组织了一个特别行动小组。我虽未入选，但有好友加入。孰料你哥领导的情报小组却不知从何获得此绝密计划，呈于蒋委员长案前。蒋委员长顾虑国内外的舆论及政治压力，召戴局长前去一番痛骂，严令取消。戴局长以鸿门宴的典故相劝，劝委员长不可学项羽，更被斥骂。暗杀计划取消后，整个行动小组不得不人间蒸发。

"我那好友虽是心甘情愿自裁，却遗下密件于我，嘱我务必设法离开军统。狡兔死，走狗烹，军统家法是'站着进来，躺着出去'。你或许不相信吧，暗杀计划若一旦成功，包括戴局长本人也已准备杀身成仁，以向国人谢罪。戴局长回来后，严查泄密之事，找出你哥领导的情报小组的蛛丝马迹。为了一网打尽，我被派至南坪。若我所知不虚，你哥当归延安李克农直接领导，由专门的交通员负责传递消息，代号'太平鸟'。

"至于李鸿远，他归属共党的川康地下党组织，应该不知道你哥的真实身份。并且，就算他知情，你的出现干扰了他的计划，再加上你是国民党少校营长，那也是除之为快。"

"什么计划？"刘无果闷声问道，心神激荡。

"一是汪伪潜伏名单；二是南坪多年所积烟土及款项，这些东西大部分为你哥所匿；三是国共两党几近翻脸，共军六万部队已被围在湖北东北部的宣化店附近百余公里的狭窄范围内，大战一触即发。李鸿远本来是打算要做关键时刻的一把利刃，一直牢牢捏着团练局，还一心想把七顶山的那帮土匪拉入川康游击队。我看他极有可能在近期有所动作。"妇人想了想，补充道，"我给你的金兰换帖，却是假的，是饵。上面用隐形墨水所书名单，是我誊抄的。"

"我哥是怎么死的？"

"你哥所中慢毒为我所下。戴局长身死戴山，军统也变成劳什子的保密局了，但国共两党，水火不容。"妇人脸有凄苦哀戚，"最初，你哥喝一碗汤，我就陪他喝一碗汤；后来，你哥喝一碗药，我私下也喝一碗药。我不祈望与你哥同年同日生，只想着能同年同日死。"

乱世

刘无果心神激荡，大手扼住刘周氏的喉咙，大喝："终究是你杀了我哥？！"

妇人闭目。

刘无果手上用力，妇人脸庞青紫，眼角泪珠滴下，滴至刘无果手背，却是滚烫。刘无果略略松手："我倒还想问一声，既然是你有此心愿，我哥死后你为何不与他同归一穴，反入罗秦明府？"

"昨晚我说了，报仇。"妇人呻吟数声，脸上浮出淡淡笑意，似乎是在夸奖着刘无果总算问了一个还不那么愚蠢的问题，咳嗽着，吐出一口血，"我与你哥所中慢毒分量一样。你哥死了，为何我还不死？并非我体质特异，而是那夜有人在你哥心窝扎入了一把剪刀。其实我给你哥下毒，你哥一直是知道的，却甘心服了。他死的那天晚上，我问他为什么这样傻，为什么不一枪把我打死算了。他只是苦笑，说傻丫头长大了，知道什么事情是比个人爱恨情仇更重要的事情了。他说他一点儿也不怪我。他是早萌了死志。就好像我的毒药是给他的解脱。我不知道他为什么这样。"

"我说我们逃吧。去一个国共两党都找不着的地方，书上不是一直说有个地方叫桃花源吗？我们就去那里，他耕田来我织布，他挑水来我浇园。我们生一大堆孩子。可他偏要说我傻，说世上哪有桃花源啊，人的心里才有。说人是什么历史、伦理与文化等的总和，说了一大堆我听不懂的话，然后看见我痴痴愣愣的样子，就指着胸口的剪刀与我开玩笑说，就算他想与我走，还有这把刀在这里呀。"妇人号啕痛哭，眼泪扑簌簌落满刘无果的手背，"我就去拔了那刀。我真傻，他明明知道是谁把剪刀插入他的心窝，可他一直不说。我就猜想，这人怕是他所要维护的。所以我不放心你待在李鸿远那儿。"

"凶手另有其人，你是说李鸿远？"

"李鸿远一介书生，战场或可执枪；这于无声无息间潜行刺杀不是他所能为。我只能说他有幕后指使嫌疑，我不知凶手是谁，我不知。我本想让你帮我，才把假换帖给你；又不忍心你葬身于此，你是他唯一的弟弟呀。"妇人语无伦次，猛地抓住刘无果的肩膀，哭的是雨打梨花，"无因，你说，你说我该怎样做呀？"

她叫的是无因，不是无果。

自己是否应该相信妇人之言？人在世上，都会有许多身不由己的事情要做，都要一些真话假话得讲。别说是自己与刘周氏这种大时代的小人物，就是那要"为四万万同胞争人格"的蔡锷在逃离北京前，也曾在袁世凯行帝制时，于"主张中国国体宜用君主制者署名于后"的劝进书上签下名字"昭威将军蔡锷"。

妇人身体抽搐，眼见着已然晕厥。

刘无果长叹，扶其躺下，再替她掖好被褥，坐在一侧痴看了一会儿，心中五味杂感，脑海里尽是乱云飞絮。想再把妇人弄醒，细问心中不解之处，端视着这张白玉似的似乎一打即碎的脸庞，竟是不忍，又担忧自己一时困极入睡后这妇人黄鹤杳然，思前想后，觑见地上桌腿边的一截短红绳，便取了过来，一头束于妇人手腕，一头系于自己手上，就这样靠在床头闭上了眼睛。

乱 世

第十四章　我也曾路雨桥霜

　　这是一个梦，有数万万丈长，像一匹青灰的布幔挂于天地之间，不知其宽，也不知其长。

　　梦的中央是一张脸，苍白，没有丝毫血色，也没有人的眼睛与鼻梁，只有一张嘴，涂抹着鲜红的蔻丹，大张着，青色的烟雾自其中缓缓涌出，竟然结为楼台城橹，城堞翼然，楼阁巍焕，实令人咋舌。忽然烟雾散开，为旗帜，为甲马，为锦幔，为奔走之士卒，眼看是一场千万人无声的厮杀，这嘴忽从那脸上挣脱下来，于虚空处抿起一吹，烟雾散尽，不复有半点痕迹。

　　"这是梦。"刘无果捏紧双拳，望着这张艳丽得有点狰狞的嘴唇，低声问道，"你是谁？"

　　嘴唇回到了人脸上，接着重新张开，露出一口贝齿，细密洁白。几个有着生铁质地的汉字自嘴里飘出，浮在半空中，旋转不休。

　　刘无果认得——"我是你嫂子。"

　　"胡说。"刘无果厉喝。

　　脸庞之上，鼻梁与眼睛渐渐浮出，如同浮出水面的石头，清晰，且有着圆润优美的线条。确实是那个他应该称之为嫂子的女人，不仅是五官，连肌肤纹理都是一般颜色。女人看看自己已然丰盈凝现的身子，再凝目左右，诧异道："我不是你嫂子，谁是？"

"你是妖怪！"刘无果拔枪射击。

每颗子弹都准确地击中妇人眉心，并沿着那个黑色窟窿钻进去。

妇人眉心处鲜血激涌，扭曲的脸上带着一种难以言喻的痛苦表情，似欢愉，又似有极大的痛苦。无数张小小人脸在其中闪现沉没。妇人挣扎嘶吼，发出濒临死亡动物般地叫喊声，牙齿中的几颗变长翘出，可她似乎已被一条不可见的绳索缚住手脚，不能向前半步。刘无果数着自己的心跳，瞄准，射击，脑子里更无一点儿波澜。

弹匣打完，又是一盒。

弹壳噼里啪啦坠下，很快堆出一座丘陵。当刘无果射出最后一颗子弹，女人终于放弃挣扎，望着刘无果，面容已无悲苦愤怒，就像是一张白纸，平静地接受了自身的命运。一条黑线从她眉心窟窿处涌出，缓缓向下，紧接着，一团烟雾冉冉冒出，越来越多，就像是怪物，不断尖叫着，从妇人体内飞出。妇人身上的衣物与皮肤向左右裂开，样子有点像《聊斋志异》里的那个妖怪脱去人皮，竟有着说不尽的诡异。

刘无果咽下唾沫，没有退后。人皮一落于地，即化为灰烬。当最后一缕烟雾消弥于虚无，原地出现一个容貌与那妇人一般，但眉眼羞怯的女子。女子梳着刘海儿，手捂着胸口，望着天地玄黄，惊慌道："这是哪里？"

如此皮囊，美至脚趾。

"人世的尽头。"刘无果合上眼睑，轻叹，听见自己干涩、略微紧张的声音。弹壳所堆起的丘陵上出现了一套女人服饰。他捡起它抛过去，转身朝着茫茫雾气深处行去。

不知为何，他突然觉得那雾气深处，便是自己来的地方。

"是你把我救出了那个罪恶之地。"一个轻柔的声音在他身后飘起，如同一根透明的丝带绑住他的双腿。

紧接着，一双赤裸柔嫩的手臂缠住了他的脖颈，"是你重新给了我生命，就像亚当用肋骨创造了夏娃。我从未有过如此洁净。"

他想走，可走不了。女子双膝跪下，伸出手臂，向上天祈祷，意态虔诚至极。大风突起，布幔猎猎作响，忽自空中落下，化为万千繁密花瓣，每一朵都晶莹剔透，胜过人世最罕见的珍奇。柔和的白色光线穿透他已然阖合的眼睑。

眉眼羞怯的女人呻吟着，把嘴唇贴在他赤裸的胸脯，就像被洪水淹没似的倒入他的怀里。这是他不曾有过，甚至从未想象过的欢愉，他在她的唇齿下发热、膨胀，被拉长、绷紧、挤压，最后开始融化。

"你这样，我是要死的。"他听见自己小声说道。

"不，死的是我。不过我愿意。"他听见她说。

他不无怜惜地托起她几近透明的下颌，蓦然看见自己手腕上缠绕着的红短绳，悚然一惊，另一头系着的那个人呢？

刘无果"啊"的一声翻身坐起，天已大亮，阳光从窗格中透入盛满了小半个屋子。他手腕上那截红短绳倒还在，可另一头的刘周氏已飞鸿冥然。被褥内仍有氤氲体香，萦绕不去。不知何时，这妇人已替他脱去双靴，盖上衣物。

刘无果暗叫了一声糟，复念及刚才那香艳荒唐然而逼真的梦境，暗自诅咒着自己真他妈的该死。就想跳下床来。后门咯吱轻响，妇人却自厨房转出，穿一袭高领蓝底碎花旗袍，手上还端着一大盆稀粥，仿佛没看见刘无果的惊慌之状，眉眼淡淡道："趁热喝点儿吧，这些日子你也多半是食不甘味。"

她说得普通。

他的眼泪差点一下掉出来，这种忽如其来的感觉是如此强烈，就好像他正置身于一个交响乐团的演奏之中，而他就是那面被鼓师用心轻轻拍打着的鼓。他转过脸，把这种可笑又古怪的感觉强行抑制下去。墙壁上有一幅画，临摹的是八大山人的《孤松图》，画之左下角却无落款，不知是出自何人手笔。

八大山人，姓朱名耷，为明太祖朱元璋第十六子朱权的九世孙。甲申之变，清人定鼎中原，朱耷剃发为僧，皈依佛门，画风多狂放不羁、冷纵怪异，但这幅《孤松图》原图却诚如吴昌硕先生题跋，"高古超逸，无溢笔无赘笔"，极是简洁清晰。

"这画临摹得如何？"妇人坐下，用汤勺舀粥。

"笔简意赅，孤高挺秀。只是其间隐有悲苦，却是过了。八大山人的原画我曾因机缘亲身目睹过，是把孤傲落寞之意与圆浑醇厚之气融为一体的极品。"

"我听人言，八大山人的画，墨点无多泪点多。何来圆浑醇厚？他虽是皇室后裔，难道说这天子之气也会隔世遗传吗？"妇人嘴角略略上扬。

"与出身无关，与其人心性有关。"刘无果正色道，"朱耷作此画时当在壮年，狂疾未发，虽身为明朝遗民，孤傲避世，但出家为僧，心中苦痛还能寄情于山水，胸中多苍劲和傲然之气。所以这株孤松，笔法圆润而古意十足，少许松鳞，不多松针，用极简呈现出极繁。至于晚期，因为疯癫，

乱世

臻了近乎怪诞的笔墨化境，开出一派，却另是一说。"

"你一介军人也好笔墨之道？"妇人微讶道。

"笔墨之轻重、长短、曲直、浓淡也是兵法。"刘无果解掉手中红绳，下床去厨房洗过脸，回来坐下，见妇人竟把红绳系于手腕，刘无果心神一荡，复之一凛，思忖片刻道："你中的毒好些了吗？"

妇人凝视着他，不知为何，脸上忽泛起一缕红晕，起身行至窗前，柔声答道："昨夜我中的断肠草毒，不是平日慢毒所积。下毒者另有其人。冥冥间或真有天意。若非体内慢毒，或许就熬不过毒发那一刻。你大哥在天之灵，或还不希望我就这样跟他去了吧？"

妇人说得颠三倒四，刘无果还是听得明白，一时无语。妇人没说下毒者是谁，不知为何，刘无果却也不想开口去问。

"你说，我长得好看吗？"妇人美目流沔，语如莺转。

"好看。"刘无果老老实实道，三两口就把稀粥倒入口中。这粥入口，绵延细腻，说不尽的香浓可口，且温度正好，不烫不凉。刘无果忍不住又用汤勺自舀了一碗，想慢慢品咽下，三两口又已倾入喉中。

"无因也说好看。"妇人怔怔出神，柔声道，"美人所居，如种花之槛，插枝之瓶。儒生寒士，纵无金屋以贮，也须为美人营一靓妆地，或高楼，或曲房，或别馆村庄。清楚一室，屏去一切俗物……你哥有时很酸，可我欢喜得紧。墙壁上这幅《孤松图》即是他的临摹手绘。"

刘无果一怔，再惊，咽下一口唾沫，急忙起身踱到画前，仔细端视，心头不由得暗凛。兄弟多年，他还真不知刘无因竟是此中高手。大哥真乃惊才绝艳的人物。可自己反倒觉得他越来越陌生。他有太多秘密不可与人言说，他一定活得很累。而照妇人言，此处当是大哥与她的怡情助妆之所。但如今除了一纸画，室内已无藤床、棋枰、小墩、茶具等，只余靠窗墙壁下有一方躺椅。躺椅旁的几案上一面圆镜。

"无因，人家都说你是南坪烟土的始作俑者，可谁知道你心里的苦？你背着的这骂名，怕是三生三世也洗刷不清。你这是何苦？"妇人痴痴说道，半边脸庞被阳光映得玉石一样清纯无瑕。衣领下的脖颈处隐约可见的那道刀疤，反而为其骤添了几分经过暴雨冲洗后的清丽。

刘无果的心突地一跳："你说我哥不是始作俑者？"

这件事刘无果本以为确凿无疑，私下也认为不管大哥有多少冤屈，此事却是罪不可逭。而今听妇人口气，倒似另有缘由，心头急躁，伸手去扳妇人肩膀。妇人病体未愈，脚步虚浮，这一趔趄就摔入刘无怀双臂。在两人身体彼此接触的瞬间，刘无果如被一股强大的电流击中，一种奇怪的感觉瞬间充满了身体，并以一个让人眩晕的速度回转奔涌，不禁神魂骇宕，觉骨节尽酥，差点松开手，眼角余光瞥见妇人仰着的那张脸，以及脸上那双水雾蒙蒙的眸子，手就僵硬在那儿了。他嗅到她身上的气息，比被褥中所遗浓烈千百倍，简直形若有质。血脉偾张，心中烈焰燃起。刘无果闷哼一声。妇人的双手已如昨夜梦中一般缠上他的脖颈："无因，我的无因呀。我们走吧。"

她叫的是无因，是自己大哥。

尽管这一时刻的感觉是如此强烈，但它却不是属于自己的。

指尖的肤触细如敷粉，无比凉滑。敷粉里又有无数根针生出，一根根刺入体内，随着在血管里疾速流淌的血液到了心房、发梢、脚趾。身体在妇人的柔荑下要融化了，眨眼，便感觉只剩下这些遍布四肢百骸的针，以肉眼看不见的方式，撑起魂灵的模样。

"我是刘无果。刘无因是我哥。"不知为何，刘无果突然意识到自己心底竟然对刘无因有了一丝难以形容的艳羡与嫉妒，这把他吓了一跳，自

乱 世

己怎么就成了一个猪狗不如的好色之徒？

门外传来拍掌声，一下、两下、三下。

有人啧啧赞道："好一对奸夫淫妇。"

这声音端的是耳熟，虽言淫邪之词，却有悲苦与怒。刘无果蹙眉。妇人原本柔若无骨的身子一点点有了重量，眼神渐趋清澈明亮，缓缓起身，理了下发鬓扬声道："既是贵人前来，何需学鼠辈宵小，于门外吠吠。"

"我也曾锦衾罗幌，我也曾路雨桥霜。我也曾软偎珠翠将花心养，我也曾抹杀须眉将浩气藏。风流账，为风流两字，搂得人荒。"门外之人所吟之词却是刘无果从未耳闻，词调虽有香艳花浓，也多落寞自怜。耳听着足音渐行渐远，门外之人倒似要往喉中倾下数觥烈酒，再另寻隐秘处恸哭一场。

妇人面容忽转毅然，清咤道："王培伟，你有胆污言秽语，无胆入屋吗？"

"旧事萦缠，业缘增重，何时得解脱哉。"门外之人足音先是一滞，随着嘴里轻轻一叹，复又响起，须臾便推门进屋，朝刘无果拱手道，"刘兄弟，别来无恙。"刘无果抱拳回礼，心中惊疑不定。

"去了中统，别的本事没见长，狗鼻子倒长出一只。"妇人冷笑。

"怜花姑娘奇桀异能之士，当年青训班结业，学科十三门，全部为A+。教官许下四字：一时翘楚。如今，就连这粥也熬得这般情深意浓，不同凡响啊。王某浪荡，平生只好精舍鲜衣，梨园鼓吹，美食花鸟，自不敢与怜花姑娘相提并论。"王培伟径自落座，不管妇人与刘无果的目光，拿起汤勺舀了粥，吹过几口道："只是天赋王某人一项异秉，即识得姑娘体香。别人不知你匿处，我却了然。"

妇人的身体微微一晃。

"你是不是很想动手杀我？"王培伟复道，"你若真想杀我，也不必你动手，我自行了断即是。"王培伟朝刘无果嘿嘿一笑，伸手道，"兄弟，借枪一用。"

王培伟与妇人究竟是什么关系？刘无果呆若木鸡。

王培伟缩手，拿着汤勺于碗沿叮当敲响，数下，竟已然成调，口中咳嗽，复闭目唱道：

> 俏冤家，人面前瞧奴怎的。墙有风，壁有耳，切忌着疏虞。
>
> 来一会儿，去一会儿，教我矜持一会儿，你的意儿我岂不晓。
>
> 自心里，自家知，不好和你回言也，只好咳嗽一声答应你。

一曲未罢，眼角已有数滴浊泪。

这王培伟算是才情灼灼、特立独行之辈，缘何伤痛如此？听其唱词之意，他与妇人似早有私情。刘无果心口一疼，目光落至妇人身上。妇人脸容如古井深水，波澜不兴，嘴里淡淡道："国家大事，岂容儿女之私？"妇人一言未毕，王培伟忽然举碗一摔，厉声道："那这算什么？真当我嗅不出这碗中与你身上催情之物的异味吗？行此苟且之事时，你口口声声的国家大事在哪儿，在哪儿？！"

刘无果如被雷击。

原来，原来这一切竟是她的图谋，可居心何在，难道只是要陷他于不伦，又或者，这不过是王培伟的胡言乱语，意图乱己心神？刘无果心念电闪，手中那只拳头已不听话了，自行劈出。王培伟却未躲闪抵挡，闷哼。刘无果一怔，下一拳再难挥出。

王培伟冲着他微微一笑，吐出一口血与一颗牙齿："刘兄弟，有一事王某不敢再作欺瞒。你哥并非南坪种贩烟土的始作俑者，而是我。"

乱世

"你不是一九四一年才到的南坪吗？"刘无果道。

"种贩烟土，弊窦尤多，国人尽知。奈何抗战事急，国库早荡然一空。虽有种种新奇之苛敛法子，终需慎用，也不可用。唯有剜却身上肉，去医心头疮，用那福寿膏汲取民脂民膏，以为军需；同时敷衍百姓耳目。"王培伟咧嘴笑道，"一九三九年，我任职川康财政催征科员，奉上峰令，为广开财源另辟蹊径，于翌年来到南坪主持此事。纵然我舌灿莲花，说尽利害，所谓国难当头，岂可沽一己清誉。你哥仍不愿从命，宁肯变卖家产田亩以为捐助。我却不肯，你哥向有才能与善名，只有说服他，才能使整个南坪为我所用，故施调虎离山策，让你哥趋奔省城，同时以你哥之名种下鸦片，造成事实。"王培伟说到这里轻轻一叹，"当时我满脑子都是林文正公那句，'苟利国家生死以，岂因祸福避趋之'。我还真没想到，你哥隐忍，却因为他是共党，肩负极机密的情报工作。他答应了我，我以为其操守不过如此；后来方知他才是真正的'苟利国家生死以，岂因祸福避趋之'。我佩服你哥，惊才绝艳，不露一丝锋芒。纵受宫刑这等奇耻大辱，也不坠太史公之志。"

刘无果心神激荡，却没听仔细王培伟的后半句，颤声问道："就是因为这烟土之事，你才调任南坪？"

"是。"王培伟点头道，"只是今日思来，我却是错了。我之天性本是天下最不要紧之人，却一心想做谋国尽忠人；烟土之事一举，百弊丛伏，为祸越烈，种种营私舞弊却不是我原本所能想象。至于烟禁、'寓禁于征'，等等，不过分赃手段，徒掩人耳目吧。现在，小小南坪，各方势力盘根错节，都要伸进来一只手。"

"刘湘的第二十一军曾有个叫王锡圭的，写过一篇描写四川烟馆和烟民的短文。文章开头即道，'十室之邑，必有烟馆。三人行，必有瘾者'。"王培伟长叹道，"南坪近年虽因李鸿远一力禁绝，市面已无烟馆，但所产烟土流毒天下，尤以四川为重。为了这个狗屁不如的'鸦片救国'，民多赤贫。"

妇人昨夜言说李鸿远的三点计划，烟之一字，确在其中。刘无果心中一动："既有烟捐，为何李鸿远要把田赋收到七十年后？这与你刚才所说不是自相矛盾吗？"

"我是推事，他是县长。"王培伟哈哈一笑道，"看来我刚才所言'都要伸进来一只手'还是白讲了。不过你也说得对，李鸿远为什么要这样做？我也一直奇怪，这个王八蛋最近为何一边搞新生活运动，一边针拨算盘横征暴敛。除非……"王培伟皱皱眉，指了指一直默立无言的妇人，"怜花姑娘，我王某人向你请教。此人是不是共匪？我总觉得此人谈吐气质，极是可疑；近期所为，更无一不是涸泽而渔。新生活运动，当是其掩人耳目庇佑自身的政治手段，也能实收民怨沸腾；至于急苛暴敛之策，污的是国民政府之名，他若中饱私囊摇身一变悄然遁走，老百姓恨的只是我们这个政府，不是他李鸿远。"

刘无果惊骇莫名。不管王培伟所言真实与否，这些人的心计之深，实如悬崖深潭；思虑之密，又似春茧吐丝。

刘无果的视线落在王培伟脚边的碎碗瓷片，心脏一阵抽搐。

不知何时，窗外的阳光已然尽敛。妇人站在半明半暗的光线里，窈窕之身如人工造就，浑不似活物。天地寂静，似有几滴雨点跳进屋内，又或者，不是雨点，是被风卷来的窗外杂树青叶上所盛的露珠。

良久，妇人才痴痴轻道："不知。"

王培伟大笑，踏前一步，脚底瓷片碎裂，决眦欲裂，喝道："那，这你知与不知？"

"我与他有夫妻之名，无夫妻之实；他是他弟，与他血脉相连。我想

乱世

要一个有他血脉的孩子。难道这也要你王大人批准？"妇人凝目远方，语如寒冰，"那一夜，我一意求死，你不肯，将我掳走；今日，我不想再死，你是不是反要取了我这命去？"

第十五章　莫过妇人心

惊雷炸响，只一声，却是天动地摇。

似有独脚夔牛于空中踱踟而行，忽回首，望见身后云层深处那根形如树杈的蜿蜒闪电，一声怒吼。而这种赤裸裸的挑衅显然激怒了闪电的主人。不过须臾，一道积累着可怖能量的闪电化为倚天长剑劈落。

人眼为之迷离，呼吸为之一窒，万千风声皆已黯然失色，这道明亮夺目的光竟直欲把整个天空劈成两半，一半为夜，一半为昼。

刘无果蒙了。妇人说，"我与他有夫妻之名，无夫妻之实"；又语，"那一夜，我一意求死，你不肯，将我掳走"……这是何意？雷声复鸣，其音之暴烈更甚先前，刘无果恍若未闻，目光移至妇人与王培伟两人脸上。

王培伟眸光倏凝，望着妇人道："周特派员几分钟前不想死，几分钟后却又是想死了；自己死了不算，还打算让小叔子殉葬。你葫芦里卖的是什么药？王某还真是不解。"

妇人已觉失言，脸色一变，看了一眼刘无果，欲言又止。王培伟哈哈一笑，咬牙道："世事不须求甚解，人生最好是随缘。刘兄弟，这几天心中怕是有不少困惑吧？刚才南坪烟土的始作俑者是谁算一桩；现在，我再

乱世

告诉你一桩。"说着话，王培伟自怀中掏出薄薄一物，轻轻覆盖于自己脸上，手指轻挑慢按。

"今年开春，罗秦明勾结川康军政要人，伪造团练局臂章及烟土通行证，私贩烟土，意图另牟暴利。上头饬属查究，着我严加查办。我本甘语柔颜，望他缴出贪墨也就罢了，可他欲壑难止，意殊傲慢，以为死了他这张屠夫，我王某人就得吃混毛猪。只好戮之，割下其面皮，经药浸火蒸消毒，用时半月方制成这张人皮面具，不敢说是惟妙惟肖，总算是质韧细软，不曾辜负教官当年苦心。"

暴雨骤然，漫空乌云在雷声电光中翻滚不休，终被炸得粉碎，剁得极细——只是再细也有小指甲般大小，一颗颗摔在屋瓦上，当当作响。

眼前这张紫糖人脸，却是陌生，浓眉如戟，眉骨下方，一道刀伤横过半个脸颊，无端端几许凶悍与蛮狠，而左边眼珠子里竟浮出一层薄膜似的浓浊白翳，竟让人不敢多视。

刘无果毛骨悚然，攥紧双拳，身子微微发抖，嘴里却吐不出一字。

"可惜此处无脂粉油彩。"王培伟似乎还不大满意面具戴上去的效果，手指自额头、眉骨、鼻翼依次捏过道，"我是王培伟，也是罗秦明。"

这是王培伟的声音，听起来是说不出的怪诞诡异。王培伟也兀自皱眉，咳嗽一声，挥袖，挺胸，一字一顿地重复道："我是王培伟，也是罗秦明。戴上面具，我是官；脱下面具，我是匪。"

这一次，王培伟的声音嘶哑粗壮，完全就似另一个人，语气之威在滚滚雷声中竟也清晰可闻。

刘无果脑子里有千万根钢针炸开，牙齿咔嗒有声。日军残暴，刘无果听说过曾有倭酋在中国少女背部纹青刺上日本国旗，但以人皮制成面具，一向以为是不入流小说里荒诞不经的噱头，而今亲身目睹，真是惊骇；眼前这张面具栩栩如生，若不十二分地细看，又事先知晓，却绝难看出面具上的瑕疵，以及下方与颈脖处的颜色不一致，但如王培伟所言，若再能垫高补低敷于脂粉，又或身处昏暗光线下，这一分瑕疵怕也就荡然无存。

"何苦？"妇人轻叹。

"都明白了吗？"王培伟手指那妇人，斜乜着眼，冲刘无果嘎嘎笑道，"她叫周怜花，是我的女人，当然，曾经是。现在她就是一个婊子。婊子，你带兵多年，没少见过吧？你别看她现在一副质本洁来还洁去的模样，天生的淫贱人才，不去窑子里卖真是可惜了。"

"女人去做婊子，或是养家，或是糊口，或为人所迫，都没错，皆情非得已。可你知道她为什么吗？她要精忠报国！要学岳飞。"王培伟那只覆着白翳的眼睛里淌出一颗泪，就像说了一个世上最大的笑话后，呛出眼泪，咯咯笑道，"我为她几至蓬头垢面，差不多是把一副热气腾腾的心肝剖了，搁在她面前。可她现在居然罔顾人伦，要与你生一个有他血脉的孩子，真是情深义重，感天动地啊。"

"哈哈。"王培伟纵声长笑，涕泗交下，咬牙切齿道，"妇人之心，凶忍且毒，刘兄弟，你不可不察。"

情之一字，只是误人。

王培伟如许才俊，竟也状若疯癫。刘无果心中暗惕。

妇人冷哼道："王培伟，你当我真不敢杀你吗？"

"敢。有什么是你周特派员不敢做的？投毒杀夫这种事，向来就是你们军统的清白门风。我王某人却是不齿。"王培伟嘿嘿笑道，忽伸手一把揭去脸上面具，抛落，啐出一口唾沫道，"我也着实腻了这种白昼为官、夜晚做匪的日子。周特派员，我还告诉你，你苦觅不得的那张汪伪名单就在我手里。你以为你把它交给毛人凤，这些汉奸就能得到惩处？"

乱世

王培伟纵声狂笑道："叶秀峰最近在苏州搞起一个'地下工作人员讲习班'，以对地下人员加强思想教育督察管理之名，行包庇汉奸之实。只要能献出产业、金条以至娇妻美妾，不管他曾在汪伪政府担任何职务，一律都是他妈的'抗日英雄'。那些被各级法院提起公诉的汉奸，这个讲习班一律为其出具证明文件，说他们在抗日期间是由中统派在沦陷区执行秘密任务的。"

大雨倾盆，刘无果的身子僵住了。

"苟利国家生死以，岂因祸福避趋之。"妇人缓步行前，凝目墙壁上的《孤松图》，眉峰悄然舒展，"过去我总不明白他临摹的这画，只觉得笔墨枯涩，一直未瞧见里面的圆浑醇厚之气，以及藏在孤松后面的千里阵云。现在想来，这圆浑淳厚之气便是因此十四字。培伟，其实你很早就知道他是共党吧？"

妇人嗓音柔腻，说到后面一句，喉音却与先前绝不相同，语调轻撩慢捻，生出低哑轻媚，倒有几分娇憨女儿对情郎的佯嗔薄怒。

妇人转身向王培伟招手，似是要让他上前，突然间"啪"的一声，一颗子弹自掌缝间射出。妇人手上竟已多出一柄银色小手枪。这枪，刘无果认得。学名勃朗宁 M1906 袖珍手枪，又名"掌心雷""对面笑"。体积不过一个香烟盒大，隐蔽性极好，装弹六发。王培伟身体一晃，手捂住胸口。

妇人脸上看不出喜怒，也未再次击发，手臂笔直，好像也在为自己射出的这一枪很是困惑。刘无果默然，先前两人对答声犹在耳里嗡嗡作响。

王培伟拧紧的眉峰也缓缓舒展开来，鼻翼歙张，轻叹，自胸前摸出一枚铜质徽章。徽章包浆腻亮，看得出来徽章主人常握于手中细细把玩。此刻，徽章上面的景泰蓝已被子弹击成粉碎。

"你的枪法还真是好，心脏位置。"王培伟咳嗽着，把徽章随手抛下，"昔日时光，身后道道山梁。回不去了。但依然偶有怀念，怀念临澧，怀念那段青葱。唉，怜儿，你果然是想杀我了。真的不必这样麻烦。"

王培伟这几句话的跳跃性很大，可不知为何，听了就让人鼻尖酸楚。王培伟取出腰间佩枪，动作似慢实快，枪口塞入嘴里，啪嗒一声，竟已扣动扳机，枪机撞在子弹后壳上，叮一声，极轻，极响。

妇人的脸瞬间雪白。

时间静止下来了，仿佛是一块透明的可疑固体。固体外面，是隐隐约约的风雨声。

"对不起，卡壳了。我不是故意的。"王培伟不无嘲讽地看了眼手中这把美国产的"马牌撸子"，嘟哝道，"关键时刻，美国佬也靠不住。"

妇人好像一尊雕塑，静止如死。

刘无果的心脏也"咚"的一声剧震。且不论妇人心思，这个王培伟倒还真是从未见过的至情至性之人。"马牌撸子"算是名枪、好枪，子弹卡壳概率几近于无，根本不同于一些劣质钢材生产的老套筒。连酷爱"俄罗斯罗盘赌"的豪客，面临万金诱惑，也不会这般去赌自己的性命。王培伟是想死了。若说刘无果开始还有一点儿怀疑他做戏，这下却是信了，手心里攥出汗。

妇人僵硬着，不知道在想些什么。眼神一点点如同被火焰灸烤着的冰，眼角忽滚下一滴泪，滑至颔尖，盈盈挂住，欲坠非坠。妇人的牙齿在唇上咬出血。血沿着嘴角慢慢淌至那滴清泪的附近。忽而融作一团，澄清中现出一抹嫣红，终于自颔尖滴落，落至地上那块碎了的徽章上，竟有着让人惊心动魄的声响。

刘无果垂颈望去。

他兜里也搁着同样一块徽章，十有八九是这妇人所有，又不知何故落入说书人手中。说书人当是他俩口中的教官，池学仁。王培伟与妇人当年

乱世

应该同在临澧青训班学习过，不知后来王培伟怎么又投至中统。池学仁不仅教了他俩侦察、监听、潜行、格斗等基础科目，那神乎其神的口技也应该多有传授，所以妇人学鼠叫才能那般生动；王培伟也能口发豪迈，行那李代桃僵之法。至于在观音庙中杀了说书人的枪手，极可能就是他们中的某一位所授意。究竟是谁，又为何弑杀，倒一时难知，估计也是与情有关，但这也不重要了。

雨声淅淅沥沥小了下来。

屋子被逐渐明亮的光线点亮。

空气清冽甘甜，沁人心脾，像一朵青绿之花在氤氲水汽深处绽放。刘无果凝眸眺望窗外，天色空蒙，形若有质，如同不真实的存在，所谓"空蒙如薄雾，散漫似轻埃"。刘无果在心里把这十个字轻轻念出。这诗出自东晋谢朓的《观朝雨》。

一九四三年八月十七，刘无果率一个营兵力歼灭日军一个侦察小队，俘虏了一名叫小村二郎的日军少尉。在其随身物品中发现一幅汉字条幅，所誉即是，其字圆润秀丽，清洁挺拔，不在当世名家之下，落款竟是这少尉之名。刘无果大感诧异，细加审问。小村二郎能说一口流利汉语，意态倨傲，便言日人才是汉唐文化真正的传承者。刚好李参谋来营视察，便问日军少尉又对这个谢朓知道多少。小村二郎念过一句"蓬莱文章建安骨，中间小谢又清发"便无所言了。李参谋冷笑，便问其可知谢朓临诛前那句"天道其不可昧乎！我虽不杀王公，王公因我而死"是什么意思。小村二郎瞠目结舌。李参谋拂袖而去。后来刘无果特意去把《南齐书》找来，才知道这里的王公指的是谢朓的岳父王敬则。谢朓因为告发岳父谋逆，致其族灭，才因功升任尚书吏部郎。

一个开启唐代律绝之先河，把诗写得"清水出芙蓉"的诗人，同时还是一个让人不齿的告密小人，其资性也险薄，其溪壑也无厌。

这个王培伟，是中统特务，不论其他，仅杀人剥其面皮，即可见其凶残狠毒，然而此等痴心用情，古之尾生也不过如此，却不是"色欲"两字又或者是一句"英雄难过美人关"，可堪足道。

"怜儿，你要的汪伪名单就是这张画纸。"王培伟拉动枪栓退出子弹，皱眉想起什么，指着墙壁上那幅《孤松图》，微哂道："军统的隐形墨水，一直用白醋、柠檬水，太没创新精神。用鼻子嗅嗅，哪能瞒得过有心人？好好向人家共产党学习吧。刘无因，确是人才啊。不知用什么化学试方剂调配而成这种隐形墨水，无色无味，得在医院的紫外灯照射下方有字迹显出。"王培伟转过头，冲刘无果耸耸肩膀，"你哥身死，不能说就与我没有一点儿关系。腐刑一事，肇因在我，王某遗憾。可惜人只有一条命，不能又给她，又给你，只能惭愧；好好活着吧，刘兄弟。"言毕，王培伟重新塞枪入喉，没再望妇人那个方向，脸上堆起笑容，表情仿佛是来到一个失落的天堂或者诸神居所。这一回，子弹没再卡壳。枪声沉闷，就像有一个熟透了的西瓜，被钝物击中。

妇人剧颤呜咽，手中掌心雷虽轻，已捏拿不住，掉落于地。

刘无果心口冰凉，手足发麻。此刻在他脑子里跳出来的，却不是王培伟从哪里得知了刘无因所临摹的这张画就是汪伪潜伏人员名单，又为何不取去等问题，反而是《乐府诗集》中那句："华山畿，君既为侬死，独活为谁施？欢若见怜时，棺木为侬开！"

他与王培伟不过三面之缘，隐有惺惺相惜之意。但他没上前去制止王培伟的自戕。不知为何，手抬不起来，腿迈不出去。

妇人终于放声号啕。

她是在惺惺作态吗？她若说一字，他即可不死，她始终牙关紧咬，哪

乱世

怕牙齿把唇咬破。在她看来，他必须去死；可她是否清楚，只要他想，她就活不了？红颜祸水，世上奇男子又少了一个。但若无红颜，奇男人的"奇"又在何处？大哥也是因为这妇人而心甘情愿赴死的吗？所谓腐刑到底是怎么一回事？刘无果心中一凛，望着已双膝跪下的妇人暗生惧意。

如此妇人，当留她不得。刘无果的手朝腰间下意识地摸去。

妇人未去擦拭脸颊上的泪水，膝行前至王培伟的尸体前，痴痴看了半天，伸指蘸血，在自己眉心轻轻一点；复又咬破自己手指，把血滴至王培伟眉间。这是一个古老的风俗，刘无果听部队里的平江兵偶有谈及。这样做的女子，又叫"亡人妻"，从此一生破衣敝服，弃绝一切声色之娱，又称活死人也，许的是来世结发之愿。

有风入屋，肆意扯动妇人颈脖处散乱青丝，露出一截雪腻之白。

"我该不该杀你？"刘无果听见自己嘶哑的声音。妇人没有回头，抱着王培伟的尸体，似乎已经失去所有的知觉。

"黄蜂尾上针，腹蛇口中信，最毒莫过妇人心。"刘无果又听见那个握枪对准妇人后脑的男人嘟哝了一句。很奇怪，灵魂好像已脱窍而出，浮在半空中，在无动于衷地看着眼前这一切。但不管这个面色阴郁的男人说了什么，他还是不能说服他那根扣入扳机的手指——只需要再往里压半公分，子弹便会穿膛而出。

门外似有急速奔跑的纷乱足音，似有人在大喊着什么。

刘无果蹙眉，看见那个男人又说了声，"华瓶盛粪，人不把玩。美貌妇人，皮包脓血。"紧接着，他的第四句话却是："既作如是观，人何以自脓血中出，污秽里生？以瓶喻人，即视人如瓶，自可轻易摔弃，更是冷漠不仁，是为妄语邪佞。众生若不贪着世间五欲，以为美好，耽恋沉迷，又能把何物含于舌底，以为人世的蜜糖？色不异空，是一番道理；空不异色，又是另一番道理。"

刘无果颓然坐下，那个不可言说的灵魂又回到体内，横冲直撞，发出极痛苦的喊叫。这尖锐的喊声让他不得不双手抓紧头发，直把发根也揪出鲜血。他真想把脑子里瞬间纷乱的想法——揪出，再用力踏碎。

为什么自己就开不了枪？

门被撞开。被拦在屋外的大块阳光跌进屋来，轰的一响。

一个浑身湿透的老者跟跟跄跄奔入，瞟了眼地上尸体，全身顿时犹如一堵砖砌之墙。来人眉间的核桃纹大如鹅卵，显然是经过一番疾奔，口鼻间呼吸急促，鼻梁上架着的那副珐琅眼镜也不见了踪迹。

是五叔，刘无果怔怔出神。五叔身后跟进十几个拿着枪脸容惊疑的团练，其中一个是满脸络腮胡子。刘无果皱眉，一时想不起他的名字。

五叔脸上凄凉之意渐渐显现，一厘米一厘米地蹲下身子，一瞬间的工夫像是又老去了十年，蒲扇大的手掌背面青筋虬曲。眼泪口水直流，嘴里呜呜有声，竟是说不出话来，眼见着一口气要憋过去，一脚踹开妇人，一个巴掌扇在死去的王培伟脸上，眦目欲裂，厉声喝道："颟顸之徒，明知毒妇，愚顽至此？"

血洒向四处，妇人被溅了半身。刘无果脸上也沾了几滴，眼前一黑，一股没来由的寒意彻底攫住他的心魂。

五叔嘴里轻轻说了声："你们杀了他。"红白之物自五叔掌缝里汩汩流出，五叔伸指蘸了，放到嘴里舔了舔，又重复了一声，"你们杀了他。"

"五叔。"刘无果错愕骇异，口中低语，不敢相信眼前所见。五叔的样子实在令人不寒而栗。五叔没有回应刘无果的话，痴痴地望着怀中人的脸，老泪纵横，呼天抢地道："我的儿啊，你怎么这样傻？"他的眼泪滴至王培伟颈肩下方那块狗头似的青色胎记上，嘴里啊的一声叫，痰涌气厥，竟致仆地。

乱世

第十六章　浸猪笼

雨自冥冥中落下，不多，但一点一滴都有着让人吃惊的重量。

一挺躺椅自南坪主街抬过，吱嘎直响。

另有一具尸体被前后两名团练像扛猪一样用扁担挑在肩头。一名背枪矮个团练敲响铜锣，前头开道，押直脖子，拖长声调："叔嫂通奸，人伦不复；叔嫂通奸，人伦不复。"声音干瘪尖细，如同一把生了锈的刀子割开那雨后的寂静。临街酒肆茶寮，窗户一扇扇推开。人皆四顾张望。有人认清那矮个团练的脸，问道："陈二鬼，这是哪家出的奸夫淫妇啊？"姓陈的团练，把那原本细长的脖子抻得更长了，瞪圆眼嘶声叫道："是抗日功臣刘无果与他守寡的嫂子。"人声顿时沸腾，若烈油着火。都说刘家老二英雄了得，前日聚贤茶庄人尽喝彩，原来还是这样一只猪狗不如的畜生。想必丘八多年，见孀居的嫂子貌美，故挑而淫之；那妇人定是久旷怀隙，所以一拍就合，干柴烈火下就顾不得什么人伦纲常。

那尸体是谁？

天哪，是法院的王推事王大人，这只丘八被人撞破奸情，竟然下此毒手！

人言纷纷，如万刃戳心。一滴雨自妇人肩颈处滑落，滚至刘无果赤裸的胸肌上。胸肌一颤，雨滴与那妇人唇畔咬出的数缕殷红混作一团，慢慢洇散。妇人死了一样，胸口股间只是冰凉，雪白的胴体裸露在雨水与日光下，并随着颠簸的躺椅左右上下摇晃。只是身上那块块青紫瘀痕触目惊心，如同那洁净雪地被车辆行人来回辗过。

妇人口鼻间若有似无的吐息都呵在刘无果的颈窝里。

刘无果闭目不语。世事难料，造化弄人。谁能想到王培伟竟是五叔那个自幼失散的亲生儿子？刘无果脑中原来苦思不解的诸多疑惑，立刻豁然。只不知妇人是否知情。刘无果心中悔恨异常，恨自己方才不该束手就擒，就算不能在那十几杆枪下杀出重围，被乱枪打死，又哪怕学王培伟一枪结果了自己，也好过现在受此番奇耻大辱。但世上哪有后悔药可吃。

五叔昏厥后，为首的络腮胡子吩咐众人上前把两人缚了，踱到刘无果跟前，皱眉道："你很能打嘛。"一记沉重有力的膝锤撞出，刘无果眼前一黑，呕出数口黄胆苦水。络腮胡子下手极重，又极是深谙如何制造出人体的最大痛苦，拳脚尽朝着肉体最为脆弱部位而下，数拳过后，饶是刘无果身健体强，也被打得喉间闷哼，几乎支持不住。络腮胡子这才满意地把脸转向那妇人，突地兜腹一拳。妇人一声未哼，胸脯兀自剧烈起伏，空洞的视线在空中游移，好像那身血肉不属她有。络腮胡子蔑笑数声："老子当年看你一眼，就在想你这身好肉。"刘富贵手拽住妇人旗袍衣领，用力撕裂，"不去当婊子，真是暴殄天物啊。"

妇人一动未动，也许是极度的羞辱与恐惧感让她彻底放弃了抵抗；也许只是魂灵去了另一个地方。她的目光穿过面前这张丑恶的脸庞，停留在一个不可知处。络腮胡子一把捏住妇人裸露的乳房，把玩着，嘴里也没有闲着："老爷夫人，跟着刘无因与罗秦明那种货色混，不行啊。依我看，你还不如开个窑子有前途得多，老子保证每晚都带着兄弟们前来光顾。是不是，兄弟们？"一干团练哄然而笑，围上前，手脚就不干净了，你一捏他一摸，嘻嘻哈哈，淫声不断。

刘无果决眦怒目，终于想起这个狠毒下作的络腮胡子的姓名："刘富贵，你怎竟敢如此？"

刘富贵对众人耸肩笑道："咱们的抗日功臣要训话了，还不列队鼓掌欢迎？"说罢，自己先鼓了下掌。一众团练面面相觑，也不知道这口中正发出恐怖笑声的刘富贵心里到底拨的是什么算盘珠子，赶紧依言列队鼓掌。刘富贵满意点头，从腰间拔出匕首，眼里迸出寒光："好，你们就一人捅这抗日功臣一刀，也算纳一下投名状。怎么，不敢吗？你们平素的胆子都到哪里去了？陈二鬼，你先来。"说着话，手中驳壳枪就对准了那个叫陈二鬼的团练的脑门。陈二鬼握住匕首，手不由自主地哆嗦起来，咬牙发狠，匕首就往刘无果胸前扎落。

"慢着。"刘富贵突然扬手喝止，自地上血泊中捡起那张人皮面具，仔细端视了一会儿，又小心翼翼抹掉血迹，套在脸上。

陈二鬼惊道："罗老爷！"

刘富贵也惊，摸起案上圆镜，揽镜自照，终于狂笑出声："老天开眼啊。兄弟们，咱们发财了。"说罢，伸腿去踩王培伟的脸，"妈的，狗东西，装神弄鬼把老子当猴子耍？报应了吧，被暴了头吧，还是自个儿瞥火药的吧？"

陈二鬼小声嘟哝："黄狗飙尿，推事大人失心疯了？"

刘富贵取下面具，眼里疑虑之光渐起。有细心的团练捡起地上的掌心雷与军统徽章，双手呈上。刘富贵沉思片刻，口中讷讷："中央警察学校特种警察人员训练班结业证章，这是什么东西？"刘富贵踱过几步，捏捏妇人下颌，"推事大人是只情种？这枪是他送你防身的？徽章是他的？"

刘富贵身未在场，虽未全部猜中事实，竟有如亲见大半，心思之细密浑不似其粗豪面容，也非刘无果初见时那般鲁莽。只不知他为何突起发难。刘无果的目光自众团练脸上扫过，都是陌生脸庞，落在晕迷不醒的五叔身上，心中一叹。五叔的身体抽搐了下。刘富贵目光电闪，脸有犹豫，喝道："好好给我搜他们的身。"不一会儿，团练也找出刘无果身上的徽章与那张钤盖一枚戴笠私人印章的嘉奖令。

刘富贵额头细汗泌出，用力摇头，彷佛要把脑海里的荒诞念头驱散，目光隐有恐惧。军统积威，竟至于斯。众皆噤若寒蝉。刘无果心头生出一点儿希冀，凝目直视刘富贵。

"刘老爷，古语言，龙游浅滩遭虾戏。您是龙，我是虾。您大人大量，当什么事也没发生，我这就放了你？"几乎是眨眼间，刘富贵脸上已堆起谄媚，"你也知道的，刘大老爷之死，与我无关……"一言未毕，突地一拍脑门，谄媚之色尽去，"不对。刘老爷肯定是不会放过我的，换我作你，那是必定要秋后算账。要不，我就在这里刨个坑把你们都埋进去？不行啊，万一走漏了风声……"刘富贵喉头"骨碌"一声，举目自双腿不住战栗的众团练脸上扫过，又落至手中的人皮面具上，蹙眉苦思，慢慢把它揣入怀里，突然喝道："把他俩给我剥光，一并绑在这躺椅上，等会儿抬去游街示众。"

陈二鬼略有犹豫，嗫嚅道："要不要等五爷？"一语未尽，被刘富贵一巴掌打翻在地。刘无果变了脸色，几欲咬舌自尽，马上被众团练七手八脚地堵住口嘴，身上衣物被匕首一一割碎挑去。妇人衣衫也被割去，堵住口嘴，露出大块雪肌，被绑在刘无果身上。妇人原本呆滞的眼神终于有了一点儿清明，身子突然绷紧，颈上胸间现出一抹红潮，兀自挣扎。

"千人骑万人爬的贱货。我一直想不明白，你怎就发神经把我们刘老爷咔嚓一声给干掉，又再跑到罗泰明那个老棺材瓤儿那里卖肉去了，原来

乱世

果然是潘金莲。"刘富贵一脚重重踏在妇人腰腹，扬声喝道，"五爷发现这对奸夫淫妇行此龌龊不伦，上前斥责，岂料刘无果心狠手辣，实属豺狼虎性，羞愧之下竟暴起伤人，把五爷一枪毙命。这是刘氏一族的奇耻大辱。刘氏上有彭城世德，禄阁家声久远，断不能让这等不肖之徒玷污其名。"

颔下一团温香烘热，触手处一片滑腻清凉。刘无果深吸了一口气。

刘富贵掉转枪口，对准地上晕迷的五叔，脸上神情数变，还是狞笑道："不识抬举的老东西。来人，把他绑至地牢，我待会儿细加审问；注意，手脚务必利索，不得让人看见。若生出什么妖蛾子，老子剥了你们的皮；还有，这个王推事，等会儿与他们一并抬去游街，再送至警局，说推事大人职责在身，见刘无果凶悍，欲上前擒下恶厮，不幸以身殉职，也被刘无果一枪穿喉毙命；记住了，这就是你们看见的全部事实。我刘富贵与大家，生死不惧，奋勇擒贼，有大功焉。谁要是记不住，老子就借他的囹圄身子点个天灯。"

众皆诺诺。

数名团练依言上前扛起五叔就要出门，又被他一个巴掌打个趔趄："走后门。"

"便宜刘老爷了，与刘大老爷同乐。现在西门庆死毬了，就烦你客串一下。别这样愤怒，我也知道你想学武松；可古往今来，武二就那么一个，哪能想当就能当呢。"刘富贵嘿嘿低笑，眼神里无丝毫笑意，压低嗓音，"不要怪我。自古豢养鹰犬，必投以肉食；养而不喂，只许清水白菜，必遭反噬。刘老爷，你是见过大世面的人，是不是这个理？我现在不想知道你到底有多少重身份，王推事又为什么拔枪自尽；总之，你叔嫂通奸，又暴起杀人，便罪该万死。众目睽睽之下，谁能说半个不是？至于李县长那儿么，依我看，他应该也是盼着你死……"刘富贵蹙眉，嘿嘿一笑，伸手在红唇已褪尽血色的妇人颔下捏了一把，"记得把她摆出一个屈膝翘臀的母狗的样子。"又嘱咐余下众人数声，带着一名心腹团练出门去了。

刘富贵一走，剩下几个团练手底下的动作更是淫秽龌龊，咬着牙发着狠骂骂咧咧地把两人绑成一团粽子。刘无果暗叹。刘富贵狡猾奸诈，又决然能断，也是枭雄本色。此番暴起发难，刘府已尽落其手，只不知其后面又是否有更大图谋。都说中国积弱不振，首因在于人才匮乏。可若论厚颜黑心、奸狡机诈，当真是世无可匹者；即使小小南坪，也多狼豺虎豹；若能人人勠力同心，那蕞尔小邦，何又至于崛起称雄，辱我华夏。

南坪城被这支抬着躺椅游行的诡异队伍惊动，先是一个点，然后是一条线，接着就是一块面。像施了魔法似的，无数人头自房前屋后挤出，比起那唱戏酬神的庙会倒还要热闹数分。这确实是比号称"别有洞天"的西洋景更难得一见的稀罕事，尤其是得知了躺椅上那两位主角的身份后，男女老少无不心痒难当，跟随在队伍后面交头接耳，议论纷纷。陈二鬼越发有劲，奋力敲锣，声音高亢尖利。有人蹿至屋脊，踮脚远眺；有人爬上树梢，手搭凉棚；有人拖出高跷，沿街踩行；居然就连檐阴下摆摊捏面人儿的瞽者，耳中听着阵阵喧哗，手中自然而然地捏出一对在躺椅上交媾的赤裸男女，倒招得几个酡颜羞涩的妇人抛来白眼，一个青皮后生扔下钞票劈手夺过。几个童稚小孩，在人流之中挤来钻去，口中咿咿呀呀唱：

　　叔嫂通奸，大伯有情勾弟妇；爷孙媾合，孩儿无礼占爹妻。

偶尔也有数人目露惊疑，口中刚说了声"这不可能啊"，就被身边人一脸惊惶地捂住了嘴。

时间是这样漫长，长得令人感觉不到它的流逝。又或者说，每一秒都

乱世

是一根扎入心口的毒刺。刘无果沉默地听着，他没有法子堵起自己的耳朵，只觉得手足在一点点僵硬，身上妇人的重量仿佛消失不见，一种前所未有的恐惧扼住了灵魂。灵魂深处原本某种以为固不可摧的东西碎了。

这就是他为之念兹在兹、魂牵梦萦的故乡？

这就是他为之九死一生、裹甲八年的人民？

游行队伍犹如从高山坠下的雪球越滚越大，在快接近县警局的朱记面馆前停了下来，却是被胡子巷口飞奔而出的两匹大马拦住去路，马上之人正是半个时辰前匆匆离开的刘富贵。回到队伍中的他眉目间神采飞扬，清清嗓子，高声喊道："父老乡亲们，家有家条，族有族规，乡有乡约，国有国法。这条规约法四字，是我们老祖宗留下来，是教我们清清白白做人的。对不对？"

男女老少哄然而应。

刘富贵哈哈大笑着，示意大家安静："父老乡亲们，刘老太爷传来口信，刘无果虽有功于国家，但干下这样的事，族法不容。着浸猪笼。周氏，毁我刘氏清白，也一同浸之。大家说，好不好？"

刘无果听得是毛骨悚然。

这个一脸烟容、性格阴鸷的络腮胡子还真是不乏煽动力。普普通通的几句话，被他声嘶力竭地喊出，竟像有了魔力，有了宫商角羽，瞬间点燃了整个人群。也许不是他有多么高明的煽动力，只不过大家要看这样一出浸猪笼，就像日俄在旅顺打仗时，人们争相去看交战两方去砍被他们认为是奸细的中国人的头。

"浸猪笼！"

一人呼，百人应，千人和。

滚滚声浪，竟连丝绵细雨也为之所遏，渐渐停歇。太阳出来了，晕黄的一团。让这个川西小城沉入一团幽暗的光线里。只片刻，就有人不知从何处拖出一只竹编猪笼，这让围观众人神情愈加兴奋，这个说"陀江水深且清，拖到那里去，淹起来好看"；那个性急的扯着嗓子叫喊，"胡子巷后就有一口深塘"；又有人嚷，"浸什么猪笼啊，就吊城门口吧"。

妇人冰凉的身子微微战栗，这是种极细微的肉眼看不见的战栗。只是因为肌肤相贴才为刘无果所感觉，有恐惧，有愤怒，也有苦涩，以及无尽的伤心绝望。

这些感觉也是刘无果的。他睁开了眼，不知为何心中竟生出极为荒诞的感觉。他并不期望这些围观的人中有谁能当街跃出，像传说中的大侠那般伸张正义，又或者，仅仅只是替他除去口中秽布。但能否少说一些这样的恶毒之语？眼前所见脸庞，不管亲疏远近，其人心性又或良善歹毒，俱如戏台上的傀儡玩偶，无一不狰狞可怖。"你们一切过路的人哪，这事你们不介意吗？你们要观看，有像这样临到我的痛苦没有？"王培伟前日所语忽自心头浮出，其间滋味竟如看不见的刀刃，刺得心脏不停抽搐。

人为刀俎，我为鱼肉。刘无果的目光落在身边那具不断摇晃的尸体上。血迹汩汩，把积水的街道染出数点嫣红。

刘无果的视线忽落至人群外面的杨二身上。枯瘦少年在屋脊，顺着游行队伍蹿高伏低，脸庞依稀有惶然之色，只是那双眸子亮得可怕。

"逃，快逃吧。"刘无果以目示意，挪动着脸上僵硬的肌肉，努力地想挤出一缕笑容。这个枯瘦少年或许怎么也想不明白前些日子，众人口中争先传颂的抗日英雄，怎么一下就沦为千夫所指。刘无果心头唏嘘。少年仿佛看见，且看懂了刘无果的眼神，一个趔趄，差点失足滚下，四顾张望，忽然想起什么，拔足飞奔。

刘无果转过头，忽见妇人睫毛眨了一下，紧接着又迅速眨了三下，同

乱 世

时妇人下颌开始轻点着刘无果的胸肌。

是国际标准摩斯讯号。刘无果凛然。讯号的意思并不复杂："我头发里有刀。"

妇人发髻里竟还藏着一柄极细之刀。刘无果视线扫过妇人头发间穿着的簪子，但此刻两人颈部以下皆被缚实，口鼻尽被堵住，只剩手指与头颅能小幅活动，众目睽睽之下，又如何取刀断绳？除非是传说中的大盗燕子李三。刘无果的手指轻敲在躺椅外侧，同样发出讯号："你会缩骨术吗？"

妇人缓缓摇头，眨动眼睫毛："传闻不足为信。"

刘无果继续发出讯号："军统在南坪难道仅你一人？"

"我是特派员。他们没见过我的面容，只奉密令行事。"妇人回复道。

刘无果抬眼四周觑去。眼下这般情形，纵然是诸葛在世，也当无计可施。就算口中秽布除去，刘富贵允许他们申辩，只怕尚未开言，也会被乱石立刻砸死。这些大喊着要"浸猪笼"表情无比亢奋的人里会匿有军统特工吗？若他们知道这妇人就是一念间可以决定自己生死的顶头上司，他们会怎么办？

妇人眼神黯淡下来。

极远的天际，夜之阴鸷悄然爬出，那青色云层形若巨龙，在万千看不见的刀枪剑戟下翻滚嘶吼，龙鳞张张掀开，间有黑血成块状淌落。"龙游浅滩遭虾戏"，刘无果鼻翼歙张，低头去看妇人那雪白脖颈，心中生起凄凉，两人都曾自许才俊之士，不知闯过多少龙潭虎穴，怎么也没想到有朝一日，自己会以这样不堪的方式葬身于一个偏远小城。

游行队伍在刘富贵的指挥下，来到胡子巷后面的那口池塘旁。池塘面积有数百平方米，是一个不规则的葫芦形状，中间又有木桥隔断，谈不上是风景优雅之所，附近人家常在此洗衣刷物，水色颇为混浊，隐有恶臭，但因为那一池青翠，倒有几分清新之意。虽是初夏，此间莲荷已是层层叠叠，荷盖高擎，莲叶静浮，一眼望去，上面散落的雨珠犹如一滴滴眼泪。

刘无果深吸了一口气，继续敲击躺椅："让我做个明白鬼吧。"

妇人回复道："我昨夜说过的，你要信。"

刘无果继续道："是谁给你下的毒？"

妇人回复道："五叔。"

刘无果一怔，妇人眼里有极重的哀色。两人默默凝视，又都没了话。

躺椅停落。刘富贵跳下马来，四面拱手，脸上神情悲愤难当，喊了一声"父老乡亲们……"，巷口蹄声骤响，几声马嘶，一人提缰跃马从人堆后闯出，口中大喝："且慢。"马鬃飞扬，马蹄刨地如铁石相击，忽而人立。此人骑术极是高明。刘无果心头讶异，侧眼觑去，来人正是李鸿远，脑子里轰的一声，五味杂陈，心头鹿撞，还未分辨清楚这究竟是怎么一种情感，刘富贵眉峰蹙起，伸手把躺椅向池塘一推。

躺椅入水，涟漪圈圈漾开。四周人声寂然。

刘富贵上前躬身施礼："李县长，有何吩咐？"

"救人。"李鸿远大惊失色，跃下马，没理会一脸谄媚的刘富贵，朝身后赶来的马永财几名警察一挥手。没人动弹。像过了很久，马永财才小声说道："县长，这是人家刘氏一族的事。刘老太爷发话了。"

"放屁，族规何至于凌驾国法！"李鸿远清瘦的脸容上略有诧异，语声冷冽，"乡人不知陋俗，犹可谅也；你一个警察队长，难道也这样愚顽不知？"

马永财身子跟跄，摸了下已浮起五根指印的脸庞，嗓音虽喑哑怪异，却是坚定："罗老爷也这样说了，这是刘氏一族的事。是罗秦明，罗老爷。"

李鸿远冷笑数声，眉间隐有风雷，一个巴掌扇在马永财脸上，劈手拽

乱　世

掉外衣，看样子想亲自跳入池塘救人。刘富贵一步踏前，拦住去路，压低嗓音道："李县长，我家五爷说了，你要的东西有着落了。"李鸿远一愣，额际颈间青筋浮露，正想说话，异变突起，众皆惊呼出声。

刘富贵错愕，回头去看，一条纤细人影已自水中蹿出，动作之迅疾非言语所能形容。那个问号还没有从刘富贵的脑海里彻底浮出，人影手中握着的簪子已狠狠地刺入他的脖颈，紧接着往外划开，如同利刃裁开丝绸，刘富贵喉间吱嘎，鲜血激涌，双膝软软瘫倒，竟怎么也不能把那个问号看个清楚。

救了刘无果与周怜花性命的居然还是话痨杨二。

少年心思敏捷，又胆大异常，自群言汹汹中听出端倪，又在屋檐上见着游行队伍朝胡子巷方向行去，于须臾间寻来利刃，提足疾奔到池塘边，再脱衣入水，口含荷茎，匿伏于莲叶底下；待躺椅沉没，在水中翻滚时，仗着水性精熟与莲叶的屏障，于众目睽睽下屏息潜游至两人身边。无巧不巧，这段距离也是极近，偶尔几人看见水底黑影，还正自诧异，少年已翻腕拔刀割断两人身上绳索。妇人当是恨极刘富贵，手脚一得自由，顾不得身上寸缕未挂，猱身扑出，下手毫不留情。只是这一扑、一刺，已然耗尽她几乎所有的体力，随即瘫坐在地，胸部急剧起伏。

几个刘富贵的心腹团练喝骂着，还欲围上前来，妇人咬牙抄起刘富贵腰间佩枪，连头也没抬，一枪一个，竟是弹无虚发。

枪响，人倒。

三枪，三条尸体。

枪响的一刹那，围观的人顿作鸟兽散，呼爹喊娘，唯恐落于人后。顷刻间，池塘边原本黑压压的人头尽皆不见，唯有几个胆大的，心眼活泛的，犹自隐蔽处探出半张脸庞，马上赶紧缩回。

剩下在场的，都闭上了嘴，面面相觑，鸦雀无声。

李鸿远身边那匹高头大马喷出响鼻，足蹄刨地。大家都蒙了，都看着那个被血污了半身的妇人说不出话来。都听过她，都知道她容貌殊丽，刘大老爷未出事前，还常于佛前跪拜焚香敬祷；后虽跟了罗秦明，终归是一个手无缚鸡之力的女子，此刻突然暴起伤人，形若鬼魅，在披头散发裸身坐地之刻，还能以这种不可思议的方法一枪毙命。这个世界到底是怎么了？难道说妇人是地狱里爬出的可怖的鬼？

惊恐比瘟疫还更有传染性。那些素来逞勇斗狠的团练看到这幕匪夷所思的情形后，握枪的手兀自轻轻颤抖，不知道是该举枪瞄准射击，还是放下枪来。妇人的身子软软地瘫倒在地，雪白，嫣红。

马永财脸色铁青，望向李鸿远。

李鸿远脸沉似水，眼皮下意识地颤动，心念电闪。他自不会认为妇人为鬼，但妇人身手与枪法太过厉害，实为平生罕见。这样一个人，数年前嫁于刘无因为妻，复再匿于罗府数月，究竟在图谋何物，又是何种来历？背心汗出如浆。李鸿远的手也不由自主地发了抖。

池塘水响。

刘无果除去口中堵物，一步一步往岸上行来。此番，他自忖必死，却被身后少年再度搭救，眼望四周死寂，心头茫然，但也知时危局险，稍有不慎，迎接自己的便是乱枪齐射。倒是露出瘪肋胸膛的杨二，活像刚从千军万马的阵前取了敌酋首级归来的壮士，浑不知局势之可怖，满脸笑容，四下挥手，用那仍未变声的尖利嗓音高声叫道："刘英雄是咱南坪的光荣啊，杀了一百多个鬼子，怎么会做这种不要脸的事。是那个刘队长蓄意谋害。我都亲眼看见了。"

少年的话半真半假，却如当头棒喝。

房前屋后的嗡嗡之声忽起。就有胆大之人战战兢兢地探出半个身子。不知是谁捡起石块率先砸在地上那具仍在不断抽搐的人体上，破口大骂："日你个龟儿子。"情势顿时逆转，众人皆如梦初醒，唾骂不休，这个嚷"先人板板"，那个叫"狗日的贼娃子"，个个义愤填膺，骂得是酣畅淋漓，脸上更无丝毫羞愧，倒似先头叫喊着要浸猪笼的，都是别人，与他们都没有关系。又或者说，是有一个法力无边的鬼，刚才驱使着他们这样做了；现在鬼被赶走了，还是被他们的污言秽语所赶走。

有躲在门后的人抛出衣裳。刘无果捡起两件，一件系于腰间，一件覆盖在妇人身上，看了李鸿远一眼，吐出一个字——"谢"；又去看那个额头已泌出冷汗的马永财，心念电转，有了计较，跨步向前从刘富贵怀里扯出那张人皮面具，抛出道："你家罗老爷早死了"。

少年割断妇人手足所缚绳索时，刘无果已听到马永财的那句话。

"这是什么？"马永财的手不自觉地痉挛，脸容骇极，嘴中喃喃。人皮面具从他手上，掉在地上一块凸起的青石上，宛如活物。

这脸，端的是让人毛骨悚然。

"刘富贵大半年前杀了你的罗老爷，还剥了他的脸皮制成面具。"刘无果目光四下一扫。剩下那几个团练膝盖立刻软了，噼里啪啦地扔掉枪支纷纷跪倒。敲铜锣的陈二鬼一个响头率先磕下，惶然道："老爷，这都是刘富贵干的，与我们无关呀。"

"老爷。"马永财的喉咙咕噜声，眼睛已然通红，几颗浊泪滚下，从身边的瘦脸警察手上夺过步枪，一步踏前，枪托重重地砸在刘富贵头上，"啪"，碎了。

鼎沸的人群再次鸦雀无声。

谁也没有想到，警察局的队长竟然会当众行凶，手段还是这般暴戾。

刘富贵的腿蹬了他在这世上的最后一下，不再动弹。隐隐约约，鼓声传来，已是酉时。天际那条青色龙形之云，已被夜悄无声息地吞没。那远处的山与树彷佛皆已失去了形状，叫人难以看清真容。

第十七章　幻觉

　　风，浮在鳞次栉比的屋脊上，发出阵阵尖锐古怪的啸声。月光又在屋脊上镀出一层薄薄的银。这是种很古怪的感觉，世界犹如一个布满细小裂纹的银色面具，且始终在一只轻轻摇晃的巨手中。

　　屋脊下面，数排青砖灰瓦飞檐桃梁的房，是南坪县警察局，门脸较之县府还要大上几分，气质较之县法院那片院落所盛的风雅迥异，虽是安静，隐有獠牙。东南角，又有一处单檐歇山式砖木结构的建筑，十几名背枪警察绕着它来回巡弋，神情严肃，脸上隐有惧意，好像殿内关着一只随时要择人而噬的猛兽。

　　月光滑入室内，簌簌轻响。

　　那张人皮面具就搁在堂屋中间那张明清式样红木八仙桌上的几盘菜肴边，在灯下呈现出半透明状的黄褐色。面具旁边是从刘富贵怀里搜出的那两块青训班徽章、一纸嘉奖令，以及钞票、烟膏、怀表、腰牌、讯号烟花等杂物。腰牌通体漆黑，上面刻着一个花字，入手极重，不知是何物制成。

　　"酉时过去一刻，城北方面即有烟花讯号。隔不多时，烟花在城外依次亮起。这当是七顶山土匪紧急情况下的传讯方式。等我明白过来，急令人与上峰联系，县城通往外面的电话线已然被割断。他们可真是处心积虑，谋局深远。当然，也许只是被山中野兽咬断了电话线。这样的事往年虽有发生，但我想今日之势，不会这样巧吧？"李鸿远声音干涩，转过脸来朝身着一件矮领素花对襟短褂、淡紫色府绸长裤的妇人叹道，"周长官是军统精英，在南坪潜伏多年，李某不知，实是愚鲁啊。多有得罪之处，还请勿怪。只是眼下南坪一城危殆，还请周长官给我、给这南坪数万百姓指一条活路。"

"你李县长不是一直想把这些土匪拉到你们的队伍里吗，否则何必养虎为患，以致今日酿成大祸？"妇人反唇相讥，"口口声声数万百姓的性命。李鸿远，这些土匪若真个前来，所索之物不过是我项上人头、刘无因埋下的枪支，以及你李某人多年暴征苛敛所积银洋、烟土。献出它们，自可换来一县平安。我倒不在意我这颗脑袋，只不知你李县长是否舍得？"

"周长官恐怕还少说了一份名单。你来南坪应该就是冲着它吧？"李鸿远皱眉道，"这点黄白之物应该还不在你这种军统精英的眼里，我倒听说七顶山的大当家对这份名单是势在必得。人家目前可是一心一意想在你们那儿谋个正经出身，这张名单就是投名状。"

刘无果手中茶杯摔落在地。

月光下，李鸿远的脸上像套上了一个银面具，冰凉寂静。看来，妇人所言不虚，李鸿远还真有可能是共党。刘无果脑子里如同煮开了一锅粥。许多问题盘根错节，却如在这粥面上冒出的泡泡，还没看清楚，就已然炸裂。这些人的心计之深，阴谋之深，却是刘无果平生仅见。军队虽有军略战术，也常有料敌之先、出兵之奇，可哪里会在弹指间生出百般念头。

他从刘富贵怀里摸出人皮面具后，还下意识地想藏起徽章等物，被原本垂颈不语的妇人劈手夺过，扔在李鸿远脚下，直言道："我是南京特派员。"

她没说军统或保密局，说的是南京。她这一公开亮明身份，李鸿远必投鼠忌器，不可能再以杀人罪强行捕其入狱，再阴谋杀之；只能以公文分呈公署、省府和党部，请上峰裁决。

事情似乎也是这般发展，李鸿远让人带走兀自喝骂不休的马永财，吩咐瘦脸警察给少年做笔录，又让人把二人直接带到警局后院。现在外面虽然有重重守卫，但他孤身在此，也应该是诚意的一种表示。谁敢保证妇人下一秒就不暴起发难，劫其为人质？

妇人为什么隐言相指李鸿远为共党？李鸿远又为何不加否认？看这情势，死去的刘富贵当与七顶山土匪有勾结，这块黑木腰牌当是其身份标志，为何李鸿远又言其人一死，南坪危殆；妇人好像也默认这点。据五叔所言，刘富贵是刘老太爷的侄孙，还是大哥抬举他做了团练局的队长。大哥领导共党情报小组"太平鸟"，居僻远之地立不世之功，这等精细之人，又怎么可能被一个土匪所欺误用，这里面到底有什么样的意图？妇人说大哥所埋藏的东西又是什么要紧物事？

没有人来回答他的疑惑。

妇人垂颈端坐，手掌轻轻摩娑着红木桌沿，好像刚才那些话都不是从她嘴里说出来的，好像这红木桌即是她一生挚爱。

李鸿远背手而立。

"我是一九四五年才到的南坪。那时还没有名册一说。李县长时间记得不对啊。"良久，妇人幽幽叹道。

"我们现在不必再做这种徒劳无益的口舌之争。看在南坪城里五万四千八百人性命的分儿上，你告诉我，你那部便携式的无线发报机在哪儿。千万别告诉我，你没有这东西。我急需与上峰联系，请求援军。事出突然，只能是望你们军统伸把手代为转告。"李鸿远慨然叹道，"无果也在这里，我们不妨开诚布公。我先说一下我所了解的七顶山土匪的情况……"

"既是开诚布公，请李县长告诉我，是谁把刀扎入了无因心窝？"妇人打断李鸿远的话，冷笑道，"李县长，我没有你这份爱民如子的心，南坪这五万四千八百人与我有什么关系？我们做个公平交易。你告诉我凶手是谁，我告诉你发报机在哪儿。"

妇人最后一句话说得斩钉截铁。

刘无果蹙起眉峰。一个人，与五万四千八百人，谁更重要？没有谁的思考与答案能给出最后的真理，哪怕是所有古往今来的圣人大哲加在一起。这不仅仅只是一个道德的问题。诚如李参谋所言，人的确可以选择逃避，不去回答这些问题，但人必然地活在对这些问题的某个回答中。

屋内死寂，如深潭死水。只剩下三人粗细不一的呼吸之声，让水面生起数圈涟漪。飘入屋内的月光似有灵觉，蓦然闭上眼睑，许久，眼梢再悄悄挑起。屋内的月光只剩下穿过墙壁罅隙的一小块。刘无果抬头去看李鸿远那清瘦而又棱角分明的脸。

这张脸上突然现出千沟万壑。而那道穿过墙壁罅隙的月光静悄悄地落在他左脸颊上，虽然就指甲盖儿大小，不知为何，就让刘无果觉得与昨夜在鱼市街口时所见到那片浩荡如海的月光没有什么两样。

四周静了下来，静得能看见身体里面的骨骼。它们被血肉包裹着，一共204块，颜色灰白，硬，同时又有着奇怪的坚韧。它们互相嵌合，奇妙而且复杂，不长一寸，不短一分，所有的骨头都刚好出现在它应该出现在那个位置，并最终搭建起一间类似庙堂的结构——灵魂就住在里面，并始终被那颗拳头大小、不断泵动的心脏激动着。

如果说这种结构是人能够理解的，那么又是一个什么样的意志描绘出

乱世

这份结构的设计图，并使之"自然而然"地形成？

刘无果心神恍惚，突然看见自己来到月光里，脚尖像鬼魂一样从千家万户的屋顶踏过。不多时，他便出现在县府外的大门外。门前那株古树不见了，只剩下一个青衫老者，背身凝视着那一层层叠在月光下的灰瓦。朝那个方向望过，能看见每片瓦上都刻着密密麻麻的蝇头小字。这些字大小迥异，字体不一，横撇竖捺间隐有血迹透出；竖起耳朵再听，就能听见它们急速流动的声音，竟比那拍起千堆雪的礁边水浪还要激烈几分。胸口发闷，鼻腔发酸。刘无果赶紧把目光移开，突然瞥见老者的脸——上面没有五官。

像有根长矛自脚底穿出，沿脊椎骨而上，直贯后脑，痛、痒、麻、酸、胀、涩……刘无果瞬间已然浑身麻痹。老者转过身，四肢僵硬的他便被这个面容诡异的可怖老者一把抓起。一个异常冷漠的声音从其老者的腹部发出："这块瓦不错。"

刘无果骇极，刚想大呼我不是瓦，一声遥远的枪声传来。老人的眉间出现一个血洞，头颅蓦然炸成血雾。紧接着，一阵风吹来，就把刘无果吹过墙壁，须臾，便来到李鸿远在县府内院的居室内。

室内景物逐一现影，一床一桌一椅。

李鸿远单人独坐，手中紧捏着一支铅笔，面无表情地处理着公文。一阵嘈杂的电话铃声。李鸿远听了几句说道："我知道了。"言罢，颓然一声长叹。长脸妇人自他身后的屋内走出，忧虑道："怎么了？"李鸿远道："他还是没有听我的劝告，离开了文庙。唉，匹夫之怒，徒然血溅三尺。"妇人也是一叹。许久，李鸿远复又言道："当初不该去杀刘无因的。我现在甚至怀疑他就是我们的人。"长脸妇人道：

"刺杀他是组织上的决定。不可能会弄错的。再说，那批枪支若落入七顶山土匪手里，后果不堪设想。"李鸿远道："现在找了这么久，这两千支枪找出来了吗？没有。我想它极可能是刘无因为了从七顶山大当家手中，拿到那份汪伪名单而放出的饵。再说了，组织上的决定虽然要无条件执行，可这并不意味着组织所做出的每个决定都是对的。形势这样错综复杂，每个人脸上都套着一个乃至多个面具。谁是敌人，谁是朋友，谁是同志，这都需要十分耐心与百般慎重。刘无因其名因我而污，对我们迅速打开南坪工作鼎力相助，贡献巨大；现在，其人以'莫须有'之由而死，我倒还真有点觉得自己姓秦名桧了。"长脸妇人道："我知道你与刘无因私谊颇厚。他缠绵病榻数月之久，且多有咯血，本就不久于人世。若非接到组织决定，务必及时阻止他与七顶山的交易，我确实不愿意去动这个手。"长脸妇人突然抬头朝刘无果这个空中虚影的方向望来，蹙眉奇怪道："我好像觉得有人在旁边窥视……"说着话，身形朝前一扑，冲出屋外迅速绕室一匝。这个叫陈桂兰的长脸妇人身手之高明当不在周怜花之下。

　　刘无果一惊，幻觉消失，自己还是处身于这间砖木屋内。那块指甲盖儿大小的月光还黏在李鸿远的颧骨处。自己怎么在这短短几分钟内竟会出现这样荒唐的幻觉？难道说，这是上天对自己的启示？又或者说，这是自己潜意识里的判断？刘无果用力去揉太阳穴。

　　李鸿远看了一眼他，道："我很想说是七顶山的土匪们干的。但我确实不知道凶手是谁？当然，我还能确认的是，刘无因在被剪刀刺入心口前，其实已然中毒。这个下毒之人必是他亲近之人。"

乱世

"你们这些共产党人真是没一点儿诚意啊。"妇人的声音清冷如水，瞟了眼刘无果，"李县长是不是很想说我就是这个下毒之人？"

"那倒不是。"李鸿远的手指在桌上轻敲几下，盯着刘无果道，"我倒觉得无果这个五叔很有嫌疑。不言其他，仅前晚刘宅失火一事，十有八九就是他干的。无果，你府上好像有一个狗子吧？他说他前夜亲眼目睹你家五叔指挥人行此不轨之事。当然，不是对我说的，是在井子巷的小桃红处。"

"狗子？"刘无果腾地起身道，"他人还在那儿吗？"狗子若真有所见，为何不第一时间来寻自己？那桃园中的打手对他可是张嘴就骂，举手就打。这种非常时刻，他跑那里支干吗？而且，他对窑子里的婊子说的话，李鸿远又怎么能立刻得知？难道说他在其中早埋有眼线？

"可能还在那里，也说不准。窑子里的规矩你是知道的，有钱就是大爷，没钱就是王八。"李鸿远一叹，"无果，我说过，贵兄遇害一事，我迟早会给你一个交代。但现在还真不是谈此事的时候。事已至此，我也不敢隐瞒。这个刘富贵……"李鸿远咳嗽一声，瞥了眼妇人，"他就是七顶山土匪的凤尾老么；更重要的是，他与大当家是同父异母的兄弟。这层关系极为隐秘，南坪城内仅寥寥数人得知。黑三心狠手辣，翻脸无情，唯待他这个么弟极好。刘富贵到团练局当差，即是黑三的意思，一是坐地分赃；二是坐探消息；三是谋个正经前途。"

"七顶山土匪的大当家叫黑三？"刘无果又是一惊，立刻想起幼年之事。

"怎么，你听说过此人？"李鸿远扬眉。

"我不知道是不是同一人。小时候，我曾被一个绰号叫黑三的同宗叔伯，串通土匪给绑了票。后来事败，他在宗祠众长辈前自尽。不过我那时年幼，不曾亲眼见过他的尸体。"刘无果坐下缓缓道。

李鸿远的眉毛跳了下,抬眼去看沉默的妇人,沉声问道:"周长官,你在杀刘富贵时可知他即是黑三幺弟?"

"我只想知道,是谁把那把剪刀扎入了无因心窝?"妇人翻手摸出那柄霜刃,注目凝视道。

刀刃长三寸,光芒幽微,是在云缝之中蜿蜒的闪电的颜色,刃口冰凉,刀身两侧刻有血槽,刀柄呈圆环状,黄铜铸造,更无一丝累赘。也许这种尖锐的能轻易把生命从肉体里夺走并激出一抹嫣红的物体,能激起每个人深埋于内心暗处的躁狂与热血。

李鸿远喉结滚动,皱眉道:"周长官是不是认定了我李某人是知情人?又或者,我李某人就是杀害无因的凶手?"

"直觉。"妇人脸上有淡淡笑容,"李县长,我不管你是不是共产党,这与我没有关系;我也不管你是不是真的想拯救南坪全城百姓的性命,这同样与我没有关系。这样吧,我把砝码再加一点儿,除了那台发报机外,我再双手奉上那份汪伪潜伏人员名单。"

刘无果的心"怦"地一跳。

难道说刚才那个幻觉便是事实?否则以妇人之深藏不露,何至于此刻苦苦纠缠于此,再三追问;她必是有所察觉,但现在的情形是人为刀俎我为鱼肉,就算李鸿远真是凶手,他若翻脸,她又凭什么确信能逃出生天?

"周长官,如果你手上真有这份名单,为何一直恋栈不去?除了它外,小小南坪,还有什么东西能留得下你?那几支子虚乌有的破枪?或者说,你私下还在烟土缉私队兼职?"李鸿远的神情似笑非笑,"周长官不会告诉我,你之所以一直留在南坪,就是为了替无因报仇吧?"

"是。是不是觉得我很天真?"妇人那几缕笑容像刀一样刻在嘴角,弧度没变,深浅没变,让人没来由地就心底一寒。

他们到底在打什么哑谜，刘无果差点要拍案而起，强自忍住胸口涌出的阵阵血气。远远地，似有枪声传来。三人面色都为之一凛。

"不天真，只是可笑。"李鸿远指着刘无果轻声叱道，"无果要报弑兄之仇，不管是不是他动的手，结果是刘富贵死了；现在黑三极可能要报弑弟之仇，结果就是南坪势如悬崖危石。刘无果，我倒问句你，你若知道今日情势，是否还坚持报仇，一意孤行？！"

刘无果一怔，李鸿远所叱还真是他所没有考虑过的。

"强盗逻辑！"妇人轻轻道，"李县长果然大才啊，沉毅果敢，处事决断，坐言起行无一不云山雾海。这等雄才大略，若真想为了南坪百姓着想，区区七顶山之匪何足道哉；无非是你养匪自重，借着防匪名义，苛征暴敛，鱼肉百姓，把他们一个个都逼成了匪。现在又口口声声全城百姓的性命，李县长不去台上唱戏文真是屈才。"

妇人声音渐透寒意，"黑三会来攻打南坪？李县长也太看得起他了。就算刘富贵真是他的亲生弟弟，他要报弑弟之仇，也不可能率兵来攻，顶多派土匪潜伏入城，伺机把我这个南京特派员一枪射杀。他能坐上大当家这个位置，带上千人马，游刃于各大势力间，这点头脑我相信他还是有的。我倒是好奇你李县长为何一直虚言恫吓？要不，你现在把刘无果放出去，看看通往省城的电话线是否真如你所言，尽数被土匪割断？"

月光在妇人手中刀尖抹出一点清辉。

"性本是狐，再怎么奸狡多疑，也成不了兽中之王。"李鸿远皱眉叹道，"都说军统出来的人是王八蛋。我原来不信，现在是不得不信啊。你们最大的问题，就是看谁都与你们一样是王八蛋。也罢，无果，你现在就随我去前厅，看看警局通往省城的电话能否打通。"

"这么说我是以小人之心度君子之腹了？李县长应对之捷，面颜之厚，周某叹服。"妇人扬起下颌道，"那先放我出去吧。我还有紧要事做。"

李鸿远哈哈一笑："周长官，你身为保密局督察要员，也打算置国法于不顾？刘富贵确实该死，可你在众目睽睽下杀人夺命，这个程序必然是要走的。否则我们要这个法律干什么？程序正义……"

"这就对了。"妇人冷笑，毫不客气打断李鸿远的话，嘴角嘲讽之色更重，"国有利器。若说无果是刀之正面，我们这种人就是刀之阴面。前者犯事，那也当军法秘密审判，何况后者？李县长，你现在与我奢谈国法刑事，又是何意？军统抗战除奸无数，是不是每杀一人，都要自行投案？你李鸿远什么时候又改行做起了迂腐书生？咄咄怪事。要不，我跟你去看看电话线是否真被黑三割断？你若不放心，大可先缚了我的手脚去。"

"此一时，彼一时。南坪是国民党的天下，不是日伪政权的。难道说军统自改组为保密局后，杀人这件事对你们来说就如同宰鸡？周长官，法为国家之根本；今天就算是蒋委员长的侍卫长在南坪当街杀了人，我这个南坪县长也必依律行事。"李鸿远望了眼刘无果，哈哈一笑道，"东坡居士问佛印，问他觉得自己打坐时像什么？佛印说，像一尊佛。东坡就与他打趣，说看他打坐的时候则像一坨狗屎。然后大笑而归，以为自己是大胜而归，结果被自家小妹好一顿揶揄。周长官对我李某是有偏见啊，对你刘长官也不放心嘛。也罢，依周长官之意，咱们一同去看看这该死的电话线。"

李鸿远话音方落，门外传来一阵急促的脚步声，紧接着是十余支枪栓拉动声、斥骂声。门被撞开，来者是刘无果有过一面之缘的那位獐头鼠目的警察局长。也不明白他瘦小的胸膛中那来这么高的音量，意态颇为惊惶："李县长，马永财在押送团练局时被人所劫，团丁说是他几个袍哥动的手；还有，罗府内有暗道，有十余人缒城而出。我们警戒在外面的人疏忽了。"

李鸿远变了脸色，刘无果蹙眉。

乱世

妇人一怔，复又嘲道："戏演得不错，李县长，要不要我给你敲两下边鼓？"

李鸿远走了，临去时，深深地看了妇人与刘无果一眼。很难用一个书本上现有的词语来描述这双眼睛里所透出的信息。也许是火，不是缘其热烈，而是因为它随时准备把胆敢置疑它的、接近它的万物，化为乌有。

屋子一下空得厉害，像倒空了水的杯子。没有月光，哪怕是指甲大小的一块。蚊蠓在昏黄灯泡下成群地飞动，悄无声响，其姿其态，又似在载歌载舞，看一眼，即让头晕目眩。其中一只蠓虫的飞行路线是一个Z字形。这又意味着什么？上帝知道吧。也许上帝就是这个Z字。刘无果苦思冥想。

他看了妇人一眼。

妇人也看了他一眼，道："还记得前夜你在观音庙对我说的一句话吗？'你说的话我一个字也不信。'他李鸿远说的，我也一个字不信。对上，舐痔捧臀之人；对下，心贪若狼之辈。豺狼秉性，奸狡多诈。到南坪以后，种种祸民罪状，擢发难数。他心里会有黎民百姓？有的只是他李某人升官发财之路。"

"你曾告诉过我，他是共党。"刘无果听见自己嘴里那个怪异的声音又冒了出来，像池塘边一只顽固的根本不理会警告的不停吐着泡泡的青蛙。妇人嘴里的李鸿远与五叔嘴里的李鸿远真像是完全不同的两个人，与他这几日所见也迥然相异。

舌尖好像真有一只青蛙，是腥的。刘无果俯身去看门缝外那剩下的四位交头接耳的警察。月色下，他们确实就如同几只灰褐色的蛙，一只惊恐不已，一只脸沉似水，另外两只抬头望着月光下那一团团的蚊蠓若有所思。

"是的，他是共党。我手上的证据足以证明他与川康边游击队的密切往来。但不是每个共党都是至清圣人。国民党有腐败分子，共产党内部也从来不少贪墨之徒。共党头子张国焘到军统后，拿出上百根金条上下打点。这些金条从哪儿来的？"妇人的手指在红木桌上那张面具边缘轻轻一触，迅速缩回，"他要发报机。根本不是想向上峰联系，请求援军；而是他自己想要，想设法与那支被我们堵在山里的川康边游击队尽快取得联系，听取组织指示。况且就算他现在致电省府速派援军，七顶山距南坪不过半日脚程，省城却要足足五日，恐怕援军未至，南坪已然城陷。他的当务之急，不是在这里与你我废话，而是去安排军事，发动群众，组织防御。"

"既然他是共党，你又这般厌恶他，为什么不向上峰提交报告？"

"我原以为那份真的汪伪名单落在他手里。不想打草惊蛇。这是我误判。"妇人一叹，"还有，他手中那些多年苛征暴敛的财物……"

"如果他说的是真的，七顶山的黑三若真来攻打南坪，怎么办？你不是黑三，你不能断定黑三就一定会这样做，而不会那样办。"

"就算黑三真来了，南坪城陷与否，与我也没有关系。今日白昼之羞辱，你忘了不成？"妇人的声音里隐有怒意。

"李鸿远救了你我，若非他前来阻拦，杨二不可能觅得机会割去我们手足上的绳索。"

"刘富贵以私刑族法妄图加害一个国军少校营长，他是一县之长，在他眼皮底下发生这种事，难脱其咎。除非他这个县长不想干了。当然，他或许是不想干了，想把人马拉到游击队去，但他肯定还想这份汪伪名单，与你哥埋下的两千支枪。他应该以为这些东西在我手上。"妇人皱眉道，"小小南坪，一个团练局就有三四百人，其心可诛；又搞什么'新生活运动'，就是用这个名义把群众组织起来，你进南坪时也看见那些在城墙上操练的人，李鸿远规定，但凡青壮，必须轮流操练。他早不搞，晚不搞，为什么在这个时候搞，因为现在是国共相争时。他这是随时准备着在背后捅刀子，

—217—

乱 世

而且是拿南坪全体百姓来磨这把刀。"

"哪来这么多枪？"

"抗战胜利后，川省几支部队整编淘汰下来的。无因用烟土、大洋买的。埋在哪里我也不知。这事极机密。我原本猜是无因暗中替李鸿远筹划的，要暗度陈仓运给川康边那支游击队用的。他们中间出了岔子。所以我猜李鸿远应该至今还不知道无因的真实身份。"

"你又从何确信无因就是共党，就是你口中那个'太平鸟'的领导人？难道是我哥亲口告诉你的吗？若是，为什么他临死之前有闲心与你说什么桃花源，而不把真正的汪伪名单，那张《孤松图》的秘密告诉你？"

"你哥的秘密，我亲口相询过，他没有承认，也未加否认。至于后者，中国有句俗话：匹夫无罪，怀璧有罪。"妇人幽幽一叹，"你哥应该是希望我不再搅入这些是非，故既没有把这个秘密告诉我，也没有把他所藏匿的烟土财物，以及那两千支枪的下落告诉我。"

妇人此番说辞倒入情入理，五叔说过，大哥曾对他言，要把家宅变卖后的款项分出三分之一给她。自己能相信这个李鸿远嘴里"性本如狐"的女人吗？所有的狐狸都会吃青蛙的，还不必狐假虎威。对于青蛙来说，狐狸是远比老虎更可怕的存在。

蚊蟆、青蛙、狐狸、老虎。

这是人身上披着的衣裳，随着季节更替。

刘无果收回目光，皱眉道："有法子出去吗？刚才李鸿远带走了他们中的大部分。外面只剩四位警察了。我们待在这里，处境不会比待宰的羔羊好到哪里。马永财在警局经营多年，外面这些人中说不定就有他的袍哥兄弟，若冲进门来将我们乱枪射杀，再栽上一个意图逃跑的罪，我们可真是要白白捐躯在这儿了。"

"你不担心这又是李鸿远设下的一个圈套？说不定，屋檐上方正匍匐着两个神枪手。"妇人朝上指了指，淡淡说道，"他围罗府，一是想借查案之名搜刮财物，认为宅中埋有大量浮财与烟土。所以罗府中人要逃。二是，他以为我在罗府待了数月，与上峰联系的发报机多半匿于其间。他不知道，军统自改组为保密局后，对发报机之类的物品使用极为谨慎。而我来南坪，使命绝密，并非为了发展势力，而是着眼于侦查'太平鸟'一案。偶有联系，也是用电话里的暗号告知。三是，刘富贵一死，那些团丁会肯定立刻放了你家五叔。他醒来后，是要来找我报杀子之仇的。我猜，等五叔带人闯到这里时，这四位警察恐怕马上就会无影无踪。"

"王培伟假罗秦明之名干的事，五叔都清楚吗？"这个问题是多余的，但刘无果还是问了出来。舌尖上的那只青蛙一下滚入腹内。妇人没吭声，脸上哀容愈甚。

"王培伟说我哥受的腐刑是怎么回事？"

"南坪因烟土繁荣后，拦路打劫的土匪多了，过往旅客无不惊惶。县里有人说剿，有人议抚。你哥主张一个抚字，认为这些土匪多半是为生计所迫的穷苦人，入草为寇实是不得已，便一个人去做说客。最后算办成了，还以此为班底建成团练局。这个大家都知道。大家不知道的是，你哥在办这事时，有次被一个叫齐大拐子的土匪给绑在木桩上，遭了这天底下最恶毒的侮辱。还是王培伟着人突击，杀了齐大拐子，救下你哥。"

第十八章 事实

　　一只蚊蠓脱离开缠绕在灯下的同伴的大部队，飞至刘无果额前，是一个极小的黑点，好像是这个宇宙诞生之初的图案。一丝极细微的音浪随着它的盘旋振翅出现在寂静中，渐渐有了形状与质地，如同一根透明纤细、极富韧性的丝线，其尽头还缠着一柄闪闪发亮的渔钩。刘无果一动不动。蚊蠓停顿、俯冲，像感觉到什么，突然从贪婪与欲望中苏醒过来，倏地后移，不无惊惧地绕着这个面容僵硬的男人兜过一圈，便顺着窗棂处投入的那一小块月光，迅速向高处飞去，眨眼间消失在窗外一片蒙蒙光华中。

　　刘无果的视线跟随着这只蚊蠓的飞行路线望出去。

　　如果他是上帝，他将看到月光下的这些事实：

　　1. 城西一间不起眼儿的民居内，马永财与三条汉子站在堂屋中间供着的那座二尺高的关公像前，每个人的左手拇指上都有一个淌血的伤口。柴檀供桌上摆着四个大海碗，碗里盛满刘无果初入南坪时尝过的壮士魂，以及血。一个瘦高汉子厉声喝道："罗爷待我等恩重如山，我们在关老爷面前是起过誓的。大哥，你还等什么？"

一个面白无须的男子意态颇为踌躇，沉吟道："幺弟，仇固然要报；但怎么报，得想清楚来。这事，蹊跷。刘富贵，一条狗而已，怎能杀了罗爷，瞒过我们的耳目？我上星期还在罗府见过罗爷，那声音是他老人家。面具虽然精致，但也可能就是刘富贵耍的把戏，以为事态仓促时一用。罗爷或许还活着，还在省城。"瘦高男子皱眉道："大哥，你不觉得罗爷近年行事诡秘，大异往日？见我们，哪次是在光天化日下？我们袍哥处处受压，也不见罗爷吭声，我想这面具假不了，定是罗爷早已被害。"马永财咽了口唾沫，望向窗外，目光有点飘，眉头跳动道，"我摸过那张面具，确是人皮无疑。我想天底下应该不会再有第二张与罗爷一模一样的脸。现在李鸿远已把罗府围了个水泄不通，这有问题，绝对不是查案两字。刚才已有人来报，说他手下那帮团丁在里面挖地三尺，还把罗府中人纷纷吊起严刑拷打，比豺狼虎豹还要凶恶几分。李鸿远这人我懂，不是好东西，会来阴的。刘宅那把火，我看就是他放的。我赞同幺弟所言，要搞，咱们就搞场大的。"面白无须的汉子脸露犹豫之色，还要说什么，"叭"的一声，后脑勺儿处暴出一团血雾，却被身后站着的矮胖汉子一枪打死。矮胖汉子收枪入腰，望着脸色大变的马永财与瘦高汉子哼道："降将可容，叛徒必诛。我早疑心他与李鸿远他们同穿了一条裤子。三哥，我与五弟商量着去救你，也是他变着法子找借口，说要慢慢来，想清楚来。这个黄狗飘尿的玩意儿。"矮胖汉子不无轻蔑地对着地上的尸首踢了一脚，"袍哥人家，哪个怕哪个？我们袍哥，承的是关老爷的圣名，辛亥年后那是何等的威风，一指天，一指地，报声名号，旦夕间即可人枪数千。现在样样被打压，处处赔小心，比他娘的小媳妇还憋屈。别县的舵把子看尽了我们的笑话。老子早想把

乱世

李鸿远给一枪对穿了。三哥，照你与幺弟的意思办，咱们搞场大的，也让这些狗娘养的知道我们袍哥不是吃素的。否则，这个龟孙子再搞下去，我们南坪袍哥不要多久就得全部散伙，都他娘的成了他什么'新生活运动'的人了。"

2. 罗府大院的斗室内，李鸿远盯着白发管家道："咱们就打开天窗说亮话吧。别人都看见假扮罗秦明的是刘富贵，但我知道是王培伟。我很好奇，你在罗府三十年，难道就看不出一点儿端倪古怪吗？又或者说，罗秦明没死，这张人皮面具是一种我所不了解的方法制出。可罗秦明为什么甘愿蛰伏？我与他多少打过几年交道，这不吻合他的性格。他一定是死了。莫非你也是杀害罗秦明的人，是王培伟的同伙，所以刚才有机会从暗道走，却不走？王培伟给了你什么？"白发管家咳嗽道："老朽耳朵不好，不知李老爷在说什么。老爷说什么，那自然就是什么。老爷要把老朽斩成十七八块，老朽自然也就是十七八块的。"李鸿远摇头道："我不要你的命，也不要罗府的财。罗府浮财应该早被伪装罗老爷的王培伟掏空了。我派人围府，一是不想让你们与刘府那边起冲突；二是好奇王培伟怎么就能在你眼皮底下瞒天过海，阴谋策划了这么多的事情。这些年，若无你的襄助，他王培伟凭一张面具能干这么多的事？当然，现在面具之秘已然公开，袍哥势力必然动荡。我需要你向全城百姓揭发谁是杀害罗秦明的凶手，否则袍哥若作乱，城内百姓必然遭殃。还望老人家心中有一点儿黎民之念，不使生灵涂炭。"白发管家哑然失笑："李老爷，您说什么，我真是听不见。能麻烦您大声点儿吗？你是不是要借我这颗人头一用？尽管借去好了。老朽的人头不值钱。"李鸿远沉默下来，出门朝侍立门外的警察局长叹道："他还是不肯合作。我看南坪此番多半在劫难逃。王培伟啊王培伟，你诳得我好苦。老刘，你说他诳骗来的财物烟土会藏在何处？"刘局长蹙起眉峰："王培伟的居所及在法院的办公室，我们已翻了一个底朝天。没东西。会不会藏在刘宅五叔那儿，他们是父子。唉，若非王培伟自杀，他与刘宅五叔的这层关系还真没人知道。父子相认本是好事，他们刻意隐瞒，所图必大。"李鸿远点头："五叔醒了吗？"刘局长道："团丁抬回刘宅后，喂以参汤，已然苏醒，但兀自胡言乱语，口中喃喃'你杀了他'，看来神志短期内难以恢复。他与刘无果有抚养之情，与王培伟有血脉之亲。现在以为是刘无果与周怜花杀了王培伟……李县长，王培伟为什么要自杀，这个我实在是不解。"李鸿远听着隐隐约约的角楼鼓声，皱眉叹道："我也不懂。唉，他这一死，南坪城就是血雨欲来，腥风将至。你的警察局，加上同仁铺调来的团丁，再加上县法院的法警，不到五百人。若城内袍哥与七顶山的土匪里应外合起来，这城怎么守？老刘，你觉得黑三会不会来？"刘局长点头道："虽说黑三帮我们做过一些事，但土匪毕竟是土匪。知道他与刘富贵是亲兄弟的人寥寥无几，这且不论。刘富贵是六当家，黑三他若不能讲一个义字，就难坐稳这个大当家的位置。更重要的是，打南坪对他黑三来说，利大于弊。第一，南坪孤悬，地处僻远，消息不便。一旦打下南坪，他大可以说是南坪城里的袍哥因为罗泰明之死发生暴乱，他呢，要么李代桃僵，把自己说成是团练局的人马；要么说自己是率乡民自告奋勇，协助平乱。当然，你我之辈自然要死于暴乱之中。至于城中其他劣绅自然是会替他做证。第二，南坪自出产烟土后，所积丰厚。黑三平素固然拿了他那一份，可人心贪

乱 世

魇欲壑难填……李县长，您是不是对今日之困局早有预见？您年前推进的'新生活运动'虽确有教化人心淳朴风俗之功用，但它更有效地组织了百姓。您若振臂一呼，动员令颁布下去数时辰内，站在南坪城头的民众或就有上万之数。"李鸿远轻叹道："'明末无白丁，清末无俇子'（当时没有加入袍哥的人叫俇子），这些年川省袍哥虽有势微，百足之虫死而不僵。'新生活运动'虽不能像异姓兄弟那样诱惑人心，好歹以国家之名，多少起一个约束。况且就军事而言，未经充分训练的民众，不过一群绵羊，是需要一头狮子去带领他们的。老刘，若黑三果真来犯，你觉得刘无果会不会是这头狮子？"

3. 井子巷"桃园"院内东南角，一间摆设颇为雅致的厢室内。嘴角垂落两撇鼠须的狗子，躺在一张宽大的雕花床上，仰望天花板嘴中喃喃道："据说罗秦明每晚就寝前，总是把线香切成几寸长一段，将一截点燃捆在手指上；外间应酬，则必候大家举筷，而后才吃少许一点儿，平时更随身携带一个热水瓶，别人若敬以杯水，绝口不入。这样一个老狐狸，怎可能就这样轻易死掉，还死在刘富贵那种贱货之手，还被剥了脸皮制成面具去？这说不通啊。"一个脸上涂着脂粉的女人手缠在狗子脖颈上，咪咪地笑道："大爷，你管他们呢。罗老爷活着，我们得做这个；罗老爷不在了，我们不也得继续做这个吗？"狗子扒开女人在他胸前划动的手，道："小桃红啊，你们做婊子的可以无情无义只认一个钱字；可我们男人若不讲情义又能从哪里弄来这一个钱字呢？"女人倒也眉清目秀，只是唇略薄了些，佯嗔道："大爷您就爱取笑。人家不依呢。"狗子眸子深处跳着一束幽幽的火，翻身把女人压在身下，手指挑起她的下颌道："黄蜂尾上针，毒不过妇人心。谁能想到刘无因的女人竟然是南京特派员？奇怪啊，若说是刘富贵杀了罗秦明，又乔扮了后者，她在罗府待了这么久，按说是怎么也不能瞒过她的眼目；又或者说，他们就是同伙，现在分赃不匀了，刘富贵要将她沉塘，她又用一根簪子杀了他？这说得过去，但我在刘宅时，怎么就一点儿也看不出她与刘富贵勾搭成奸的迹象？小桃红，你说有没有可能，刘大老爷，也是她勾结刘富贵下的手？不对，刘富贵不配。她怎可能看上刘富贵这种龌龊货？难道说面具的真正主人另有其人，是王培伟？"小桃红眼角带春，手往狗子下身摸去道："听人家说，富贵老爷这里的本钱也大得很哪。男人只要这点本钱足，女人就算有花神娘娘的貌、则天娘娘的权，被孵时那也是欢天喜地。嘻嘻，我还听说姓周的女特派员从池塘里跳出来时，真是春光无限，四周男人全看傻了眼，都看见了一个天生的浪货啊。"狗子捏捏她的嘴，干笑道："吃醋了？怕她在南坪开窑子，以后你得喝西北风了？人家是南京特派员，手掌生杀大权的，不会与你抢生意的。"小桃红撇嘴哼道："扒了那身衣服，还不就是那身皮肉？什么特派员不特派员的，都得上面有人。依我看，她这个南京特派员多半是唬人的。你说堂堂一个南京特派员，什么样的男人没见过，为什么会嫁给刘无因这样一个偏远县城的乡绅？南坪这个破地方又有什么东西值得一个南京特派员在这里待上数年之久？还有呢，这南京特派员，好歹是国家的人，上面得有人，下面也得有人。怎么可能被一个小县城的保安队长弄得去沉塘呢？"狗子一怔："咦，我说小桃红，你不简单啊。等等，别乱动，我想想，这里面有古怪。"狗子沉吟着，突然套上衣裤，也不理会小桃红的责骂，匆匆出门。

乱世

4. 那间依山而筑的民居里，三个人影悄然跌窗而出，为首一个正是七顶山的二当家季云卿，行得快，不一会儿便到山坡上。季云卿自怀中掏出一筒讯号烟火点燃，空中升起一团绚丽，眼见着城外不多时又有一团烟火升起以为呼应，复又低首俯瞰着满城灯火如萤。光和阴影勾勒出了他脸庞上颇见凶狠的线条。片刻，季云卿示意另两人道："陈扁头，你带人暗中伺机伏击李鸿远。他一死，南坪必群龙无首，自可唾手可取；牛怀汉，你去联络城中暗桩，一旦大当家带兵前来，设法打开城门，并乘机于城内四处放火，使人心浮动。我现在去会会那几位袍哥头目。"那个叫牛怀汉的汉子犹豫道："二当家，我们真要攻打南坪？"季云卿点头道："大当家要的东西就落在那周特派员手上。拿到它，七顶山的兄弟们就有了进身之阶。这个险，一定得冒。放心，到时我们就是忠义救国军，作乱之众是罗秦明的手下袍哥及行会之徒。天赐良机，务必抓住。事成之后，你们也就是营长、连长，大可以回乡光宗耀祖了。记住，小心仔细，切不可贪酒误事。成败在此一举。"季云卿拔足隐没于林间。陈扁头嘀咕道："这南坪不好打啊，城高墙厚，这若真要打，也不知要死多少人？怀汉，你说那东西究竟是什么玩意儿，值得冒这样大的险？"牛怀汉道："好像是什么名单？但刚才也没有找到。二当家怎么就能确定在那个周特派员手中？还有，就算想为兄弟们谋前途，周特派员是南京来的，这样粗的大腿在这里，不去抱，反而动念去抢，这拨的是什么算盘珠子？真是想不明白。算了，这些事本也不必我们去想，咱们做卒子的就依令行事。"陈扁头挠头："万一大当家就不来呢？二当家这样做，有点鲁莽。他做事真是让人琢磨不透。

你说咱们本来跟着大当家大块吃肉大碗喝酒，日子过得别提有多快活了。可自打他来后，这里也不许抢，那里也不准闹，嘴里都淡出个鸟来了……"牛怀汉把手指竖到唇边嘘了一声，打断了他的话："你还要不要脑袋？五当家是怎么死的，你忘了？照他说的办吧，说不定真有咱们光宗耀祖的一天。"

……

如果刘无果能看见，并且他也想去看的话，那么在这个月光犹如潮水的夜里，他就能看尽世上所有的词语，以及从这些词语里长出来的一张张脸庞与故事。

但他不是上帝。

所以当那个面沉似水的胖警察推门进屋，压低声音说："走"时，他吃了一惊，下意识去看那妇人，看她尖尖的下颌。妇人面容沉静，对着胖警察点头道："辛苦。"又扭头对刘无果道："走。"

屋外，月光更大了，好像雪，堆满庭院。那个一脸惊恐的警察伏身在一丛灌木边，一动也不动，隐隐的，身下有血在流，像几条慢慢爬出来的背甲暗绿的蜥蜴。那两个曾若有所思的警察不知去了哪里。刘无果望了眼隐约有人声传来的警察局的前厅，皱眉问道："是你的人？"

妇人闪身钻入胖警察撬开的一扇木门，见刘无果没跟上来，回头道："刘局长是军统的人。警察局的刘局长。我已给了他密令暗号。"

乱世

第十九章　暴乱

天亮了，微微地。

天空是一块有褶皱的灰白幔子，覆盖于群峰之上。几束光线从褶皱里探出头，缓慢地、迟疑不决地，像几个驼背老者在山路上蹒跚移动，不时停下来，凝望着山下那座耗尽他们一生光阴的小城。经过一夜月光的浇濯，它依然是那样丰腴、湿润，并不因为他们曾经的年少，以及现在的迟暮，而有丝毫改变。

人们推开窗户，推开门，用各种表情打量着闯入家门的那个叫"社会"的庞然大物。这是一个奇异的时刻，它的傲慢，众人皆知；它的冷漠与残酷，也无人不晓。但所有的人，还是马上匍匐于爪牙下，顺从的，甚至是不无奴颜婢膝的，任其拨动他们体内的那根不为他们所知的隐秘之弦。然后，他们不再是昨夜相互温存的男人与女人，瞬间即已摇身一变成了骄横的警察、谨小慎微的职员、盼望着雨的农夫、诅咒着上苍的手工艺人……以及暴徒。

无人可以推开昨日种种，不管他们有多么渴望今日生活。

骚乱是从城中药店门前开始的。起因是几个短衣汉子看见刘无果那匹受伤的顿河马，说是自家老爷府中走失的马，要强行牵走。药店伙计不肯，被一顿暴打。警察赶来维持秩序，但这些原本见着警察便点头哈腰的短衣汉子们却不散去，口口声声这马就是他们老爷的马，老爷前几日骑着去城外被两个当兵的抢了，又说药店老板窝藏抢马贼，不容分说当着警察的面，上前拳打脚踢，逼他交代盗马贼的下落。

带队的瘦脸警察认得这是刘无果的马，见这些人胡搅蛮缠，几枪托砸去。受伤汉子捂着流血的额头大叫："警察打人了，没有王法了。"长街短巷顿时拥出上百名汉子，一个个活像是从川戏舞台下走下来的，奇装异服，背刀挂彩，脑壳上绾一个英雄髻，脚下穿着泡花草鞋，口中呼喊着，"袍哥人家，哪个怕哪个"，把这些平日里威风八面的警察团团围住伸拳就打。就有警察在惶恐中开了枪。枪声中滴落的血，不仅未能惊退众人，反而若积薪上的火星，立刻燃起一场熊熊大火，把所有置身其中的人的脸庞烧得狰狞扭曲。一名方脸警察后脑挨了一棍，回头看敲棒之人，大怒："李石昌，我是你大舅子，你……"话音未落，一把尺长的尖刀已然贯通他的前心后背。

喧嚣的人流，似乎直至今时此刻，才终于发现生活的真相，而他们再也不能忍受自己的愚蠢，不愿意再在那个谎言中多待哪怕是一秒钟。他们使出吃奶的力气，争先恐后，奋力殴打着地上那几个不再滚动的人体，唯恐自己的愚蠢与怯懦被暴露在光天化日之下，被他人觑见洞察——尽管这是一个心照不宣的事实。

方脸警察的脸被捶扁，踢圆，再踩烂，又被撕成可疑的条状与方块。很快，只剩下一个庞大的堆满皮下脂肪的肚子。血，四处飞溅，溅了人一身一脸一手。人们惊恐地发现，主宰着他们日常命运的，呼喝他们犹如呼喝牛马的人，原来是如此不堪一击。他们惊恐地注视着他们在一起所爆发出来的巨大能量。而能让这种恐惧不那么歇斯底里的，也只有更为血腥的暴力。

乱 世

有人从临街铺面的二楼上跳下，用一根竹竿高高挑起地上的警察制服，如同挑起一面染血的旗帜。人群在旗帜下聚焦，起先，还不无茫然；很快，便冲入街头一间间店铺。这显然不能满足这只已化身为饕餮的怪兽胃口，它就像是饿了三千年。不知是谁大喊了一声，这股混杂着沮丧、怨憎、愤怒的仇恨之火，便嘶吼着朝县衙奔去。沿着这条狂飙突进的路线，一间间店铺被砸，被抢，被付之一炬，就连往日低眉顺眼惯了的茶馆伙计，也忍不住摔掉手中铜壶，一把揉倒欲加制止的老板，呼喝着加入劫掠的人群。

　　暴乱迅速蔓延，犹如瘟疫。

　　在昨夜季云卿站过的山坡上，一身血污的刘无果凝目眺望，嘴里轻轻吐出几字："这就是民众。"妇人沉默不语，微凉的晨风掠过她凌乱的鬓发与被烟火熏乌的脸。鸟从身边的林丛中飞了起来，啾啾地鸣，是太平鸟，不知是不是王培伟豢养的那只会说英文的太平鸟。

　　刘无果缓缓道："我所尊敬的一位长官告诉我，现今的社会像是一架巨大的机器，以人为食，以各种意识形态为润滑剂。那些试图找到这台庞然大物开关的人，无一不被这个庞然大物的重量碾作齑粉。而他们本身的追求与梦想，即是这个重量中的一部分。这很荒谬。但没有人能够笑出声，因为这种荒谬更具有一种部落式的血腥与残忍。"

　　"我听不懂。"

　　"我也不懂。我只是记住了，现在突然想起来了。他还告诉我，所谓民众就是一种极其可疑且可怖的生物，在某些奇异的时刻，它会吃掉原本在每个人心里的道德，使他们之间不再有差别，沦为一群盲目冲动的兽，野蛮、残暴、稀奇古怪，愿意牺牲或自我牺牲。"

　　"我还是不懂。无果，你不像一个兵，虽然你打了八年仗。"妇人的声音略有嘶哑，"这里不是你应该待的地方。带上这份汪逆名单走吧，交给国民政府，或是……或是一把火烧了，都行。"

"我走得了吗？"

"走不了，也要走。"

"周长官，昨夜我随你奔袭，拔掉七顶山土匪在城内的三处暗桩，不是因为你提供的那些能够证明李鸿远与川康边游击队关系的材料，而是你本来不必这样，大可立刻离开。南坪城陷与否，确实与你没有关系，可你还是去以身犯险。你并不像你自己说的那样，是一个不把百姓生命当回事的人。"刘无果伸手朝山下一指，脸有苦涩之意，"百姓、民众，他们有着一模一样的脸庞。他们之间的区别或仅在于那面不伦不类的旗帜吧。"

"昨夜我还是疏忽了。袍哥势力果然树大根深，起事凶猛至斯，出人意料。再这样这乱下去，不要黑三来打，这城已为覆巢。李鸿远固然是权谋通变之士，但一介书生，能否勘乱？"妇人喟叹，语声幽幽，"袍哥起事，肇因在我。"

"若说肇因在你，还不如说肇因在我。我若不回南坪，王培伟不死，祸乱从何生起？"刘无果也是一叹，"罗秦明之死，只是火药之引。你看这些暴乱之徒行去的方向是县衙，而非昨日羁押你的警察局，又或刘宅、罗府，便可知他们与李鸿远积怨已久，只是被王培伟所扮的罗秦明强行压住。周长官，罗秦明是被你与王培伟联手除掉的吧。"

"还有你家五叔与罗府管家。他们不知道我的真实身份。"妇人点头，补充了一句，"无因不知情。"

刘无果没再问为什么，"不说这个吧。现在袍哥作乱，幕后主使者当为马永财几个。擒贼擒王，我欲潜行刺杀。周长官，你可有什么好主意？"

"马永财有勇无谋，不足为虑。倒是他们的管事五哥，心狠手辣，阴险狡诈。今日之事的主持，肯定是他。不过，他有一个弱点，事母至孝。

乱 世

他母亲就住在离这儿不远的苦水巷内。"妇人瞥了眼刘无果，"你是不是想说我心比蝎毒？放心，这种事我来办，不会污了你的手。无果，我最后再劝你一句，离开吧。再待在这里，你手上会沾上越来越多无辜者的血。"

妇人快步离去，站立处有几滴血迹。刘无果深吸一口凉气，让几近沸腾的胸膛慢慢平息，低头打量着自己的双手。妇人说得不错，这双手上已经有了无辜者的血。昨夜在拔除土匪设在杂货铺的暗桩时，那个眉眼如画的女子，竟在枪声响起的一刹那，跃起俯于她的丈夫身上。

"不要杀我的丈夫，我给你们做牛做马。"可怜的女子还让在一边呆若木鸡的女儿跪倒在地，让她重重磕头。

"不要杀我的爸爸，求求你们，杀我好不好？"

孩子的眼泪是真的，一遍遍地重复道。她应该不知道自己父亲的真实身份，更不清楚这两个陌生人为什么一定要杀了她的父亲。她只能眼睁睁地看着母亲被打死，看着父亲抱着母亲的尸体放声恸哭，然后眉心间多了一个血洞。

自己能离开吗？带着怀中这份名单远走高飞，不再理会眼下这片生于斯长于斯的土地——没有谁能够夺走土地，它在地球上，它始终就在那里，张献忠夺不走，大清王朝夺不走，土匪们也不可能夺走；但能不理会在这块土地上正惨呼哀号的人吗？尽管他们中的大多数是昨日麻木不仁的看客。

暴徒必须被制止。因为他们摧毁的是世道人心，是礼义廉耻，是国之四维；这不仅仅是捍卫伦理与秩序的需要，更重要的是，这种摧毁使中国人的历史在流血中循环往复，一次次从零开始，它不提供建设性。

所以，就必须以暴制暴？

刘无果的脑子里有十几个声音在大打出手。每个声音都有它让人信服以至自愿为之流血牺牲的理由。走，还是留？刘无果把这些嗡嗡响的苍蝇强行赶出大脑，掏出一块银圆抛向空中。银圆在空中翻着跟斗，掉了下来，因为山坡的倾斜，继续朝下滚去，很快消失在一道缝隙深处。刘无果茫然抬头，不知何时起，空中那道灰白色的布幔上已染上一层乌黑。

风大了，像几把冰凉的刀子，要在这遮盖了天空的乌黑布幔上捅出血口。

县衙门口，一群群团丁自院内鱼贯而出，随着口令列阵稍息，分列于大门两旁，前排半蹲，后排站立，一律标准射姿，仪容虽整，但握枪的手指多有颤抖。一身中山装的李鸿远自院内踱出，神态凛然，迎着潮水一般涌来的人群大步向前。人群停下，如被勒住缰绳的马。这李鸿远竟隐然有长坂坡燕人张翼德之威。

"礼字堂的兄弟们，我，李鸿远，自幼打流跑滩，一九三二年入仁字旗，承大爷唐绍曾提携，入内八堂十排。一日袍哥，终生袍哥。

"袍哥中人凭的是义气，行的是赤诚，讲的是规矩。所以国父中山先生才会在关老爷面前发三十六誓，聚天下袍哥以及洪门子弟，共组同盟会，后立国民党，以天下为己任，驱除鞑虏，恢复中华。这是我们袍哥可以刻在石头上的骄傲。"

人的名、树的影，袍哥中人谁人不知唐大爷，谁不竖一根大拇指说声要得？出身苦寒，以两把菜刀聚众而起，风云一时，后投身军旅，屡获拔擢，其间专程回乡把自己抢劫过的人家请来，赔礼道歉，双倍归还财物，名声大噪。抗战事起，请缨出川，率五千壮士血战日军第十五师团，无一人后退，玉碎殉国。

李鸿远这两句话就若冷水浇入沸锅，人们面面相觑。谁也没想到李鸿远开口自承袍哥，还曾拜在龙头老大唐绍曾之门下。这些礼字堂的袍哥多为市井穷苦之人，引车卖浆之辈，平日只拱手说关二爷，而今听闻这等袍哥掌故，无不骇然。就有人皱着眉头指着李鸿远悄声问道："咱们与他是

乱世

一伙的？"

李鸿远环眼四顾，一指身后那副石刻对联，口中道："有谁还记得它吗？"

有人高声答道："是罗秦明老爷把他的独生子送上前线时，城中刘举人所书。当日南坪有二百一十三人在此痛饮了那壮士魂。"说话之人正是那个没穿团丁服饰的陈二鬼。匍匐在巷口矮檐上的刘无果暗暗心惊。这个脸色苍白的李鸿远哪里是一介书生，权变、胆略，以及对人心的操纵，分明是一世枭雄。想来骚乱人群中还有他伏下的更多眼线、内应。刘无果的视线四下扫过，心脏骤然缩紧。在人群的中间，一个瘦高汉子的手往腰间摸去，在他身边的马永财忽然按住他的手，以目示意。而在他们的身后，狗子正死死地盯着他们的双手。他那双手也一直藏在怀里。

狗子也是李鸿远的人？

手比脸，更能透露出一个人内心的想法。

李鸿远挥手大喝道："罗爷的独子叫什么？叫罗广元。他是我们南坪的英雄，他虽然战死沙场，但打出了川人的威风血性，赶走了日本鬼子。罗广元死后，罗老爷就对我说了一个字。"

"值！"

"我们袍哥从来彼此手足相顾，患难相扶。但有人勾结七顶山土匪杀害了罗老爷。我们要不要替罗爷报仇？"

"昨日，马永财队长已经处决了其中一个，还有一个，就是罗府管家。来人，把这背恩弃主的叛徒拖出来！"

就跟变戏法一样，那个被捆成粽子、嘴里堵着破布、花白头发的老管家被拖到众人面前，眨眼间便被唾骂、石块、棍棒淹没。

没开一枪，不过数分钟之内，李鸿远就凭其三寸不烂之舌扭转了情势。如果说昨日的刘富贵是煽动人心的高手，那么李鸿远完全就是掌控人心的大师。血从纷乱嘈杂中蜿蜒流出，流至其脚下。李鸿远的脚往后退了寸许，目光直盯着人群中僵立的马永财。马永财脸色数变，蓦然，一声大喝，劈手拔起瘦高汉子背上所负大刀，两脚踢开身前拥挤之人，朝着地上那具已不成人形的躯体奋力砍下。

与此同时，广场西南处枪声响起。

一颗从中正式步枪里射出的 7.92 毫米毛瑟步枪弹，穿过空气，人群，诅咒、欢呼与歇斯底里，从那面古怪旗帜的斜下方，进入人体，炸开。

风吹了过来，从天空的那头，越过千山万壑，大得都让人睁不开眼睛。

一切就如同电影里的慢镜头，在刘无果脑海里不断重放。

先是李鸿远被撞飞，紧接着，他迅速回身把那个从身后撞开他的团丁抱入怀里。团丁的灰帽跌落尘埃，露出一头齐耳短发，是那位与他夫妻相称的长脸妇人。血从她胸脯处绽放出来。长脸妇人皱着眉头想说话，血堵住她的嘴。她咳嗽着，脸上有了一层奇异的光，手紧紧地抓着李鸿远的胳膊。

县衙门口的团丁几秒钟后清醒过来，一队迅速朝枪响处奔去，另一队形成警戒圈，把李鸿远与长脸妇人包围在内，枪口对准那些正把那颗花白头发的头颅踢来踩去的众人。眼看其中一个为首的团丁就要扣动扳机，长脸妇人猛地挣脱李鸿远的怀抱，手在其步枪下方朝上一托。子弹射入半空，发出空荡荡的一声脆响。长脸妇人重重摔倒在地，摔倒在李鸿远先前所站的那一小片血泊里。李鸿远身子戳在地上，脸色铁青，嘴唇在动，但听不见他在说什么。

骚乱的人们如被施了魔法，面面相觑，大部分还保持着先前的姿势，一小部分已悄悄往人群后面退去，这提醒了大家。所有人忙不迭地扔下手中的大刀棍棒。不多时，广场上只剩下寥寥十几人。狗子也不在了。没有人说话，风像要把大家扑倒在地。又过了一会儿，西南处传来三声沉闷的

乱世

枪响。须臾，一个脸有疤痕的矮胖汉子在一群团丁枪口的簇拥下出现在巷口，手中还倒拖着一具尸体，尸体里流出来的血在地上画出一道长长的笔画。

"是陈扁头。七顶山的土匪。果然是他们。"有眼尖之人看清尸体的面容，叫出声。

矮胖汉子扔掉尸体，四下打量了眼，走得慢，像一个马桶在移动。一步步行到李鸿远跟前，扑通一声跪下，从兜里摸出一个布包，打开，搁在李鸿远面前。是一截血淋淋的断指，断指的根处还套着一枚翡翠扳指。

矮胖汉子面无表情，一言不发，又自腰间拔出一把利刃，往自己右大腿上狠狠戳下。这叫"三刀六洞"，是袍哥里最严厉的惩罚之一。瘦高汉子快步抢上前，竟不敢弯腰搀扶："五哥，你这是做甚？"

矮胖汉子双目已然赤红，口中闷哼，又是一刀扎入左大腿。

李鸿远弯腰抱起长脸妇人，朝县府行了几步，回头，眉毛挑起，瞥了眼地上断指道："五爷，关老爷在上，从今日此刻起，你母亲就是我的母亲。你安心去吧。"

矮胖汉子惨笑，还没等瘦高汉子明白过来，第三刀已深深地扎入心口。直到这时，瘦高汉子终于想明白了缘故，又惊又怒，手再次往腰间摸去，"李鸿远，亏你自承袍哥，怎么以我等家人……"瘦高汉子话音未落，一颗子弹打中他的脊背。他的生命力也兀自顽强，趔趄着，犹能回头去看是谁开的枪，第二颗子弹没有半点犹豫地钻入了他的胸膛，撕裂开他的心脏，然后是第三颗，第四颗，第五颗。

马永财就这样一枪一枪地射击着，手臂没有半点颤抖，仿佛是在打靶。一直到打完枪膛里的最后一颗子弹，一直到广场上只剩下他最后一个人，然后他从那面古怪的旗帜上，扯下那套沾满了血肉的警服，穿上身，扣上纽扣，跪了下来，朝着已经紧闭的县府大门。

第二十章　桃花源记

"刘英雄，你说是李县长砍了五爷母亲的手指吗？"

"杨二啊，不要叫我英雄。"

"那，刘长官，你说是李县长砍了五爷母亲的手指吗？"

"你觉得是不是他干的，这重要吗？"

"重要。我本来觉得他是英雄，可若是他干的，他就是狗熊。"

"英雄总要去救人于水火。一个有英雄的世道，老百姓的日子难过。我倒真希望人们都能活在一个没有英雄的时代。不知有汉，无论魏晋。"

"'不知有汉，无论魏晋'是什么意思？"

"那是咱们中国一个叫陶渊明的大诗人的理想。他写了一篇《桃花源记》，希望大家太太平平过日子，不管老人小孩，都能快快乐乐。"

"他真傻。世上哪有这么多的快乐分给每个人。"

"好吧，不说这个，咱们今天在关老爷面前结拜为异姓兄弟，条件虽简陋，但关老爷一定不会见怪心诚之人。杨二，你跟着我念：'苍天在上，厚土为证。我刘无果，愿与杨二从此义结金兰，不求同年同月同日生，但求同年同月同日死。虽不能斩得鸡头，烧得黄纸，仅咬破中指以为滴血盟誓。

关老爷明鉴。'"

"苍天在上，厚土为证。我刘无果，愿与杨二从此义结金兰……刘长官，我好像应该说，我杨二，愿与刘无果从此义结金兰，对吗？"

"你真聪明。"

"可我不敢这样说。你是长官，杀过一百零八个鬼子的。我连个马永财都杀不死。刘长官，你刚才为什么阻止我杀他呢？我都瞄了那么久。他真是坏透了，眼看着局势对他不妙，马上翻脸打兄弟暗枪，亏得他还好意思穿起那套警服。"

"我不知道。可能是今天流了太多血吧，还都是中国人自己的血。你会怪我吗？"

"会。"

"那你为什么还要救我。你这都救了我第三次了。"

"你是英雄，怎么能被那个什么季二当家打暗枪呢。刘长官，说真的，我挺高兴的，等会儿阎王问我是怎么死的，我说是为救咱们南坪的大英雄死的，他肯定会朝我竖起大拇指。说不定下辈子，我就能投胎真做了你的弟弟。"

"会的，一定会的。"

"要是我哥不被马永财抓去站笼，说不定他也能成为你这样的大英雄。"

"我相信。"

"刘长官，你说马永财为什么要下跪？五爷，都敢在自己身上捅窟窿的人，为什么也跪？还有，李县长也跪了。他一进县衙的院子，就跪在地上。我娘说，膝盖是用来跪的，跪了就能过平安日子。刘长官，我不喜欢我娘这句话。"

"我也不喜欢。杨二，你少说几句话，好吗？"

"我娘说，每个人在世上说了几句话，阎王爷都计着数呢。说够了，就要到他那儿报到。刘长官，我娘说的是不是真的？"

"不是的。"

"刘大哥，我想求你一件事。"

"你说。"

"我等会儿就要死了，我瘫在床上的瞎娘也没几天活了。你能不能把她一枪打死，然后把我娘、我哥与我埋在一块儿？"

"你胡说什么啊？我是你大哥，你娘就是我娘，我就是你娘的儿子。"

"刘长官，你这样说，我真高兴。其实我也知道'不求同年同月同日生，但求同年同月同日死'是假的，是骗人的。可我听了心里就是暖乎乎的。刘长官，咱们真的是要结拜为兄弟吗？"

"当然是。叫我刘大哥。"

"刘大哥。"

"嗯。"

"刘大哥。"

"嗯。"

"刘大哥，我咬不动手指头了……"

少年的声音越来越细弱，终于被风吹灭。很奇怪，当他心满意足地吐出最后一个字，他一下就变轻了，像什么东西离开了这具尚还温热柔软的身体。窗外，雨又落了下来，一点一滴，轻得像针，像刚孵出来的蚕嚼着桑叶；很快便成了万千细密丝线，把天地缝成一个灰白色的茧子。这是一种异乎寻常的感觉，世界失去往日的声色光影，被这个水汽氤氲的椭圆状球体，缓慢地，又不可抗拒地隔绝于外。

满屋俱寂，唯余雨声。

乱 世

刘无果轻喊了声"兄弟"，又高喊了声"兄弟"。声音嘶哑，怪异，喉咙里已隐有血腥，似千针攒刺。他沉默了一会儿，小心地擦去杨二脸上的污渍与血，又低低地喊了声"兄弟"，抱起他朝屋外行去。雨没有下得更大，也没有变小，既非唐诗，也不是宋词，只是下着，没有任何感情地下着，顷刻间便已把刘无果浇透。

雨幕横亘于空中。

一户灰瓦土墙人家前，三个晃动的人影跪在一具用篾席遮盖住的尸体前。是一个蓬头妇人带着她的两个未成年的孩子。他们已经哭了太久。哭声倏远又近，忽沉再起。若非眼前的场景提醒着来往之人，还真会误以为这不过是戏台上那几声要被喝倒彩的唱腔。篾席遮住死者的脸容，露出两只干瘦的穿着泡花草鞋的脚。青筋毕露的脚杆边还扔着两根铁管与一把菜刀。死者是袍哥，可能是数个时辰前杀死警察的暴徒之一，也可能根本没有参与这场骚乱，但现在他只是一具尸体。从篾席下溢出的血，被雨水冲入不远处的洼坑，像一颗红色的神秘眼瞳，默然凝视着广袤苍穹。

他们都跪在地上。

因为他是他们的亲人。

马永财为什么要在县衙门口下跪？

袍哥不同于青帮洪门，不存在一个从上到下的层级关系，也没有什么行政及经济上的从属关系，每个袍哥组织相对独立，自行开设山堂或公口，故而常一言不合，即相互争夺厮杀。抗战伊始，川军着实为国人所轻，其中一个重要原因即是"袍哥队伍"，无森严军纪而靠江湖义气统御部队，纪律涣散，民不堪扰；训练甚少，小败则溃；小予利诱，动辄倒戈。

袍哥之害，咸人尽知。

这些年，在王培伟假扮的罗秦明与李鸿远等人不动声色地打压下，南坪的袍哥势力就是一头黔之驴，看着唬人而已，今日骚乱的开头尚且还能一看，后面就惨不忍睹，根本没有真正地组织起来，竟然被李鸿远几句话加十几条枪就摆平了；若不是马永财最后跪了这么一下，刘无果还真要怀疑马永财是李鸿远伏下的暗桩，故意布局引蛇出洞，彻底瓦解之，再名正言顺地接收之。

礼字堂的袍哥们把事情想得太简单了。包括那个被周怜花提起的管事五哥，心狠手辣或有，阴险狡诈则无，又或许说，他的"阴险狡诈"只适合于袍哥那个江湖。自身最大的软肋怎能轻易让人捏住？三刀六洞固然惨烈，只是于事无补。他既然认定是李鸿远掳了自己母亲，又怎么能相信李鸿远那句轻飘飘的承诺？当然，或许他正因为知道血溅三尺已然无济于事，方才三刀六洞，以这种方式祈求对手饶自己母亲一命，那他可算是真正的大孝子了。至于是谁掳了他的母亲，又是谁砍下他母亲的那根手指，这不重要，周怜花明确说过她会这样做，李鸿远最后那句话说明，他同样是一个不惮于这样做的人。

瘦高汉子更是愚蠢，明知局势无可挽回，还意气用事，妄想学博浪沙一击，徒然送了性命，身后还要落下一个"勾结七顶山土匪"的滚滚骂名。

但，或许，马永财真是李鸿远的暗桩。下跪，也是演戏，虽然剧情有点拙劣。南坪袍哥的"四大金刚"已去其三，罗秦明又已身死，马永财就是南坪当然不二的舵把子。

哀伤已掏空蓬头妇人的身体。

她不再恸哭，僵直着身子，直视着雨幕深处沉默的人影，手指抠出身边硬地里的卵石。很难分辨得出她脸上滚动着的到底是泪水还是雨水；也很难发现她与自己到底存在着一个什么样的关系，刘无果的心脏还是不由自主地一阵阵抽搐。蓬头妇人突然嘎嘎怪笑，把手中石头猛地砸了过来，嘴里还歇斯底里地叫喊起来："滚开，你们这些杀千刀的啊。"

石块砸在刘无果头上，落在杨二脸上，再掉至地上。紧接着，又是几块。竟然不疼。石头上有血，不知是蓬头妇人的，还是自己的。刘无果护住杨二的脸，怔怔地看着这个状若疯癫的妇人。

雨水浇透了这个人世。又或者说，人世是一道恍恍惚惚的罅隙。坠身其中，唯有死之一字方才解脱。

所以众生畏果，菩萨畏因。

这句话跳入刘无果脑海，发出刺耳的铁器在玻璃上划过的声音。他闭上了眼，等他再次睁开，眼前多出一柄土布油伞。

伞，挡住石块与雨。是周怜花。她的脚步声比空中落下的雨点还要轻。她看了刘无果一眼，看了刘无果怀中的杨二一眼，看了那个失魂落魄的蓬头妇人一眼，目光转向大雨的深处。牛尾巷前，一队队人影喊着口令列队跑过。那应该是李鸿远在调度人手，整个南坪城已经拧上了发条。远远近近，鸡飞狗跳。

蓬头妇人不再去捡地上石块，理了下纷乱鬓发，伸指蘸血水在眉心一点，开口唱道："奴好似雨伞儿将伊遮盖，实指望同到老云雨和谐……"唱了一句，嗓子堵住，发出嘶嘶的呜咽，强自咳嗽，已是失声。蓬头妇人脸上露出惊恐的表情，再次涕泗横飞，慢慢镇定下来，张嘴无声地唱着。

这曲是她尚还姿容秀丽时，唱与地上那个一动也不动的人听过的吗？曲本艳曲，多为青楼女子深夜独坐的怨诉，下面几句是"谁知你寻着孔窍儿将机关败。有情怀里抱。无情便撑开。撇得我倚定门儿也。泪珠儿频频洒"。刘无果少时曾有耳闻，只听出水波潋滟。此刻再闻，却是说不尽的凄苦。

"哪里有棺木？我得把我这个兄弟放进去。"刘无果缓缓道。

"城南五里有棺材店。"周怜花道，"你是要这样走去吗？"

刘无果不答，举步欲行。

周怜花一叹："回屋吧。屋内还有床板可卸下。若去寻棺木，一是难找；二是就算找着了，只怕这位小兄弟更不能入土为安。"她说的是实话。土匪即将来袭，还不知会有多少人要死去。自己在南坪一日，杨二自可在棺内安歇；一旦离开，只怕不消数日便会被人掘开坟墓。他是杨二，不是刘无因，虽然他也是自己的兄弟。

"把他交给我。我会好好葬了他。算起来，他也救过我一次。"妇人小声说道，"你要不先回刘府。五叔已经神志不清。这对他来说，或许是幸事。你得回去尽快稳定人心。一旦城破，刘宅便为瓦砾。刘局长方才派人过来通报，七顶山土匪果然来了。还有，邻近数县的袍哥们也有异动。"

"刘宅还有什么呢，除了我哥那张画像？"刘无果注视着怀里这张被雨水洗得干干净净，嘴角仍残存有顽黠、笑与遗憾的脸庞，慢慢说道，"枪，我不要；烟土财物，我不要；田亩房产，我不要……我不去了。依你所言，就烦周长官葬了我这位小兄弟，我去老虎坑寻下他的母亲，带她离开。"

"你此时一个人去老虎坑，无异于自寻死路。"周怜花叹道，"无果，我知你是情深之人，我刚说了，这位小兄弟也救过我一命。待此间事了，若你我还活着，再去寻他母亲，你看如何？"

不知何时，那把曲儿颠三倒四唱着的蓬头妇人已止住歌声，脸伏在簸席上，任凭身边两个孩子的推搡及哭喊，再无动弹。从簸席下溢出的血更多了，像在唱着一曲哀歌。蓬头妇人的左手藏在下面。刘无果没有说话，他相信周怜花也看见了刚才那一幕：蓬头妇人的自杀企图，最后她也在两个孩子与两个成人面前成功地实现了这一企图。

工具是一根锋利的簸条。自己为什么没有上前制止？是因为清清楚楚地看见了她眼中的死志，还是因为她不是自己的兄弟姐妹，又或者确实觉得，

乱世

对她来说，死去比活着更好？但她这两个孩子呢？她死了，他们肯定好不到哪里去。

"你为什么不上前？救人一命，胜造七级浮屠。"

"为什么？为什么？为什么？"刘无果听见脑子里一个陌生的声音响了两下，便很快被大雨淹没。

天漏了，雨浇得人都睁不开眼。伴随着惊天动地的一声霹雳，他倒了下去，重重地，像一具尸体那样倒了下去。

数时辰前，他本会在季云卿枪下成为一具尸体。是杨二救了他。

他小心翼翼地踩过那一层层瓦，从屋脊凹处悄步退下，几乎怀疑自己在跃下的一刻，会看见那个梦魇里的没有五官的青衫老者。

他觑见躲在暗处把枪口对准马永财的杨二。他知道杨二一直想杀了那个跪在县衙门口的人，所以才瞄准得这样专心致志。他无意阻止杨二，虽然射杀一个跪下来的人不是一件光彩的事。他就是沉默地看着，看着土墙、土墙与树之间形成的阴影、杨二、那把枪托油腻发亮的中正式步枪、枪管上发亮的油渍，以及充溢在他们之间的大风。应该是街头的骚乱给杨二提供了从警局逃出的良机，不知他从哪儿弄来这样一把枪。他的枪法还有待提高，能杀人的枪法是需要一颗颗子弹打出来的。他这么想着，忽然望见从巷口一闪而逝的季云卿，马上追上去。他急促的脚步声，惊动了杨二。杨二说是刘无果故意阻止他射杀马永财，这话有点冤枉他了。然后……然后便是螳螂捕蝉，黄雀在后。这次，季云卿不再孤身，他也不是。

第二十一章　天黑下来

天黑下来，像闭上了眼睑。

天空中有着奇异的呼啸声，一阵一阵，像海面升起的巨大旋涡。偶尔几声冷枪，发出咯咯的尖笑声，与从夜幕深处坠落的流星一并划过天际。

浑身是血的刘无果坐于垛口下，望着铺天接地的星辰沉默不语。在他身边是几具龇牙咧嘴的死尸。尸体的另一端，是靠墙闭目休息的周怜花。她像是从烟火与污渍里钻出来的，但，睫毛依然是那样弯、挺、翘。她是女人中的女人，更是自己的嫂子、军统特务，她是否还隐藏着其他身份？不过，这些都不重要了。更远一点儿的地方，李鸿远挺身而立，手里捧着一只海碗，对着身边聚集的人群喝道："上敬战死的英灵，下敬涂炭的生灵，中敬这世道的人心。来，兄弟们，我们干了这一碗！"

他到底是一个什么样的人物？

与七顶山土匪的战斗已经持续了七天，援军依然未至。被李鸿远派去省城请求援兵的狗子，头颅正高高悬挂在城下一棵大树上。狗子是李鸿远的人，李鸿远没否认，也未给出更多解释；倒是周怜花在土匪来袭当夜，在王培伟所住居室内找出一台发报机，可惜发报机的专用电池已然耗尽，就是一个摆设。

李鸿远并不谙熟守城作战。开战日，土匪势急，檑木撞门，更有数门小山炮，局势几欲崩溃，处处人仰马翻。城内尚未肃清的土匪奸细，不甘蛰伏，居然还弄来一辆马车，内装柴薪积油，说是为城头守卫搬运物资，其实是妄想烧毁城门。若非周怜花一骑赶来，三枪毙马，那辆到了城门口的燃烧着熊熊大火的马车恐怕在五日前便宣布了南坪城破。当土匪那几门迫击山炮猖狂时，刘无果用团练局唯一一门迫击炮，与仅有的五颗迫击炮弹，打掉了它们。再组织敢死队，在黑三令人运土木填濠时，出城门反冲锋，打掉他们的嚣张气焰。旋即找到李鸿远，接过指挥权，将火力重新配置，使每层火力能独立交叉射击，其后一层对前层又能行超越与间隙射击。又让青壮年统一听号令向城下推石滚木浇油，复让李鸿远指派一组可靠之人作为督战队，凡后退迟疑不战者，就地枪决。

但必须说，若无李鸿远的组织，以及他手中攥着的武装力量，南坪城同样早破了。所有的青壮，都上了城头；所有的老弱，皆做了后勤，就连城中稚童也被动员，沿街鸣锣叫喊，到处张贴标语、漫画，还用说唱、表演等方式历数土匪之恶、城破之怖。可以这样说，整个南坪城，在袍哥骚乱平息的翌日并没有变成一团散沙，反而在他的带领下，成为一座坚固的混凝土防事。

这是一个奇异的极其强悍的意志。当城楼上的战斗进入最危急的白刃战时，这个书生出身的县长没有丝毫畏惧，捡起地上被折成两截的红缨枪带头冲上，把一个匪徒硬是挑落城楼。又在众人精疲力竭时，击鼓助威，鼓声浩荡。

这样的人，会是五叔与周怜花嘴里的那个贪婪之辈吗？这七日，刘无果亲眼看到了一个近似于铁打的李鸿远，不，不是铁，是钢。妻子之死，以及后来所面临的种种凶险，似乎不能在他心里掀起半点波澜，而当刘无果带敢死队反冲锋后回到城内要求接过指挥权时，他也只深深地看了刘无果一眼，说道："好。从现在开始你负责军事，我管后勤。"

这究竟是一个什么样的男人？他所图何物，所谋何事？怀中那张汪伪名单已经汗湿数重，而周怜花口中的"浮财、烟土、枪"仍然杳无踪迹。

必须说，若无周怜花，南坪城同样坚持不到此刻。七顶山土匪势力之大，出乎所有人的想象。除了三枪毙马，她还发现送到城楼上的饮水居然有毒，揪出一个潜伏极深的暗桩，担当起一个优秀狙击手的角色，接连击毙七顶山土匪的数名头目。更重要的是，她以一己之力阻止了季云卿对警察局军械仓库的破坏，又率领数名警察干净利落地镇压了几起小范围的哗变。

一只体态优雅的黑鸟从夜穹中飞落，歇在垛口，左右张望，嘴里吐出一串英文："How do you do？"是王培伟豢养的那只太平鸟吧？刘无果心头突突一跳。眼前，几个伤兵互相搀扶着，踉踉跄跄而过。其中一个，往嘴里灌酒，嘶哑着喉咙径自唱道："弃我昔时笔，著我战时衿，一呼同志逾十万，高唱战歌齐从军……"歌声渐至嘹亮，却是数年前唱彻一时的《知识青年从军歌》。刘无果的眼略有湿润，嘴里小声和着。已然割去坠马髻的周怜花忽然睁眼轻声说道："你说我们还能守几天？"

城下漫山遍野都是火把，也不知从哪里冒出这么多土匪。这些匪倒与李参谋所说的非洲草原上一种鬣狗颇为相似，平时单独或几只一起去猎食，一旦围猎大兽即成群结队数目上百计。不仅是匪，还有从四里八乡赶来的欲分一杯羹的袍哥行会之徒，以及被裹挟其中的民。民之一字，最是蛊惑人心。刘无果从怀里摸出那面已碎成两半的圆镜，嘴角浮起淡淡笑容，"你觉得呢？"

……

乱世

尾 声

故事至此戛然而止，像一条河流，眼看着要波澜壮阔，突然没有了。这让人眩晕，不舒服，让人情不自禁地想起传说中那段纪晓岚与太监的著名对话。

我把鼠标拉到文档的最后，不无遗憾地把目光从电脑屏幕上移开，努力地把那几个还在脑海里跳动的闪着光的名字一一摁入意识深处。这有点费力，脚底下的地面好像出现了一些大大小小的旋涡。但令我惊奇不已的是：他居然还保持着数时辰前在沙发上坐下的那个姿势，脸色苍白，眼睛浮肿，如同一株失去水分的植物。而当我的目光落到他身上，不到一秒钟，他那不知神游去了何处的灵魂立刻回到了体内，原本失去焦距的瞳仁中出现一丝细微的光。

"看完了？"

"嗯。"

"不想说点儿什么吗？"

"这是你们编辑干的事。我可不敢越俎代庖。"坦率说，我有点恼火。这篇小说比我想象中要好得多。正因为这个好，也更失望。作者写下来的句子像是舞会开始。最吸引人目光的不是那些健康美貌的少女，而是一个残疾人。因为种种人们所不了解的不幸，他失去双腿，可他嘴角的自信与脸上的笑容，让人无法不注意到他的存在，无法不对他抱有某种期待，像小时候我们挤在人堆里看《纵横四海》里的周润发——他也确实没有辜负我们，可这篇小说却没做到这点。换句话讲，这篇小说虽有许多瑕疵，但开篇的细密针脚与行文布局时的草灰蛇线，都让人欢喜动容；可到了第二十一节，笔触判若两人，像一匹原本走得不疾不徐的马，在临近终点时，突然以为自己生了一对翅膀，结果发起疯来一路狂奔。

"各章章节名为我所加……"他似乎看出我的疑惑，咳嗽着补充道，"你知道的，要有头有尾，尤其是在'碎片化'的今天，读者更需要一个完整的故事，这样，他们才能不那么费力地找出自己的脸庞、命运、心碎的激情，以及永远的夜晚。所以第二十一节是我补写的。我本来设想的结局是：周怜花为救刘无果死于一个黑暗之所，最好就是她与刘无因的那所小院，而且就死在刘无果之手——刘无果把她误认成季云卿。小说与电影里已经有过类似的太多桥段，老套，有效，总能煽情。你知道的，她死志早明。

"李鸿远呢，一个特殊材料制成的人，他不能是不法之徒。我想把他塑造成一个真正的英雄，这众多的'一个人的战争'里真正的主角。他才是情报组织'太平鸟'的领导者，刘无因不过是其中一员罢了，为掩护李鸿远的真实身份，故而求仁得仁。这样有点俗，又或者，他们是共产党内部两条路线斗争的代表，一个倾向于组建联合政府，主和；另一个认清蒋介石这个反动派的真实嘴脸，主战。主和的刘无因死了，对革命前途丧失信心，自杀。然后，李鸿远在围城战中壮烈捐躯；然后，蒋白兵营尸谏，李参谋率兵救了南坪，因为擅自调兵犯下大罪，功成之时饮弹自尽；然后，就剩刘无果一个人去投了川康边游击队。"

乱世

他脸上露出苦涩的笑容，"我不知道我是否能说服主编。发表一个已死之人的作品有点不吉利，不能给活着的人带来什么实实在在的好处。但，死是噱头，尤其是一个年轻女性写作者的自杀，也许会引来更多关注。王小波死了，人们这才惊讶地发现他存在的这个事实。主编或许会同意的。你别误会我的意思，我不是说她这篇小说在语言与思想上有什么特异之处。我们都能看出问题。许多的问题，不比月球表面的环形凹坑少。比如那面碎成两块的圆镜，文章中曾两次提及，它至少还应该出现一次，敷衍出一段人心悱恻的故事。还有开篇提到的山羊、刘无因手录的《心经》等，既然它们出现了，哪怕只是一次，也得在后面有个故事来呼应……这并不难。她给我的可能只是三分之二的内容。

"我是说，她这样悄无声息地死去有点可惜。这是一篇有质量的小说。我做编辑这么多年，见过许多有文学才能的人。她有点与众不同。怎么说呢，我不明白她这样一个年轻的女人为什么会关心起国家，还是一个七八十年前已经从绝大多数人记忆中消失的国家，那都是一些与她的人生经验没多大关系的事，又因为时间久远，写起来必然费力。她给自己选了一个有难度的题材。

"我一直好奇，抗战胜利后，共产党虽从区区陕甘的一方割据势力，发展出上百万人马，但多为毫无军事训练的百姓，而国民党军五百余万，军队的装备、作战的技术和经验，以及军需补给粮秣弹药无不占有绝对的优势。空军、战车以及后方交通运输工具，如火车、轮船、汽车等，重要的交通据点、大都市和工矿的资源，也完全控制在他们的手中。更有蒋介石，是国际承认的抗战统帅，民族领袖。天时地利人和，无一不在国民党方面，共产党却赢得最后的胜利。这是为什么？她给出一些隐约的提示。或许她自己没有明白这点。毕竟在文本中收割麦穗的，是读者。

"我想帮她一把，使她的死不至于这样轻。若运气再好点儿，还有可能改编成电视剧。我认识一些制片人。从严格意义上说，我撰写的第二十一节，是草稿，是要被删去的。若创作剧本，不管是电影的，还是电视剧的，她那个开头也显然不行。我草拟了一个，就你在文章前面读到的那一小段楷体字。我都想好了，就拍电影。整部影片围绕着丁默邨拟的汪伪名单。你注意到了吗？小说的背景是一九四六年五六月。六月二十六日，蒋介石撕毁《停战协定》，以郑州'绥靖'公署主任刘峙指挥十个整编师，对中共中原军区部队发起大规模进攻，致使全面内战爆发。这份汪伪名单中的某人现就任'绥靖'公署参谋部，掌握着蒋军的兵力部署情况及一份绝密的作战计划。土匪黑三就是在'某人'的授意下对南坪城发动攻击……而刘无果也要在这个故事中完成成长，从一名国军少校转化为共产主义战士，最终成功送出名单，使中原部队能早早拟订针对性的突围计划。剧本的开头呢，那就是刘无果与蒋白在驻地遇到被群众围殴的汉奸；中统来人，出示上峰批文，说这汉奸其实是地下工作人员，不仅无罪，反而有功；蒋白与之发生冲突……而这个汉奸在几个月后已成为'绥靖'公署参谋部'某人'的秘书。

　　"我说得有点绕。你能明白吗？刘无因与刘无果是兄弟；王培伟与五叔是父子；李鸿远与长脸妇人是夫妻；周怜花与刘无因、王培伟是情人，与说书人是师生及情人……她留下的线头有点多，我还没有想明白怎么把这些线头都天衣无缝地焊接成一个结结实实的文本。医院突然打来电话。他们在她兜里发现一张我的名片。半月前我递给她的。她的兜里只有一张我的名片、三元五角钱、一个写满字的小作业本。我本来想去试试运气，找到一个存有全稿的U盘。没有，就那点儿东西。我想她对我一直怀有一种隐隐约约的期待。这种期待是有截止日期的，是悬在她头顶的达摩克利

乱世

斯剑。她死了。我至死也不知道她的名字。你还记得《日瓦戈医生》的结尾吗？"

他停顿下来。

他说的话有点颠三倒四。我能明白，包括那些他没有说出来的。但我不觉得他说的有多好。剧本是一种写法，小说又是另一种。这是两种不同的艺术形式，有着各自的唱念做打。

他在这两者之间摇晃不定，被事件本身的偶然性与戏剧性随意摆弄（他甚至误以为是自己在操纵它们）——这种文本看上去无穷数，实际上通过几组原型就能概括其变化，预测其情节递进、人物关系等，犹如扑克牌，54 张，高手间互相打几张牌便能明白各自的底细。而在我看来，这位不知名的女性所渴望营造的却是量子力学里的一个"叠加态"，文本始终被一种不确定性笼罩着。哪怕是人之死，也无法对其最终的身份做出盖棺定论。她是在试图描述那不为人意志左右的命运，以及蝴蝶效应。

比如王培伟的死。从通常的写作技巧来说，这很煽情，却有败笔之嫌。他死得太早。就算死，最好能使他陷入"她活他死；或他死她活"的两难困境，但命运不可设计，又或者说"人的命运"高于一切。一个人，因为国族大义牺牲，这是大家习以为常，乃至于熟视无睹的；但世上从来不缺乏冲动赴死的人——就像《色戒》里的王佳芝。小说因为这样的"败笔"呈现出一种不对称的让人愕然的张力，让人感觉若从悬崖滚落。而从种种草灰蛇线来看，王培伟的自杀并不是目睹"通奸"后的冲动抉择。她已多次暗示他政治信念的破产。他发自内心地厌倦了这个"生而为人"的残酷游戏。要摆脱那张血腥的人皮面具，唯有死才能一了百了。所以他明知汪伪名单藏匿何处，也一直不把它送呈上峰。他的死，与刘无因的"自愿饮毒"有着心照不宣的默契。

刘无因是一个"罗生门"式的人物，在众人的回忆中，他的影像时而清晰，时而模糊。他好像一直在用一双疲倦的眼看着我。他是地下党，同时又隶属于乡绅阶层。不久，随着传统中国的土崩瓦解，他所在的阶层将作为剥削者被他所从事的革命事业彻底打倒。他否定了自己。他的死是一个心灰意懒的预言，一个颇堪玩味的象征？这只是"读者在文本中收割他们所渴望的麦穗"。或许刘无因就不是地下党，不过是一个相对强势的乡绅。他拿着汪伪名单待价而沽，结果被周怜花杀了，"自愿饮毒"是她的谎言。这篇小说的核心是军统特务周怜花与地下党李鸿远的一决雌雄……

总之，她好像是试图让文本从"人之命运"的维度（而不是蒙太奇、拼贴、元叙事等现代写作技巧），摆脱单纯的线性，形成复杂的旋涡。而要理解这个旋涡的异乎寻常，就需要读者摆脱过去的阅读经验，不仅仅是去理解"它说了什么"，还要能调动更多的智力与耐心，更深地进入到旋涡中，去重新连接，乃至于想象人物关系、因果变化，对现有这个叙事过程所拥有的种种维度，再做出只属于"他自己"的呈现与阐释。她所留下的就是一个开放文本。我这个朋友写了他的第二十一节，其他读者也照样可以勾勒其他可能，所谓"艺术品是一种根本上含混的信息，即多种所指共处于一种能指之中"。

真是这样吗？

那这个脸上有疤的女人就应该是这个时代的文学大师了。

我笑起来。

我的朋友似乎并没有注意到我的嘲笑，喃喃地又重复了一次，"你还记得《日瓦戈医生》的结尾吗？"

我当然记得。我读过这本世界名著。最早一次是在孩提时的被窝里，借助于一只手电筒，我第一次领略了"人生，革命，国家的前途，个人的

乱 世

命运，爱的嫉妒与羡慕"这些词语的景观，也看见世界这条壮丽的河流是如何在一些人体内流淌，并留下残骸、隐秘的养分、微弱的光。

"你说我还能怎样爱你？当我的世界变得越来越孤独。我是多么渴望《日瓦戈医生》里的那个结尾。在熙熙攘攘的人流中，我看见了一个酷似你的人影，便追上去，突然心脏病发作倒毙街头，至死也不知道那个女人究竟是不是你。亲爱的，我不认为自己是日瓦戈医生，也不以为自己是帕斯捷尔纳克，我只是这样想念着你。"他喃喃说道，从怀里小心翼翼地掏出一个小作业本，脸上像套了一个我完全没有见过的面具，"当我读完它后，我就没法再继续写下去。"

他在说到"熙熙攘攘"时口气有些古怪，嘴唇在哆嗦。

他那条招致妻子勃然大怒的微博最后四字也是"熙熙攘攘"。我不清楚这两者之间是否存在某种隐秘的联系。许多话我们说出口时，并不能确切地知道它全部的含义。词语是自在之物，能承载，能溢出，所以人世才会有这样多的因缘与误会，我才有机会听到这个只属于她的不幸，以及阅读到她留下的这样一个让人胸口发闷的文本。

我接过这个皱巴巴的几乎没有重量的作业本。它的封面上沾了一小块血迹，形状宛若蝶之翅翼。是在文具店里随处可见到的那种廉价作业本。胸腔里有略微的疼，我深吸一口气，望了朋友一眼，把它打开。作业本上的钢笔字迹清秀娟丽，一丝不苟。她用了两种字体，大部分是横平竖直的宋体，小部分是婉雅柔逸的楷书，是"虞体"。这种书写需要足够的耐心。曾几何时，这种耐心并不稀奇。我与我的朋友作为大学文学社团的成员，都使用过这两种字体去手刻油印；但在今天，这让人吃惊，简直称得上是奇迹。阅读，有耐心的阅读，会让文本（那个布满种种纹理，像石头一样坚硬的东西）慢慢地有了玉器的形状，成为"更有价值的艺术品"。这种有耐心的书写又会带来什么？我揉了下眼睛。

我确信：她写下的第一行字，即是我曾在梦里无数次看到的一个句子。

《爱这个世界：写给未知的自己》

1

世界是一只充满陈词滥调、呜呜响的大海螺吗？

我不清楚为何这个句子会第一个跳出脑海，像一条背鳍青黑的鱼。我嗅到它通体的腥味，还瞥见它的跃起并非是为了摆脱被猎食的危险，又或是因为饥饿。它只是奋力跃起，朝向那个突然出现在它眼前的夜空——这是它第一千零一次望见这个嵌满星辰的神奇之物，却是它第一次发现了这种不属于尘世的惊心动魄的美，所以它忘了它是鱼、地球重力、海平面下古怪阴沉的礁石、一只从云层罅隙里疾速俯冲而下的鹰隼，以及种种。

坚硬生冷的现实在等着它。几秒钟后，它会头破血流，还将尸骨无存。可这又有什么关系呢？寂静笼罩下来，是一根根看不见的透明丝线，串起了无数个在旋涡激流中跌宕起伏的词语。逼仄的小屋里到处都是神秘的微光，与众多匪夷所思的谶语图腾。我好像来到宇宙的尽头，处身于那间著名的小餐馆，眼前铺着白色台布的餐桌上，搁着一盘烤得金黄香嫩，还撒有碧绿葱末的鱼。

它们是同一条鱼吗？

我问坐在椅子上正举箸大快朵颐的自己。

一个个句子在屏幕上形成湍流——这是最完美的有序与混沌。

乱世

2

我对自己并无这等自信。

我总是在不断地写。总是在写毕最后一行字，才清楚地意识到自己错得有多么离谱——它们本该拥有更完美的呈现，如溪边茅屋，如床前丰腴少妇，如蝉翼，如把万物化作乌有的熊熊火焰。但我没有勇气撕毁它们。

"我不是卡夫卡，也不是果戈理。它们是我的血、我的肉、我的骨。"这是多么苍白无力而又矫情的辩白啊！

博尔赫斯说，世界是一间图书馆。书的总量恒定，不管人口与镜子的数量发生怎样的变化，也不管人类经历了多少个纳粹的"水晶之夜"与升斗小民津津乐道的"康乾盛世"，图书馆里的书不会增加一本，也不会减少一本。

这种奇异的现象让我沮丧不安，时常感觉到皮肤下面有许多昆虫在上下爬行。为了释放这些"被困的昆虫"，我不得不"总是在不断地写"，像一个可怕的可卡因成瘾者。而若尝试戒断，便马上出现心律不齐、呕吐、失眠等症状。

曾与朋友戏言：人的本质不是痛苦，是极大的痛苦。能有幸体验各种艰难困厄，在犹如星球一样庞大滞重的现实与个体心灵的SM游戏中，逐渐沦为一个绝对的、孤立无援的、纯粹的M，使日常生活无不具有哲学上的斑斓光晕，也不枉来此世上走一遭了。

"绝对的、孤立无援的、纯粹的"这三个定语，是三只特别凶猛的蚂蚁，会在半夜把我从梦中咬醒。醒来后，会看见自己的眼泪，会不知道自己为什么醒来。

"在这个无赖且贪婪的国度里，要保持热情与爱，是困难的。但唯有困难，才能不断创造新的自我，摆脱乏味与平庸。世界尚在成长时。"是谁在我耳边喃喃低语？

我的身体里有龙。

3

一本书，由无穷的点、无数的线与无限的面所构成。它不是沙之书（这是一个过于炫耀的智力游戏）；其内在结构也不是"不可能的楼梯"（我讨厌这种利用人固有缺陷进行的视觉欺骗）。我在梦里看过几页。

我知道：它确实存在着，比现实更广袤，比所有人的光阴加在一起还要漫长。

这些小故事都是这匆忙一瞥间的速写。

我希望它们是一道开放性的多元N次方程，是在向读者提出要求。因与果，被关键词包裹着，犹如橄榄核。把它们放在嘴里咀嚼的人是有福的。他们将品尝到智力与情感上的双重愉悦——这肯定比纯粹的感官刺激更彻底，或许是一千零一倍。

不知道自己是否做到了。但我还是一厢情愿地希望它的滋味能给读者带来惊喜。"希望"这个词最是蛊惑人心，仿佛半夜讲着甜言蜜语，四处捕食灵魂的鬼。

曾几何时，我在谈论为什么要阅读时说：

因为它帮助你发现孤独——抓住它，你才可能真正理解"这个黄昏，抑或那个吻"的意义。它们必定不是通常说的那样。这是一个有关于自我认知、自我觉醒与自我"溢出"的旅程。为了让它更

乱世

加妙趣横生，阅读还将赠送出一份特殊的礼物：几个一辈子的，不被距离、时间、生硬的现实所改变的朋友。

亲爱的读者，希望我有这个荣幸成为您的朋友。

这是我写在一本书后面的跋。在把书稿寄去图书编辑后，被认为"文学性太强"，不利于图书的销售，建议删去。这有点难以理解，我最后还是心平气和地接受了建议。

我的妥协没有换来这本书的顺利面市——尽管它的题材及所书写的城市背景，有点畅销书的样子，但它到处都是可疑的"文学性"，这意味着市场风险。我有点难过，但还是理解那样与我一样难过的图书编辑。我们互相安慰，诅咒着这个见钱眼开的世道，隔着千万里的距离；他在办公室。我在网吧。我们都在QQ上。

几秒钟后，我关掉QQ。我与他擦肩而过，像两条线交叉形成了一个"×"。

我是"傻×"，我恨自己的妥协。

我确实是贪图那一点儿版税。我不关心"金钱是人类最伟大的发明"之类的话题，我需要钱，比树需要水的愿望还要强烈——毕竟它们的根深扎于大地之上。而我只能踉踉跄跄地走在暴戾的阳光下。所以我很奢侈地去买了一瓶农夫山泉，把水一点点倒进焦渴的喉咙。我需要钱。我可以不要倩碧、兰蔻、雅诗兰黛，但我需要飘柔、护舒宝、六神花露水；我可以不要海鲜大餐、音乐会、IPAD，但我需要盒饭、图书与电脑……至于男人，这种傲慢的古怪生物，我就不需要了。

事实应该并不如我此刻陈述的这样，当我有了"飘柔"，我又会渴望着"倩碧"，可这又有什么关系呢？"人都是欲望的俘虏""人也必须成为欲望的俘虏"。前半句是陈词滥调，可人们都在陈词滥调中活着，像鱼活在水里，是那样自在。而后半句的实质是"欲望让人类提升"，所以我们才会来到今天，并为自己能作为一个人而自豪。

但我为什么能够说服自己"心平气和地接受了建议"？我应该学着历史上那些人物，用一种很憎恶的姿态接过别人递来的支票，可我居然"心平气和"了？

我很清楚资本的意志在对"文学"的阐释中已经握有越来越大的话语权，并且还会日趋加大，这是一个不可逆的过程，就犹如"公司"对传统语境里的"国家与民族"的跨越（"90后"出生的人或许有幸看到这个波澜壮阔的画面）——而是我突然觉得：

对于一本书来说，序与跋或许是多余的。

在整个人类历史上，知识从来没有像现在这样容易获得，随着移动互联网的兴起，人们已经习惯于把一所图书馆装进口袋随时备查。知识不再神秘，不再被垄断，不再是少数人的奢侈品，我们每天都活在"海洋"里，层出不穷的新闻、事件、词语等，无时无刻不在重新塑造着每位个体作为"人"的精神——从五脏六腑，到头发梢上的颜色。尽管不是每条信息都能让大家在第一时间意识到它所包含着深层的道德、心理和哲学的价值。但，人，确实在急剧变化着，他们越来越像一个"人"，而不是螺丝钉。启蒙不再是少数精英分子居高临下的权力，不再是一小撮人不容分说在输出价值观的过程，它变成了个体自我的觉醒。

一个现代性的开放社会正在蓝色星球上逐渐成型。

"人"被重新定义，被阐释，被不断解放。国家与民族等这些有限的组织形式，乃至于肤色、性别等原本不可更改的身份标签，

乱世

将不再只是束缚，而成了思维出发的起点。个体的人正在全球视野下与整个世界互相生成。这是人类史上从未有过的变化，堪称奇迹。

所有的人都是诗人，又或者说，诗人寥若晨星。

两者同时并存于一个时空内。那些寥若晨星的诗人之死，是古典社会魂魄的最后一声喊叫。它所祭奠的是一种已然逝去、不可挽回的田园牧歌式的美学。每个人都是他自己的事件。还有什么比从自己手下流出的句子更具有惊心动魄的意味？在这个从神至英雄至个体的叙事过程中，古典诗人已逐渐丧失他所有的光芒。人，在成为他自己的上帝，他说"要有光"，世界便有了光。

换而言之，序与跋无非是一个供众人辨认我之脸庞的标签，除了满足一些廉价的好奇心、沦为茶余饭后的谈资，又有什么意义呢？卡尔维诺在编选其中短篇集子时抱怨道："我听倦了人们对我以前写的那些东西说'容易'，所以我到处写下'艰难的'这个形容词，于是，大家现在一致认为它们是'艰难的'。但我仍然留在原地，我对于世界，对于与世界关系的犹疑没有得到解决。"

我这只"母鸡"为什么下出了这样一只蛋，毫不重要。

这是一个"六经注我"的时代，是一个热情与智力极大丰富的时代，这是一个众声喧哗不惮于"娱乐至死"的时代。人们并不需要我来告诉他们应该怎样阅读——他们很快就洞悉了那些所谓的人生导师的伎俩与耍的小把戏。而关于我的所有一切都不可避免地被遗忘，又或者被极大的偶然眷顾，成为那个大海螺上面的某道可疑的痕迹，包括我所撰写的这个文本。它根本的价值只在于出现在"此处此时"，甚至不在于被阅读。

它所要回答的是：作为一个人类之子的我，是如何"认识自我"，

"认识到自我的贫乏"，继而"摆脱自我"的过程。

　　至于能否成为那条横亘于空、壮丽的人类精神河流里的一颗微不足道的水滴，那是意外，是惊喜，但不重要。河流不会因为缺少某滴水，就不再是河流了。少了张屠夫，不吃混毛猪。从某种意义上说，人类社会最接近"存在"本身，就如同被子弹射击过的天空。不管发生了多少次天一阁之灾、隋炀帝运河沉船之类的"聚天下重宝而毁之"的事件，它自始至终都掌握着自己的命运，不断进化，不断趋于复杂，浩浩荡荡，不舍昼夜。

　　社会，野蛮生长。它创造了我，我以我的方式回报它。是这样吗？价值判断极其复杂。明辨是非是世上最困难的事。人都不可避免地被某个的道德观所绑架。要想获得真正的自由，唯有踏尽千山万水，最后摆脱"自我"，摆脱那个由事件与时间堆积而成的偶然。而在此之前，人必定被他们所睹见的只言片语所吸引，犹如扑火的蛾。作为一只翅翼被火焰撕毁大半的蛾，我还能说什么呢？灰烬在等着我，但我还是很高兴作为蛾存在过，并且在此刻就认为：所谓文学，就是这只蛾或那只蛾翅翼上的一块神秘的图案。

　　"我"不重要。

　　那什么重要？是时间吗，那个在某一时刻毫不犹豫地把将相王侯与贩夫走卒统统清零的伟大君王？

　　时间曾是一种人所创造的理性秩序。人，作为时间的尺度，丈量世间万物。但在暗物质、夸克、类星体的能源、为什么会出现不守恒，这四朵"乌云"下奋斗着的物理学家告诉我们：时间的概念已经发生根本性的改变，它不再是先于物体存在的先验之物，甚至也不是爱因斯坦所描述的那个能告诉物质如何运动的弯曲之物，而

乱世

是与空间一起涌现，就像是水与"水面"，在午后阳光的照耀下，它们一起顺着溪流来到人们眼前。

"水面"静静地浮在水上。

鱼在水里，云在"水面"。它们每时每刻都在发生着奇异的化学反应，此刻是柳宗元的《小石潭记》；彼时是曹操的《观沧海》；再一眨眼，又成了朱自清的《桨声灯影里的秦淮河》（老实说，这篇文章写得一点儿也不好。）。

定睛去看。

一切现有的知识不再具有固定不变的权威属性，皆可修正，犹如"水面"荡漾着的圈圈涟漪。原本被人相信可以无限接近真实的历史已被修正为"叙事的策略、修辞的结果"；而质量，这个奠定世间万物的词语，似乎不再是"物质所含粒子数目的多少"，而是"移动物体的难度，或者更精确地说，质量是使物体加速的难度"。任何领域，不仅是人文科学，也包括了社会科学与自然科学，都要被切割、被重置、被再度挖掘，这意味着风险、头晕目眩与心乱如麻、更多的可能，以及犹如晨曦的启示。

青年问大师："四季循环，昼夜更替，为什么会有这种自然规律？"

大师思索道："你看天上恒河沙数，但它们都有自己既定的运行轨道。但凡我们能够描述的事物，都会有它自己的规律。"

于是，青年人在沙地上写出了薛定谔方程[1]。

我到底想说什么？

我阅读过大量的文本，它们是苹果、阳桃、青杏、梨。作为"水

---

[1] 薛定谔方程表明，在量子力学所描述的微观世界里，粒子以概率的方式出现，没有规律。（这个有趣的小故事，来自最近在豆瓣、微博、人人网等社交网络广受学术青年追捧的"禅师体"。）

果"中的一种，它们几乎是完美的，是上帝借作者之手所行的神迹。但我想找到"水果"，找到"水果"后面的上帝——那个同时包括了混乱与有序的湍流。

是的，湍流，犹如暴雨将至。

天穹一半明，一半暗；在这个伟大的天穹下，在众多低矮的丘陵上，在Z字形的蓝色闪电与震动苍茫的列缺霹雳间，我，一个渺小的人，来到了这里，看到了众多逆流而上的鲑鱼、寂静绝美的河流、一只被挑战者打败随时要死去的狮子；看到了愁容男子、蓟县大火、乌托邦与城市迷宫、肆无忌惮的谎言、不屈的心灵、因为丑闻身陷囹圄的总统、苹果手机与安卓系统、"三公"消费……

有缘阅读到这些文字的人啊，请原谅我在这个"由空间、时间、物质和能量所构成的统一体"前的惶恐与不时溢出的孤独。世界的本原或许简单，只是一个上帝粒子①，但作为其表象，它极其复杂，并且日趋复杂。对复杂性，以及对产生这种复杂性的那个意志的理解，区别着你我。但我们的惶恐与孤独仍然一模一样。

那个醉酒的妇人来到镜子面前，惊呼："这是我吗？"那个在昆德拉《搭车游戏》里的姑娘，冲着空荡荡的公路含泪呼喊："我还是我啊！"

我们已经告别了古典家园，脚下是一块块疾速移动的碎片，但我们不是孙悟空，我们翻不起"筋斗云"。这些碎片有五种基本笔画，不断拼写着我们的名字，横撇竖捺直。它还像一个马列主义老太太，

---

① 2012年7月4日，欧洲核子研究中心的科学家们宣布发现了上帝粒子。这是人类探索宇宙秘密的里程碑式事件。被称为40年间最大新发现之一，堪比登月。在我看来，文学与物理都是探索宇宙之奥的"渡江之筏"。人即宇宙意志的一小团凝结。

乱世

不时从路边高过头顶、被修剪整齐的灌木丛中，跳出来，一把扯着我们的衣袖，用不容置疑的口吻宣称：

人，不仅是时间的尺度，同时还是空间的产物，是这些短暂易逝、大小迥异的碎片的总和。但"这里的我"与"那里的我"，就像两个陌生人，而他们之间唯一的联系，似乎就只剩下那个问号与感叹号。人与人的关系，包括他与他体内的那个魂灵，已经不再是几条清晰可见的线性逻辑可以描述，而是"云"，几无秩序，难以预测。

4

我们写东西，是因为想写。在监狱里，哪怕被狱卒喊作12345，萨德同样能用鹅毛笔蘸着血与粪便进行最疯狂的书写。肉体也是牢笼，受生老病死苦痛折磨，人不能说因为肉体所承受的苦，就不能书写了。存在的只是幻影，万物终归我心。唯有痛苦才能唤醒匿伏于体内的种种才能。在子弹击中额头前的一刻，濒死者看见了那个六角形、落满灰尘的图书馆。

为什么要写，是因为我们还能写，这是造物最慷慨、最神奇的赐予。这是人行走的地，一切荣耀皆因人所受过的苦。在不可避免的衰老与随时可能造访的死亡来临之前，我们与肉身保持着距离，用观念、对这个时代最大的热情，虚构之刃，以及未受现实戕害的语言，记下玫瑰的名字、墙壁上的斑斓光影、仇恨与欢喜、一对男女面对面的缄默。

为什么写作？因为要看见那些看不见的，要听见那听不见的；要挥舞着鞭子把现实从一个人的空间赶走，要让那具灰色的钢琴在熙熙攘攘的人流中演奏。这个时代让我满心欢喜，它的丑陋让我歇斯底里。我是临危授命的将军，带着笔与体内躁动不安的热情，仿佛是来自另一个世界的存在，仿佛是那穿过地球的光与亮。

文学是哲学的开始，是科学的开始，是人的开始。当人第一次走出洞穴，世界开始了。现在的中国文学，多有世相，有皮囊；但无魂灵，无形而上。就是在文学圈内，文学也早已沦为一个话题，不是它本身，不是一场大雨、那粒种子、这个背影。这不是文学的错，文学从来都是极端个人的行为，不可能像流水线一样分工协作、批量生产。至于其溢出，被阐释，被歪曲或误读，是另一回事，是正或负的附加值。

个体，一座座彼此凝眸的孤岛。水联系着他们，又在岛屿两端激起众多旋涡与白色的泡沫。这是悖论。"能够说出来的文学，不会是真正的文学。因为'说'就是一个打开盒子的过程。盒子一旦打开，那只薛定谔的猫就只能是活，或者死。但我们又不得不说。"

就是那些纯粹的缪斯信徒，也有走得快的，走得慢的，偶尔并肩同行，又很快渐行渐远。因为文学就跟人的历史一样，并不存在着一个绝对的箭头。"科学的或任何别的合理方法都不可能预测人类历史的进程。同样，它们也无法勾勒出文学所有的斑斓图景。就算是已经把电磁、弱、强力统一起来的标准模型，也最多能解释百分之四已知宇宙，而对更多的未知无能为力。"

人心深若大海，哪怕是这颗心的主人，也会在某个时刻惊恐地瞥见十万英丈的水底那只可怖的深渊怪物一闪而逝的身影。所以我们说"人人体内都有个萨德"。

对于我个人来说，文学就是文学，不是玩，不是赚钱，就是我与社会互相生成，就是我与世界签下契约。我不是生而知之的人，

乱 世

故用这种方式开启认知之门。至于自我之溢出，那就是随喜随缘。

此刻，是北京时间二十三点三分零五秒。我在一间陋室里看着窗外。月光是一件轻薄美丽的纱衣，落在窗台上，亘古不变。把月光穿在身上的女子，在一个我看不到的地方，载歌载舞。但我听见了她身体里溪流一样的声响，是那样美妙动人。

曾几何时，拜读过一篇年轻姑娘写的博士论文。她借用托马斯·品钦的《万有引力之虹》，论证着时间之物（历史）的吊诡及其种种修辞手法，指出碎片化的来龙去脉①，从另一个维度进入这个看似由纷乱无序的碎片拼贴而成的文本，帮助读者离开"这一边"的故事层与牛顿力学所提供的日常经验；进入"那一边"的叙事层，一个由广义相对论和量子力学与现代物理学所建构的秩序里。在云层中往下俯瞰，我们能窥见这个小说文本里埋藏着的"那个犹如湍流一样"，令人瞠目结舌的，不属于"三维空间加一维时间里"的全息影像——尽管我们所能窥见的，不过是些雪泥鸿爪而已。

"小说是四维的，乃至更高维度的"。

时空观是小说的基本，它决定着日常与艺术的区别，也预言着小说未来的面容。我不知道有多少写作者听说过 M 理论，这个由威滕推测存在的，被霍金在他的著作《大设计》认为可能是宇宙终极

---

① 人，为什么会沦为"碎片化的生存"，这是现代性的馈赠，还是惩罚？但不管是什么，这已经是一个不可逆的过程。我们已经不能从"海洋"重返"陆地"。物理世界的连续性在信息社会里已经被肢解得支离破碎。我们不清楚人是什么，越来越多的与我们心灵息息相关的血肉体验，被支配互联网的数理语言毫不留情地摒弃——再怎样发达的社交网络也无法彻底取代人所需要的"面对面"交流。知识被强行转译和分割为计算机可识别的信息，整个人类的知识谱系正在被互联网，尤其是移动互联网（它使人从"静止"，转向了"移动"，这是一个革命性的改变）重新书写。

理论的 M 理论。"M 在这里可以代表魔术 (magic)、神秘 (mystery) 或膜 (membrane)，以及矩阵 (matrix)。依你所好而定。"这是句谑语，因为我们确实不知道自己在面对着一个什么样的意志，但能清楚地肯定总有什么东西是在我们所能理解的四维之外。用一个不恰当的比方说，我们就是科学家所描述的那只二维平面上的蚂蚁，尽管三维空间存在着，但我们只能向前，向后，向左，向右。不仅如此，我们还一致觉得那个正在赌咒发誓"三维空间不是神话"的蚂蚁一定是疯了，当然，我们是仁慈的蚂蚁，不会送这只可笑、又可怜的蚂蚁去精神病院，我们只是在嘴角露出会心的笑容。

亲爱的人啊，我们一直都在时间的洪流里，被种种幻觉、问题与主义、集体无意识、记忆与经验所支配摆布，身不由己，声嘶力竭；我们，能否成为一只离开桌面跃向空中的蚂蚁，去看一看另外那个由振动的平面构成的七维空间？也许它是云纹绸样的，也许就是潘多拉盒子的形状，可不管它是什么，总得去看看吧。人世固然有众多欢喜，但皮囊这东西，用用也就旧了；又或者说，再好的皮囊，也就一个 LV，摆脱不了被占有的命运。

"小说是四维的，乃至更高维度的"。

请允许我再次重复它。我觉得就当下而言，这十三个字无论怎样强调都不过分。现在都是 21 世纪了，若人的小说观还停留在 18 世纪斯达夫人给出的界定，简直就是活着的人的耻辱。小说不应该再是"流行的通俗"，它得作为一门现代艺术，才能"向死而生"。所以我一再说"小说为大"。这个大，不仅仅是一个体量上的增加，是海纳百川的那个大，是须弥与芥子的何者为大，还是一个维度的高。

而要认识这个"高"，就得重新发现空间。

乱世

空间曾经是"硬盘"，承载着人的肉身，记录着其举手投足、喜怒哀乐，与世界的种种关系；但它现在不仅仅只是"硬盘"。它与时间相伴而生，会湮灭，会蜷曲，会"量子跃迁"。我们的手指尖上可能存在着无数个直径不超过一毫米的高维宇宙。这些空间也都是写出《小径分岔的花园》的博尔赫斯所不曾知道的。

现在，我们知道了。

"如果说宇宙就像一部影片：正在放映的影片是现在，已放映过的构成过去，尚未放映的构成未来——我们是兢兢业业的演员。那么，谁在播映，谁在观影，谁在影片结束的那一刻哈哈大笑？"人们在时间制造的诸多"真实不虚的幻觉"中已经待了五千余年，若能学会从更高维度的"空间"来看问题，或许他们将来到银幕的后面。

人可以首先是空间意义上的，这种思维方式的改变不仅意味着，人们有可能摆脱四维空间里的"思想的匮乏"①，从更高的维度获得另一种洞察宇宙之奥的力量，重新理解人与世界的本质，同时也意味着：人是有可能成为"那只跃起的蚂蚁"——不仅是在文学上。

什么是空间？

不仅是从甲地到乙地，从厨房的主妇到厅堂的贵妇，它还是这个维度上的"高"。用个不恰当的比方来说，大家都坐过飞机，就个人体验来说，当我在地面行走目光平视时，就不可避免地陷于种种纠结中，被各种乏味的人际关系、自我的贫瘠与激情的躁动反复折磨。但，当飞机跃起，滞重消失了。这个"高"带来的不仅是"轻

---

① 为什么哲人说"太阳底下无新事"？因为四维空间是一个封闭的系统，悬浮其中的尘埃布朗运动做得再随机，也终究有规律可循，至少可以通过概率来描述。这同时还意味着：熵。在一个极其漫长的时间尺度之后，万物不再有差别，所有的分子都停止运动，像一块死去的银锭。

盈"，更重要的是，那些不断扑入眼帘的包含了种种斑斓图景的云层，以及那让人情不自禁地屏住呼吸的光影奇迹与宇宙意志。

光有波粒二象性。人，这种"两足无羽生物"或许也是对这种现象最好的阐释。在某个时间节点，人只能在"这一边"或者在"那一边"，不可能同时出现在此地与彼处，这是粒子特性；而记忆、经验、自我意识、集体无意识等就是波，能够同时踩在跷跷板的两端。人与光，是这世界上最神奇的存在。

人从地面到空中的一跃，应该是哲学最深刻的表达。

它让我们真正领略了无限。同时，宇宙因为我们的注视获得"存在"。这彰显了人的意义，使我们有可能克服困扰着无数圣人大哲的虚无与荒诞感——若人是无意义的，又怎么能够看见宇宙的无限性？这不吻合逻辑。荒诞与虚无，是人对自身的狐疑与否定，并不足以让人突破大气层。

在这个无限的背景下，人自有其光荣未来。

佛说："一个日月所照为一个小世界；一千个小世界形成一个小千世界；一千个小千世界形成一个中千世界；一千个中千世界形成一个大千世界；而三千个大千世界是名为一个佛世界。"

有时很好奇与佛陀在一起参禅打坐的场景，很想把脑子里的"暴风骤雨"一股脑儿地全砸向他，看看这个古印度净饭王太子如何应付一个"用三千年时间武装到了牙齿"的无知之徒的辩难。想想也觉得有趣。古老东方哲学里的空间观，与在西方近代科学浇灌下发展起来的、量子物理学背景下的空间观，在今天居然以这样一种神

乱世

秘的方式，不期相遇。

佛陀拈花，迦叶展颜。

据说，这两个动作并没有时间先后之分。

5

"人，是即将毁灭的诗篇。所以每天早上醒来，我都如堕梦境；所以每天早上醒来，我都要告诉自己：要欢天喜地。"这是一个回到四维世界的我的叹息。但我知道，我们从一个房间经过，必定带来了一点儿什么，也必定带走了一点儿什么——这不仅是人生态度，也是事实。现在我在渴望着什么？是"一个女人，当我像山峰一样隆出地表，她能像河流一样陷入"，还是"我比你们所想象的更愚蠢，这是只属于我的傲慢"，又或者"我要这天，为我开眼；我要这地，为我一望无垠"？

多么可笑的人呢。

桌上有本书，是塞林格的《抬高房梁，木匠们/西摩：小传》（人民文学出版社 2009 年版）。三年前，我写了一篇书评谈论它。我在这里抄一段文字：

"抬高房梁，木匠们"，来自古希腊女诗人萨福的一首祝婚歌。意思是讲，新郎要进屋了，他的男根已经快翘到天花板了，所以木匠们啊，你们得赶快把房梁抬高。但这句谚语不适合西摩。他根本不打算勃起。为什么要像一个男人那样去战斗？那个作为责任、睿智、可靠化身的男人，是社会不断驯服的结果，而非自我进化的要求。公众语境里的"男人"这个词，在西摩看来，基本等同于窘境、无法言说的挫折感，最终向下堕落的肉体、虚妄的自恋、愚蠢、不可理喻、原罪以及不可避免的自我放逐与惩罚。所以婚礼当天，西摩不辞而别，并在那个本该浪漫的旅途上饮弹自尽，他不想成为那条"吃得太胖了的"香蕉鱼。他已经去过生命的内部——那个荒凉又荒谬的存在，那个七万英尺的海底。他不再愿意继续往极深处潜去（七万英尺的海底与十万英尺的海底能有多大区别？），与那只也许并不存在的大海怪搏斗。而作为书写过《麦田里的守望者》的塞林格，也着实厌倦了没完没了的"守望"——世界是屎橛[①]，谈不上好坏，又有什么必要苦苦蹲在那里？这很无聊。还不如"喝自己的尿、爱慕少女、只为自己写作、信奉佛教、尝试针灸、遁世隐居……"有趣得多。

世界，人类社会，又或者说真理，因为其绝对性，必然导致其内在结构的封闭性。这是一个熵。那神圣的，曾如铁与血的，曾激荡胸腔的，在这个不断向下的过程中，必然要沦为常识，最后为废话所包裹。西摩的自杀，塞林格的遁世，也都注定要成为人们茶余饭后的一道开胃的小甜点，不会具有任何值得咀嚼的核。

传说中的萨福美貌无比。当法官要判她死刑，她当庭脱下上衣，露出丰美的乳房。片刻，旁听席上爆发出震耳欲聋地呼喊：不要处死这样美丽的女人！对于我这样一个整日被种种古怪念头折磨着的人来说，《抬高房梁，木匠们/西摩：小传》便是这样一个文本意义上的"萨福"，它足够精致，美，有爱也有污垢凄苦，一如下午四点钟的树影。它靠氛围取胜，而非叙事技巧。这氛围来自于心灵世界。它由两个四万字左右的中篇构成，如同两面被精心摆放的互

[①] 僧问云门：如何是佛。云门曰：佛是屎橛。

乱世

照之镜，叙述者都是西摩的二弟巴蒂——塞林格的化身。它比大多数中国作家写得好一点儿，可以为我黯淡的日常生活带来一丝草木的气息。

还能说些什么？就在这里暂且打住吧。

若无众生，诸神寂寞。

跋

写作此书起念于 2010 年，记得当时有很强烈的窒息感，夜深人静的时候，总能看见痛苦从心底长出来的样子——这是一株灰色的枝干与叶缘上都布满尖刺的古怪植物。我突然意识到一个简单的事实：上帝造我，就是因为我可以为它提供养分。

我每天都在与它搏斗中。

我反复告诉自己：我的体内有龙。

但我深知，这只"龙"不过是"黑洞"的一种富有激情与煽动力的修辞。黑洞在吞噬我作为一个普通人对生活的感受力，无时无刻。许许多多的光线一旦逸入其中，便再难挣扎而出。我在等候着那个绝望的时刻，尽量在"那个时刻"到来之前，去学会心平气和——就像我在《旅人书》里所描述的那条鱼，终于认识到自身作为鱼的宿命，心甘情愿地在砧板上放平身子，不再抱怨，也不再诅咒。

但，我终究是没有学会。体内的那只"龙"有着无穷尽的吼声。在无数个一闪即逝的白昼与夜晚，海面上的水突然立起来。我在"水面"，眺望着海峡、厚重的云层、时间的洪流、虚荣与傲慢，以及人世种种。

乱世

我先写了一个三千五百字的大纲，发于几位朋友。令我感动的是，一个叫"海潮"的朋友居然根据我这篇大纲撰写了一个三万余字的故事。谢谢她这种别出心裁的鼓励方式。我再重拟了一个五万字的小说梗概——说实话，自己很不喜欢。它太像对《让子弹飞》的一次拙劣模仿。我毁掉它，继续重写，我想让更多的现代性注入这个古老的故事模型，让读者用他自己的想象与经验，分析人物的行事逻辑，去绘出人物的脸庞、最终的命运——就像我在楔子与跋里设计的那位"文学编辑"。

　　再简单点说，我想提供一个益智游戏，摆出一盘残局。

　　而在玩这个游戏的同时，读者还能对一些历史问题发生兴趣。

　　这篇小说最早取名是《一个人的战争》。

　　为什么是《一个人的战争》？

　　因为，我们，我是说我们每个人，最后必然都是"一个人"，不管他曾经握有多少权力，堆积起多少令人咋舌的财富，与爱人有过多少动人心弦的缱绻缠绵，书写过多少亮若晨星的文字，生了多少个孩子，又扮演了哪些对整个人类社会影响深远的社会角色，他都迟早会发现自己是"一个人"。

　　"一个人在世界上"，这是人的实质。

　　"一个人的战争"，是一部分人为自己选择的生活方式，自始至终，这种人始终不肯向生活低下头颅；相对于更多数人，他们总要显得格外笨拙、异类、低情商。

　　所以我虚构了一个女人。她可能是缝衣工、商场售货员、无业游民、"北漂"……是什么不重要，她对文学有热情，她在不停地书写，并试图通过她的才能获得一点儿"面包屑"，她失望了，死了。

　　这几乎是所有热爱文学的人不可摆脱的结局，是支撑起文学这座金字塔的无数文青们的命运，也是那极少数有幸攀上塔顶的文学大师们所无法绕过去的话题，"死"每时每刻都在他们的体内呼吸、生长着，随时会跳出来，像一条狼，把他们一口吞掉。所以茨威格在曙光即临时与妻子一起服毒、伍尔芙告别心爱的家人独自走向深夜的河水、海明威把猎枪塞入喉咙、川端康成拧开煤气阀、傅雷悬梁、老舍投湖自尽、三岛由纪夫切腹，托尔斯泰在八十二岁高龄离家出走独自在一所风雪交加的小镇溘然去世……这个名单犹如 π 一样永无止境。

"一个人说死就死，只是一息之差，人间的一切都不再和他有任何关系，所有的亲人恩断义绝"。

忘了在哪里看到这句话的，我记住了它，还记住当时眼里不可抑止的泪水。所以没有人知道这个"陌生女人"的来历，她的口袋里最后只剩下"一张别人的名片、三元五角钱、一个作业本"。这个世界与她不再有任何关系，不管她写下的作品是已被付之一炬，还是因为极大的偶然有幸发表、出版。她甚至不是一个"0"。

偶然的生，必然的死。

"所以，作者之死，是一个富有启发性的隐喻，意在推翻时间这位伟大的暴君？"

"所以，死者是对生者的祝福，他在后来者必经的路上留下了水与面包？"

"所以，我必须反复告诉自己——我不需要幸福。人之骄傲，或许就在于不去苛求那些并不存在的？"

我像个贪婪的孩子，明显因为吃得太多消化不良，又死死地抓住脑海里那些问号，不肯撒手。

绝望挤了过来，几乎要挤碎内脏。

"亲爱的人啊，你能否告诉我，如何才能理解人类所曾经历过的全部

乱 世

情感？如何才能确信'我现在所感受到的就是痛苦？'——不多一分，不少一毫。"

一个人在房间里号啕痛哭。

一个人看见"梦，是猛禽的形状，以血肉为食"。

我们都在世界的罅隙里挣扎喘息，梦想着"梦想照进现实"，梦想着千里眼、顺风耳、一个筋斗十万八千里、梦想着自己能从这个圆形废墟里蹈火而出，梦想着"一声喊叫"就从日常经验里那个不容置疑的秩序里逃离，梦想着"十一维的宇宙"的神话与传说，梦想着"执子之手将子拖走"……所以，我用这个"陌生女人"的身份把一些东西塞入文本，让叙事不再理所当然，不再是一个必须要完成的过程（如同人生），它可以蜷曲、匿伏，犹如量子跃迁，甚至是像地壳运动那样发生断裂，产生出一座陡壁。悬崖下又有着高高的绿树与一望无垠的草。那些"生活在铁与火年代里的人"与"生活在这个追逐世俗乐趣社会里的人"，尽管所要面对的事物完全不一样，但他们内心的惊涛骇浪是一样的。

这篇小说本来可能会呈现出另一个面貌。

上卷叙事，勾勒一群具有清教徒献身精神的人，为了国家、民族与各自的信仰，把自己，也把他人放上祭坛；下卷则从风俗、河流与山脉、县志、气候，乃至于档案馆里遗存的电文、回忆录、当事人的口述等，重新进入这座虚构的南坪小城，拓展其纵深，更强调一个来自客观外部的描写。最后，我还是放弃了这个纷繁复杂的野心，原因很简单，在书写过程中，我感到了悲痛。

> 众多脸庞，犹如莲叶上滚落的水珠
>
> 哀生之恍惚，颂死之庄重

水面涟漪，为我指尖螺旋纹路所驱使。

我在炎热的下午，听着他们在我耳边的喃喃细语（这是天籁一样的声音），写下这些句子，汗流浃背，心中有着异样的平静。

尽管当一个人年满三十后，箴言这种东西，对他就极可能是有害的。但我还是想说，世界已经改变，它不再是原来那个傲慢的庞然大物，不再那么居高临下俯瞰一切；它更扁，更平，更热，更挤，更与人内心的感受息息相关。

我们将迎来一个"个体与世界互相生成"的时代。每个人的目光都将为他自己打开一个只属于他的宇宙，不再被时间与集体主义制造出的种种幻觉淹没——那里存在着只有他才能目睹到的瑰丽星系、花朵，以及他人闻所未闻的神奇生物。

亲爱的人啊，若我所写下的这些文字若有幸被您阅读，出现在您的宇宙里，被从您指缝里漏出的一束光照耀，那就是我的幸福。它们将无比真实，而我因此将深深地祝福您。

乱 世

图书在版编目（ＣＩＰ）数据

乱世 / 黄孝阳著 . -- 上海：上海文艺出版社 ,2021
ISBN 978-7-5321-8007-3
Ⅰ . ①乱… Ⅱ . ①黄… Ⅲ . ①长篇小说 – 中国 – 当代
Ⅳ . ① I247.5
中国版本图书馆 CIP 数据核字 (2021) 第 124764 号

发 行 人：毕 胜
策　 划：李伟长
责任编辑：李 霞
封面设计：海未来
特约编辑：王美元

书　 名：乱世
作　 者：黄孝阳
出　 版：上海世纪出版集团　上海文艺出版社
地　 址：上海市绍兴路 7 号　200020
发　 行：上海文艺出版社发行中心
　　　　上海市绍兴路 50 号　200020　www.ewen.co
印　 刷：三河市兴国印务有限公司
开　 本：880×1230　1/32
印　 张：9
字　 数：218,112
印　 次：2021 年 9 月第 1 版　2021 年 9 月第 1 次印刷
Ｉ Ｓ Ｂ Ｎ：978-7-5321-8007-3/I • 6347
定　 价：52.00 元
告 读 者：如发现本书有质量问题请与印刷厂质量科联系　T:0512–52605406